烏鴉六人組

莉・巴度格——著　林零——譯

上

Leigh Bardugo

烏鴉六人組　書評推薦

「《烏鴉六人組》融合《瞞天過海》般的精密劇情、豐富的魔法世界，以及讓人渴望成爲其中一員的六人組。翻開第一頁，就如同置身這個世界一般，跟著渣滓幫一起展開冒險。絕不誇飾，《烏鴉六人組》是這幾年來最精彩的青少年奇幻小說之一！」

——「阿芳來說書」版主　阿芳

「這是一本特殊寫法的奇幻小說，讓人忍不住翻下去，角色各個鮮明有特色，非常引人注目。」

——奇幻小說、旅遊小說作者　陳郁如

「《烏鴉六人組》在青少年和成人之間抓到了一個完美的平衡點。但是在設定夠紮實、故事夠黑暗之外，飽滿立體的人物、峰迴路轉的劇情，以及高超的說故事功力，才是讓這本書讓讀者爲之瘋狂的主因。」

——奇幻文學評論者　譚光磊

「每個故事都令人期待與回味，彷彿與角色們一起行走了一趟身與心靈的奇特冒險。」

——暢銷作家　護玄

「（這部作品）有使讀者著迷的所有元素——詭計多端的領導者、應對各種狀況的計畫，再加上幾乎不可能的賠率，以及充滿娛樂性與特殊技能的團隊、出乎意料的轉折，還有最後令人心跳加速的懸念。」

——《出版人週刊》，星級書評（*Publishers Weekly*）

「書中有著道德與不道德間的衝突，以及令人聯想到《冰與火之歌》系列的那種突然生起的對狰獰暴力的需求……巴度格深入描寫這個世界，充滿色彩與聲響。一不小心就會把時間都花在這本書上。」

——《紐約時報》週日書評（*New York Times Sunday Book Review*）

「這是本會讓你不停翻頁的作品，其中有著一群不同性向、種族的邊緣人，讓人信服並滿足地形成一個家庭。」

——《科克斯書評》，星級書評（*Kirkus Review*）

「獨行俠、叛逆者、邊緣人和騙子……作者塑造出了讓讀者著迷的飽滿、充滿活力角色。能回到暢銷作《格里莎三部曲》的世界實在是令人興奮萬分。」

——《學校圖書館學報》，星級書評（*School Library Journal*）

「設定在一個作者書迷都很熟悉的世界，但即使你沒讀過前面任何作品，仍能徹底享受這一部……喜愛『格里沙』三部曲或『闇影獵人』系列的讀者絕對會喜歡這部作品。」

——VOYA雜誌，星級書評

「充滿想像力、讓人上癮，而且節奏輕快……（這部作品）絕對會讓讀者迫不急待想要讀更多，這是今年最出色的作品！」

——RT書評網站（*RT Book Rieviews*），首選書評

推薦序　從神選之人到無名小卒：莉・巴度格的奇幻旅程

奇幻文學評論者　譚光磊

十年前，莉・巴度格開始創作長篇小說《太陽召喚》（*Shadow and Bone*），當時她三十五歲，剛歷經喪父之痛，感情也非常不順，正處於人生空前低谷。這不是巴度格第一次提筆，但過去總是半途而廢，所以她給自己的目標就是「寫完這本小說」。不論好壞，寫完就好。

誰也沒想到，這本書成了轟動全球的暢銷書，連同兩本續集所構成的《格里沙》三部曲，以其王道的魔法少女冒險、新穎的俄羅斯風世界觀，還有必備的三角虐戀，讓巴度格站穩新生代奇幻作家的位子。夢工廠搶下電影版權、翻譯成二十幾種外語，在在宣告著她的美夢成真和前途似錦。

然而巴度格不想要重複自己。《格里沙》雖有新的文化元素、也試圖對類型套路進行拆解和顛覆，但本質上仍然是個傳統「神選之人」的奇幻故事。在寫作手法上，也是青少年小說常見的第一人稱。

某天開車途中，她看到一面喬治克隆尼和麥特戴蒙主演的電影《大尋寶家》看板，想起兩人曾經演過《瞞天過海》，腦中靈光一現：如果寫一個這種奇幻版偷天換日、偷拐搶騙的故事，那會如何？《烏鴉六人組》於焉誕生。

這一次，巴度格要挑戰類型、更要挑戰自己：《格里沙》的主角阿利娜是神選之人，她就改寫一群默默無名的邊緣人；《格里沙》主觀敘事直線到底，這次她就寫多重視角、多線並行；《格里沙》的舞台是帝俄時期風格的拉夫卡，這次她就要離開大陸，把故事架設在海島上。

□

《格里沙》三部曲講的是拉夫卡王國的內戰，這個唯一將「格里沙」納入正規軍體系的國家，經此一戰，導致格里沙軍團死傷慘重、流落四方，到了《烏鴉六人組》，故事離開拉夫卡，「格里沙宇宙」的世界觀才開闊立體起來，例如北方的斐優達（你可以想像成北歐維京人和普魯士的綜合體）認為格里莎是不自然的妖孽，甚至組織了一支精銳部隊專門獵殺他們。拉夫卡以南，則是神祕的蜀邯（中國加上蒙古，「蜀邯」的發音就是作者借自「蜀漢」）。他們以高科技聞名於世，但據說熱愛拿格里沙做人體實驗（！）。

所謂「格里沙」，其實就是類似「X戰警」的異能者，又分爲軀使系、元素系和質化系三種，各有不同能力，例如軀使系的「破心者」能操控人體，讓人窒息、昏迷、催眠、甚至直接爆腦，反過來「療癒者」就能修補傷害。元素系的格里沙可以召喚風、火和水，質化系則能操控堅硬金屬或化學藥劑。

《烏鴉六人組》的故事發生在大陸以西的海島「克爾斤」，這裡近似十八世紀商業立國的荷蘭，串連「眞理之海」東西兩塊大陸間的貿易，是自由開放的海港，也有陰暗的下層社會。核心劇情則是講述海島首都「克特丹」的一群盜匪，接受商會委託，要潛入斐優達戒備森嚴的「冰之廷」，營救被囚禁的蜀邯科學家。據說他發明了一種可以大幅強化格里沙能力的藥物，卻也會讓他/她立刻上癮、生不如死，可說是危及世界的武器。

這類「偷拐搶騙」（heist）的故事人人愛看，但要寫得好非常難，因爲目標必定重重險阻、難如登天，主角的一切計畫都趕不上變化，最後總有各種突發事件，最終也必能化險爲夷，但又要意料之外、情理之中，節奏的拿捏更是關鍵。在當代奇幻小說的脈絡裡，《迷霧之子》和《盜賊紳士拉莫瑞》堪稱此類的代表作，可想而知那是多麼高的標準。

喜歡《冰與火之歌》或《迷霧之子》的讀者，難免對青少年奇幻感到不耐，因爲設定不夠複雜、故事不夠黑暗，重心又常常放在一女二男的戀情，實在搔不著癢處。《烏鴉六人組》彷彿是爲了回應這種不滿而生，在青少年和成人之間抓到了完美的平衡點，但是在設定夠紮實、故事夠黑暗之外，飽滿立體的人物、峰迴路轉的劇情，以及高超的說故事功力，才是讓讀者爲之瘋狂的主因。

「烏鴉六人組」的成員都是社會邊緣人，各有身心缺陷，來自不同性別、種族、膚色和階級，卻聯手演出了一場驚天大戲。

帶頭的凱茲（Kaz）是當地「渣滓幫」的領頭人物，他騙術高超、擅耍老千，永遠戴著手套。伊奈許（Inej）外號「幻影」，她身輕如燕、神出鬼沒，是凱茲手下最厲害的間諜，也是幫內第一刺客。賈斯柏（Jesper）是例無虛發的神槍手，卻嗜賭成性、執迷不悔。妮娜（Nina）是小組裡唯一的格里沙，幾年前被斐優達的獵巫人擄獲，因緣巧合來到克特丹，大隱於市藏身妓院，利用「破心者」異能幫助恩客冥想沉思、找到心靈平靜。馬泰亞斯（Matthias）不是別人，正是捕獲妮娜的獵巫人，他堅信格里沙都是狼心狗肺的異類，應當全面撲殺，卻又無法克制自己對她的感情。還有逃家的富二代韋蘭（Wylan），他出身富商家族，爲何拋棄繼承權、與父親決裂？

這六個主角完美示範了「多元」（diversity）的眞諦：除了有色人種、非異性戀，有人跛足、有的創傷症候群，還有宗教信仰多元。他們被社會主流所遺棄，有的只有彼此，每回出任務前，總有人會喊「無人送葬」，其他人就會回應「無須葬禮」，意思是大家都要活著回來，誰也不參加誰的喪禮，如此簡單卻有力的口號，對照他們傷痕累累的過往，每次看了都令人揪心。

□

《烏鴉六人組》是巴度格寫作生涯的重大突破，不論是說故事技法、角色刻畫、世界觀的建構，以及劇情的編織，都大幅超越《格里沙》三部曲。本書一推出就空降《紐約時報》排行榜冠軍，而且蟬聯超過一整年的時間，更爲後來的影視改編埋下種子。

二〇一九年，《異星入境》的製片艾瑞克．赫瑟勒在友人推薦下讀了《烏鴉六人組》，驚爲天人，跑去巴度格的推特留言道謝，結果這件事被作家記住，後來網飛（Netflix）果眞找上門來。赫瑟勒寫了一個三季影集的企畫案，興致勃勃前往洽談，誰知才剛開口，對方就說：「你這個案子把《格里沙》和《烏鴉六人組》都包進來了，但我們只有《格里沙》的版權。」

赫瑟勒說：「那就不必談了。」當場起身走人。

過了兩個月，網飛再次來電：「我們拿下《烏鴉六人組》版權了，回來談吧。」

按照故事發生的時間，《格里沙》在先，《烏鴉六人組》在後，更何況地點完全不同，赫瑟勒要如何解決這個問題？仔細想想，《冰與火之歌》的丹妮莉絲一開始也沒跟其他人見到面啊。於是赫瑟勒和巴度格合作，替凱茲等人編寫了新的「前傳」故事，與《格里沙》同步進行，也爲後面的正傳鋪路。

《烏鴉六人組》是我五年來最愛的一部奇幻小說，我想念與書中人物一起出生入死的時光，心疼他們經歷過的種種磨難，更期待他們在你的腦海裡翩然登場。做爲讀者，我們可以搶在影集上映前，先在心中搬演一個屬於自己的版本，那是最大的幸福。

Six of Crows

Isenvee
埃森維
Kenst Hjerte
心碎島
Elling
爾令
Overüt
歐佛瑞
Fjerda
斐優達
Avfalle
奧法勒
Elbjen
艾比揚
Djerholm
第爾霍姆
Permafrost
永凍區
Tsibeya
茲貝亞
Petrazoi
佩塔索
Unsea
異海
Ravka
拉夫卡
Kribirsk
奎比爾斯克
Os Kervo
歐斯科佛
Os Alta
歐斯奧塔
Keramzin
卡倫森
Tsemna
修姆拿
Sikurzoi Mountain
斯庫左山脈
Koba
寇巴
Shu Han
蜀邯
Bhez Ju
貝蜀
Ahmrat Jen
安瑞特淵

地圖插畫：黃靄琳

The Wandering Isle
迷回島
Leflin
拉芙林
Bone Road
白骨路
Jelka
亞卡
Vilki
維爾基
Novyi Zem
諾維贊
Weddle
維德
True Sea
真理之海
Reb Harbor
瑞伯港
Eames Harbor
伊姆斯港
Shriftport
敘利港
Eames Chin
伊姆斯岬
Cofton
克夫頓
Ketterdam
克特丹
Kerch
克爾斥
Belendt
貝蘭德
Land Bridge
陸橋
Southern Colonies
南方殖民地

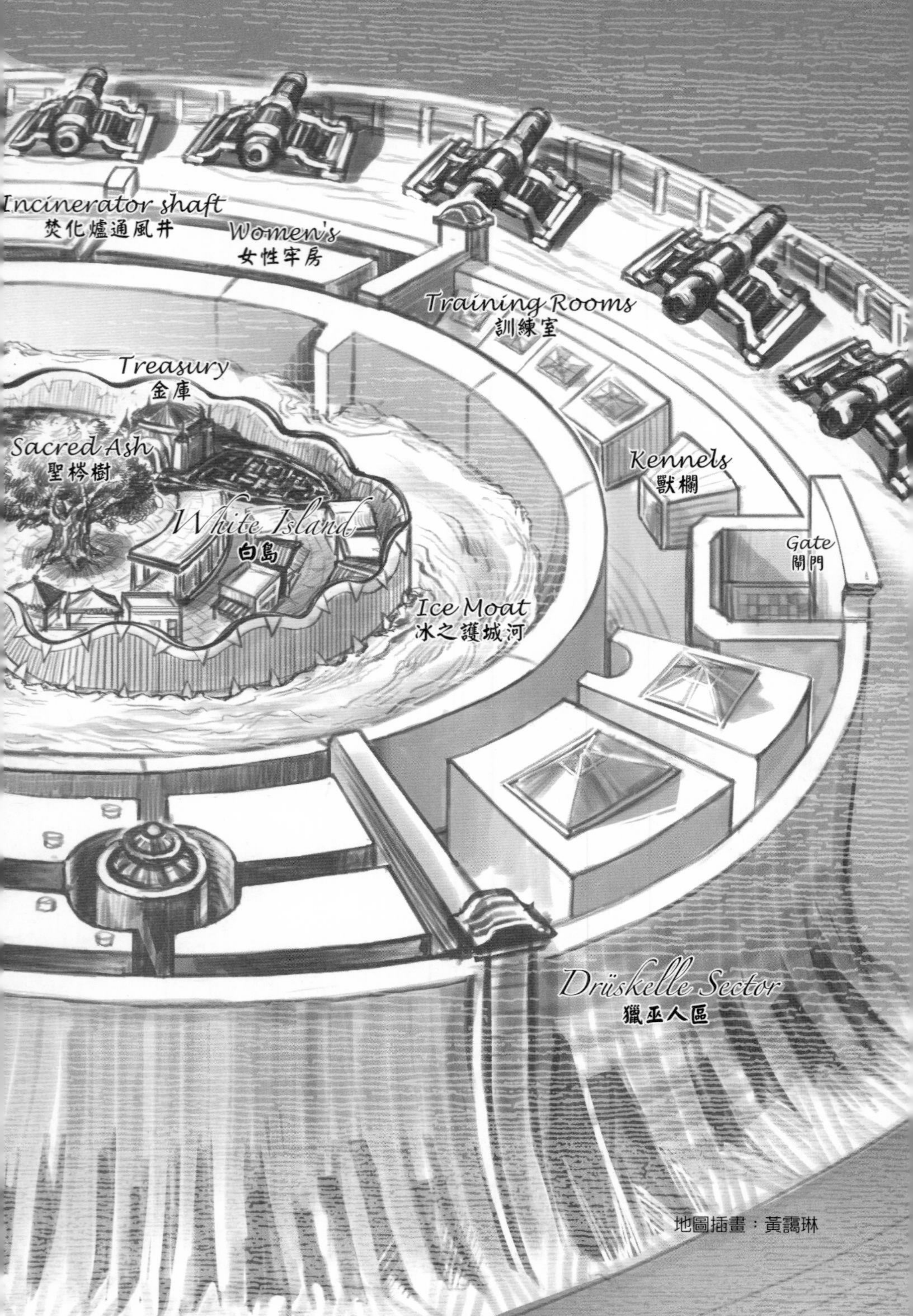
Incinerator shaft
焚化爐通風井
Women's
女性牢房
Training Rooms
訓練室
Treasury
金庫
Sacred Ash
聖梣樹
Kennels
獸欄
White Island
白島
Gate
閘門
Ice Moat
冰之護城河
Drüskelle Sector
獵巫人區

地圖插畫：黃靄琳

Gate
閘門
Prison Sector
監獄區
Men's
男性牢房
Stables
馬廄
Elderclock
古時計
Glass Brige
玻璃橋
Embassy Sector
大使館區
Gate
閘門
The Ice Court
冰之廷

烏鴉六人組 

目次

獻給Kayte——

祕密武器，意料外的朋友

第一部
暗影事業

01 喬斯特

喬斯特有兩個麻煩——月亮，以及他的鬍子。

他本該在霍德家巡邏，但過去十五分鐘來，他都在花園的東南牆徘徊打轉，拚命想著還有什麼更巧妙、更浪漫的話可以對安雅說。

假如安雅的雙眼像海那麼藍，或像翡翠那麼綠……但她的眼睛是棕色的——美麗、夢幻……融化巧克力的棕？還是兔毛棕？

「你就對她說她的肌膚有如月光，」他的朋友匹特說過，「女孩超愛。」

完美解答，然而克特丹的天氣並不賞臉。那天沒有從港口吹來任何微風，灰白如乳的大霧甚至盤繞城市的運河，以其濕氣勾纏小巷。就連位於錢之街諸多宅邸間的這兒，空氣中都懸著濃厚的魚腥與船底污水的氣味。城市外島煉油廠飄來的煙染髒夜空，變成散發鹹味的一團糊。滿月看起來與其說像珠寶，說實話更像亟待戳破的淡黃色水泡。

或許可以讚美安雅的笑聲？不過他從沒聽過她的笑聲。他不是很擅長開玩笑。

喬斯特瞥了倒映在雙開門上嵌的一片玻璃鑲板的身影，這扇門從房子通往側花園。他母親說的沒錯，即便穿上嶄新制服，他看起來仍像個孩子。他用手指沿著上唇輕輕拂過。要是鬍子能再長一些……不過感覺的確比昨天還濃密了。

他在市警隊擔任警衛不到六週，實在沒有期待的那麼刺激。他以爲自己會在巴瑞爾追逐竊賊，或在港口巡邏，並成爲第一個看見貨物抵達碼頭並上岸的人。但自從市政廳發生了大使刺殺事件，商會就對警備等級大發牢騷。所以，他在哪裡呢？他被困在某個好狗運的商人家裡繞圈圈——雖然也不是隨便某個商人家。在克特丹政府霍德議員已爬到可說是常人能及的最高位置。這種人往往能做出一番事業。

喬斯特理了理成套的外套和步槍，接著拍拍臀部位置沉重的警棍。也許霍德會對自己有些好感。霍德可能會這麼說，那小子眼睛利、棍法快，應該升官。

「喬斯特．馮普爾巡官，」他低聲道，品嘗那幾個字的聲響。「喬斯特．馮普爾隊長。」

「你別在那邊一臉痴呆了。」

喬斯特趕快轉身，亨克和羅格大步走進側花園時，他的臉頰熱燙起來。他倆都年紀較大，個頭較大，肩膀也比喬斯特寬，而且是私家警衛，是霍德議員的私人家僕，那就表示他們身上會穿著專屬的淺綠色制服，佩戴諾維贊的華麗步槍，而且絕不會讓喬斯特忘記，自己不過是來自市警隊的低等小卒。

「成天摸那麼幾根毛是不會讓它長更快的。」羅格大笑著說。

喬斯特努力挽回些許自尊。「我得完成巡邏。」

羅格用手肘頂頂亨克。「那就表示他要把腦袋塞進格里沙工坊，瞧一瞧他的妞。」

「喔，安雅，能不能用妳的格里沙魔法讓我的鬍子長出來呢？」亨克嘲弄道。

喬斯特腳跟一轉，臉頰如火在燒，他大步朝房子東側走去。自他被派來這裡之初，這兩人就嘲弄他。要不是因爲安雅，他很可能會跑去懇求隊長重新指派任務。他和安雅只在巡邏時簡短交談幾句，但她向來是夜晚最美好的那部分。

而喬斯特得承認，他也喜歡霍德家的房子。他努力從窗外偷看到了幾眼。霍德擁有錢之街最宏偉的宅邸之一——樓層裝設了一方方光耀炫目的黑白石頭，閃亮的深色木牆被吹製玻璃吊燈照亮，那些燈彷彿漂浮的水母，懸在花格鑲飾的天花板之下。有時，喬斯特喜歡假裝這是他家，他是個有錢商人，不過是來自家的華麗花園到處走走、散個心。

喬斯特還沒繞過轉角就先深呼吸一口氣。安雅，妳的雙眼棕得就像……樹皮？他會想出來的。反正他更擅長臨機應變。

看到格里沙工坊的玻璃鑲板門開著，他很驚訝。不但廚房中有手繪的藍色磁磚和擺滿鬱金香盆栽的壁爐架，這座工作坊更是霍德財力的證明。契約格里沙得來不易，而霍德共擁有三名。

但尤里沒坐在長長的工作桌前，到處也看不到安雅的身影。只有雷特文科在。他穿著深藍色長袍，闔眼坐在椅子上，四肢大張，胸膛放著一本打開的書。

喬斯特在門口徘徊，然後清清喉嚨。「晚上門應該要關起鎖上才對。」

「這房子簡直像火爐一樣。」雷特文科連眼睛都沒睜，慢悠悠地說。他濃重的拉夫卡口音隆隆作響。「告訴霍德，只要我不再噴汗就會關門。」

雷特文科是風術士，比其他契約格里沙年紀更大，頭上綴滿銀髮。傳聞他是爲拉夫卡內戰打輸的那方作戰，在戰後才逃到克爾斥。

「我會很樂意將你的抱怨傳達給霍德議員。」喬斯特撒謊。霍德似乎自覺有責任提供煤碳，因此這屋子總是這麼熱。但喬斯特不打算當提起這件事的那個人。「在那之前——」

「有尤里的消息了嗎？」雷特文科打斷他，終於睜開厚重的眼皮。

喬斯特不自在地看著工作桌上一碗碗的紅葡萄和一堆堆酒紅色天鵝絨布。尤里一直在爲霍德夫人從水果中萃取顏色、染到窗簾上。可是他幾天前重病一場，打從那時起喬斯特再也沒見到他。天鵝絨上都開始積灰塵了，葡萄也開始腐敗。

「我什麼都沒聽說。」

「你當然什麼也沒聽說，畢竟你忙著穿那件愚蠢的紫色制服趾高氣昂到處走嘛。」

他的制服錯了嗎？雷特文科又到底爲什麼要待在這裡？他是霍德的私人風術士，時常隨著商人最貴重的貨物航行，以確保有利於他們的風能帶著船隻平安且迅速地抵達港口。這時候他爲什麼不在海上呢？

「我想尤里也許被隔離起來了。」

「還眞有幫助呢。」雷特文科輕蔑一笑。「你不用再像隻滿懷希望的呆頭鵝那樣狂伸脖子了，安雅不在。」

喬斯特感到臉又熱了起來。「她在哪裡？」他問，努力讓聲音聽起來有點威嚴。「天黑之後她應該在裡頭的。」

「一小時前霍德帶走她，就和他來帶走尤里那晚一樣。」

「你說『他來帶走尤里』是什麼意思？尤里是生病了。」

「霍德來帶走尤里，尤里回來後生了病。兩天後，尤里永遠消失了。現在換安雅。」

永遠？

「也許是發生什麼緊急事件。要是有人需要醫治——」

「先尤里，再安雅，接下來就是我。除了可憐的小警員喬斯特，不會有人注意到。你走吧。」

「如果霍德議員——」

雷特文科舉起一臂，一陣強勁的氣流將喬斯特往後一搧。喬斯特緊緊抓住門框拚命想站穩。

「我叫你走。」雷特文科在空氣中劃出一個圈，門猛然關上。喬斯特及時放手，才免於手指被夾碎的命運。他砰咚倒進側花園。

喬斯特盡可能迅速站起身，拍掉制服上的泥土，羞恥彷彿在體內扭動。門上一塊玻璃鑲板因爲這股力道而破裂。透過破洞，他看見風術士得意一笑。

「這麼做對你的契約很不利。」喬斯特指著破掉的鑲板，痛恨自己的語氣聽起來是那麼微不足道又小家子氣。

雷特文科揮揮手，門在鉸鍊上不住顫動。喬斯特不自覺退後一步。

「去巡你的邏吧，小看門狗。」雷特文科喊道。

「還眞順利呢。」羅格靠著花園的牆竊笑。

他在那裡站了多久？「除了到處跟蹤我，你沒有別的事好做了嗎？」喬斯特問。

「萬事都得向船庫報備，連你也一樣。還是說你忙著交朋友所以沒空？」

「我在請他把門關上。」

羅格搖搖頭。「不是用請的，是要命令他這麼做。他們是僕人，不是什麼尊榮貴客。」

喬斯特與他並肩同行，受辱的感覺仍在體內不停翻湧。而最糟的就在於，羅格說得沒錯。雷特文科沒資格那樣對他說話。可是喬斯特能怎麼辦？就算他有勇氣和風術士打上一場，基本上不過等同和一只名貴的花瓶吵架。格里沙不只是僕人，他們是霍德珍愛的資產。

而雷特文科說尤里和安雅被帶走又是什麼意思？他是在幫安雅掩護嗎？契約格里沙被關在宅中是有原因的。沒有保護地走上大街，等於冒著被奴隸販子抓走、再也不見蹤跡的風險。**也許她是去見某人吧**。喬斯特難過地猜測。

他的思緒被面向運河的船庫邊一道強烈火光和動靜打斷。水面另一側，他看到其餘華美的商人宅邸，既高且窄，屋頂井然有序的三角牆襯著夜空，呈現深暗剪影；他們的花園和船庫都被發光的提燈照亮。

幾週前，喬斯特得知霍德家的船庫將進行整修，並將之從巡邏路線中移除。但他和羅格進去時卻沒看到什麼油漆或鷹架。遊船和槳立起來靠牆擺放，其餘私家警衛都穿著海綠色制服站在那兒，而喬斯特認出兩名身穿紫衣的市警隊警衛。不過內部空間幾乎都被一個巨箱占據——應是某種由強化鋼鐵製成的獨立牢房，接合處布滿鉚釘，其中一面牆上嵌有巨窗。玻璃形成一道彎弧，透過那兒，喬斯特見到一個女孩坐在一張桌前，揪緊了包住身體的紅色絲綢。她身後有一名立正站好的市警隊警衛。

安雅，喬斯特在訝異中領悟。她的棕色雙眼圓睜，完全嚇壞了，皮膚也好蒼白。坐在她對面的小男孩看起來驚恐更甚。他的頭髮亂得像是剛睡醒，雙腿垂在椅下，緊張地踢著空氣。

「為什麼一堆警衛？」喬斯特問。少說有超過十人擠進這座船庫。霍德議員也在這裡，外加一個喬斯特不認識的商人，兩人都穿著代表商人的黑衣。當喬斯特見到他們對市警隊的隊長說話，便站得更挺了些，暗自希望自己有把制服上的花園泥土弄乾淨。「這是在幹麼？」

羅格聳聳肩。「誰在乎？就當是日常巡邏中一點變化。」

喬斯特又轉回去看著玻璃裡頭。安雅正往外注視著他，目光沒有焦點。他來到霍德家那天，她幫他治好了臉上瘀青。那其實沒什麼，就是訓練中弄傷了臉，剩下一點黃黃綠綠罷了。但很顯然霍德注意到了，而且不怎麼喜歡自己的警衛看起來像個小混混。喬斯特被送去格里沙工坊，安雅讓他坐在冬末的一方明亮陽光中，冷冷的手指拂過他的皮膚。雖然那種癢感令人難以忍受，可是不過幾秒，瘀青就猶如從未存在過。

喬斯特向安雅道謝時，她露出微笑，喬斯特自此迷失其中。他知道這是個毫無指望的夢想，就算她真的對他有任何興趣，他也永遠負擔不起從霍德那兒將她的契約買過來的價錢，而除非霍德下令，她也永遠不會結婚。然而，這依舊無法阻止他不時經過，去打聲招呼或帶些小禮物給她。她最喜歡的是克爾斥的地圖。這異想天開的地圖繪出他們的島國，悠游著美人魚的真理之海圍繞在旁，風被描繪成臉頰鼓鼓的男人，將船隻吹得呼呼跑。那是便宜的紀念品，就是旅客會在東埠買下的玩意兒，但似乎很得她喜愛。

此時他冒險舉起一手想打招呼，安雅毫無反應。

「蠢蛋，她看不見你。」羅格笑著說：「玻璃另一邊是鏡子。」

喬斯特雙頰轉紅。「這我怎麼會知道？」

「好好睜眼仔細看一次吧你。」

先尤里，再安雅。「他們爲什麼需要格里沙療癒者？那男孩受傷了嗎？」

「在我看來他好得很。」

隊長和霍德似乎達成了某種協議。

透過玻璃，喬斯特看到霍德進入牢房，鼓勵似地拍了男孩一下。牢房中一定有通風口，因爲他聽到了霍德說的話。「當個勇敢的孩子，這樣就能得到些克魯格。」接著，他用滿布老人斑的一隻手抓住安雅的下巴。她一瞬緊繃，喬斯特感到肚腹一緊。霍德輕晃一下安雅的腦袋。「照我給妳的指示做，就可以快點結束，懂了沒？」

她露出微小且緊張的笑容。「當然，先生。」

霍德對安雅身後的警衛低聲說了幾句話，便走出去。門發出巨大的哐噹聲關起，霍德接著拴上一道沉重的鎖。

霍德與另一名商人就定位，幾乎就在喬斯特和羅格正前方。

那名喬斯特不認識的商人說：「你確定這麼做是對的嗎？這女孩是軀使系的。在你的造物法師發生那種事後——」

「如果是雷特文科，我就會擔心。但安雅善解人意。她是療癒者，沒有激進的傾向。」

「你有降低劑量嗎？」

「有，但是，假如得到和造物法師一樣的結果，我們都同意商會要賠償我吧？他們可不能叫我承擔那損失。」

商人點頭時，霍德便做出動作指示隊長。「繼續。」

得到和造物法師一樣的結果。雷特文科說尤里消失了。他是這個意思嗎？

「巡官，」隊長說，「你準備好了嗎？」

牢房裡的警衛回答。「是的，長官。」他抽出一把刀。

喬斯特困難地吞嚥一下。

「第一項測試。」隊長說。

警衛向前俯身叫那男孩捲起袖子，男孩服從地伸出手臂，並將另一手的拇指塞進嘴裡。這年紀還做這個動作？喬斯特想。但男孩一定非常害怕。喬斯特到快十四歲都還和襪子熊娃娃睡在一起，他哥哥時常無情地以此嘲弄他。

「只會有點刺痛。」警衛說。

男孩依舊將拇指塞在嘴裡，點點頭，眼睛睜圓。

「眞的沒有這個必要——」安雅說。

「麻煩安靜。」霍德說。

警衛拍了男孩一下，接著在他上臂橫割出一道鮮紅的口子。男孩立刻哭了出來。

安雅試圖從椅子上起身，警衛卻強硬地用一手壓在她肩上。

「沒事，巡官，」霍德說，「讓她治癒他。」

安雅往前傾，輕輕接過男孩的手。「噓……」她溫柔地說，「讓我幫你。」

「會痛嗎？」男孩大吸一口氣。

她微笑道：「一點也不會，只會有一點點癢。盡量忍住不要動，好不好？」

喬斯特發現自己靠得更近了。他從沒有親眼看過安雅治癒任何人。

安雅從自己袖管拿下一條手帕，擦掉多餘的血，接著以手指小心翼翼掠過男孩的傷口。喬斯特讚嘆地望著皮膚慢慢開始重組、接合在一起。

幾分鐘後，男孩咧嘴笑開，伸出自己的手臂。雖然還有點紅，但除此之外十分平滑，而且沒有痕跡。「那是魔法嗎？」

安雅點了點他的鼻子。「類似。如果你給身體一點時間，再幫它包紮一下，也會有這種魔法。」

男孩看起來實在有點失望。

「很好、很好，」霍德不耐地說，「現在，給她煉粉。」

喬斯特皺起眉。他沒聽過這東西。

隊長對著他的巡官比手勢。「第二階段。」

「伸出手臂。」巡官再次對那男孩說。

男孩搖頭。「我不喜歡那部分。」

「照做。」

男孩顫抖著下唇，但依舊伸出手臂。警衛再次將他割傷，接著將一枚小小的蠟紙信封放在安雅面前桌上。

「把裝在裡面的東西吞下去。」霍德指示安雅。

「那是什麼？」她問道，聲音顫抖。

「妳不用知道。」

「那是什麼？」她再次重複。

「不會致命。我們會要妳進行一些簡單的任務來評估藥物效力。巡官會確保妳只做我們要妳做的事，只有這樣而已，明白嗎？」

她繃著下巴，仍點了點頭。

「沒有人會傷害妳，」霍德說：「但記住，如果妳傷害了巡官，就出不了這個牢房。門是從外面鎖上的。」

「那是什麼玩意兒？」喬斯特低聲說。

「不知道。」羅格說。

「你到底知道什麼啊？」他咕噥著。

「我知道的夠讓我閉上嘴了。」

喬斯特臉一沉。

安雅用顫抖的雙手拿起那個小小的蠟紙信封，打開蓋口。

「做吧。」霍德說。

她將頭往後一仰，吞下那粉末。有一會兒，她就那麼坐著、等待著，雙唇緊緊抿在一起。

「這只是約韃嗎？」她滿懷希望地問。喬斯特發現自己也這麼期望著。約韃沒什麼好怕，不過是市警隊的大家在深夜巡守時會拿來嚼、讓自己保持清醒的興奮劑。

「嘗起來怎麼樣？」霍德問。

「就像約韃，只是比較甜，它——」

安雅突然猛一吸氣，雙手抓住桌子，瞳孔擴大，使得雙眼看起來幾乎呈黑色。「噢——」她說，嘆息著，有如貓打呼嚕。

警衛加重了抓住她肩膀的手勁。

「妳感覺怎麼樣？」

她凝視著鏡子，露出微笑；她的舌頭從白牙之間探出，彷彿染上鐵鏽色。喬斯特突然感到一陣冷意。

「就和那時的造物法師一樣。」那名商人低聲說。

「治好那男孩。」霍德命令道。

她一手在空中揮動，手勢可說帶著輕蔑。男孩手臂上的傷立時密合。皮膚上的血在短時間內形成紅色小血滴，臨空升起，接著消失無蹤。他的皮膚看起來平滑無痕，血跡或紅腫一概消失。男孩粲然一笑。「這一定是魔法啦。」

「那很像是魔法。」安雅說，同樣一副詭祕的微笑。

「她完全沒碰他。」隊長讚嘆不已。

「安雅，」霍德說，「仔細聽著。我們要讓警衛進行下一場測試。」

「嗯——」安雅回應。

「巡官，」霍德說，「切掉男孩的拇指。」

男孩尖叫了一聲，又開始哭了。他把雙手塞到腿下方想保護它。

我應該阻止這事兒，喬斯特想，*我應該想個方法保護她——保護他們兩個*。可是接下來又怎麼辦？他只是無名小卒，市警隊的新人，這個家族的新人。除此之外，他突然在羞愧難當中發現，*我想保住工作*。

安雅稍稍露出微笑，把頭往後一轉好看著巡官。「射那片玻璃。」

「她說什麼？」商人問道。

「巡官！」隊長大吼出聲。

「射那片玻璃。」安雅重複。巡官的表情變得渙散。他彷彿聽著遠方的旋律，將頭歪向一側，接著他取下步槍，瞄準觀察窗。

「趴下！」有人喊道。

喬斯特整個人往地上趴，將頭蓋住。與此同時，如同密集重錘的槍聲貫滿耳中，片片玻璃如雨般落在他的雙手和背上。喬斯特的思緒彷彿正驚慌吵鬧，他的理智試圖否認，但他很清楚自己剛才看到了什麼：安雅命令巡官射擊玻璃。她逼他這麼做。但不可能啊。軀使系格里沙的專長在人類軀體。他們可以停下你的心跳、慢下你的呼吸、折斷你的骨頭——可是無法進入你的腦袋。

有那麼一瞬間，只剩死寂。接著，喬斯特和所有人一起站了起來，伸手去找步槍。霍德和隊長同時高喊出聲。

「拿下她！」

「射死她！」

「你知不知道她值多少錢？」霍德駁斥道：「制服她就好！不要開槍！」

安雅舉起雙手，紅色衣袖大大展開。「等一下。」她說。

喬斯特的驚慌消散。他知道自己剛剛嚇壞了，但這分恐懼成爲某種遙遠事物，現在他心中滿是期待。喬斯特不太確定接下來會發生什麼，又或是什麼時候會發生，他只知道一定會到來，而做好準備、接受一切非常重要。可能是壞事，也可能是好事，他其實並不在乎。他的心再也不感擔憂，也沒有任何欲求。他什麼也不渴望，什麼也不想要。喬斯特的心靈平靜，呼吸穩定。他只要等待就好。

他看見安雅站了起來，抱起小男孩；聽到她溫柔對他低聲哼歌，應該是某首拉夫卡搖籃曲。

「開門進來，霍德。」她說。喬斯特聽到那些字句，他聽懂了，也遺忘了。

霍德走上門前，滑開拴鎖。他進入了那座鐵籠。

「照我給你的指示，就可以快點結束，懂了沒？」安雅微笑著低喃，她的雙眼全黑，像潭無底深池；皮膚彷彿在燃燒，閃耀發光。喬斯特腦中閃過一個念頭——美麗一如明月。

安雅將男孩挪到自己的臂彎中。「不要看，」她抵著他的髮絲，輕聲說道：「現在，」她對霍德說：「把刀拿起來。」

02 伊奈許

凱茲．布瑞克不需要理由。這是在克特丹的大街小巷——還有在酒館、咖啡館、在名爲巴瑞爾的風化區黑夜裡該死的小巷中——悄聲流傳的消息。那個被稱爲髒手的男孩不需要理由，就如他不需要任何允許就能打斷某人的腿、斬斷某個結盟，或牌面一翻就改變某人的命運。

但他們當然錯了。伊奈許一面過橋，一面思考。這道橋橫越伯克奈運河的黑水，直通交易所對面荒廢的主要廣場。所有暴行都是刻意爲之，所有優勢都來自拉動足夠牽線上演的傀儡秀。凱茲總是有他的理由，只不過伊奈許永遠無法確定到底是不是好理由，尤其今晚。

伊奈許檢查她的刀，無聲複誦它們的名字，一如每次她認爲就要出事時會做的動作。這個習慣頗爲實用，也是某種慰藉。刀刃是她的同伴。她喜歡那種感覺——不管晚上會發生什麼，它們隨時準備就緒。

她看見凱茲和其他人聚在交易所東邊入口的大石拱附近。他們上方的石頭刻了三個詞：*Enjent*、*Voorhent*、*Almhent*。意爲勤勉、誠信與繁盛。

她貼著沿廣場排列的打烊店面行走，避開街燈投出的閃亮光塊。她一面移動，一面清點凱茲帶上的那幫人：狄瑞克斯、羅提、穆森和奇格、安妮卡和皮恩，以及他爲今晚談判選擇的副手：賈斯柏和大巴力格。他們推來擠去，相互碰撞大笑，在寒冷中跺著雙腳。這週急轉直下的氣溫嚇了這城市一跳，彷彿春天眞正來臨前，冬天的最後一口氣。這些傢伙全是彪形大漢和愛打架的人，是從渣滓幫裡較年輕的成員中挑揀出來，都是凱茲最信任的成員。伊奈許注意到，他們腰帶中塞著閃亮的刀刃、鉛管、沉重的鍊子，斧頭握柄上綴著鏽釘，隨意可見油亮生光的槍管。她悄悄加入他們的行列，掃視交易所附近的陰影，尋找黑尖幫伏兵的蹤跡。

「三艘船！」賈斯柏說。「蜀邯派來的。他們就停在第一港口，大砲伸出、紅旗飛揚，黃金裝滿到船帆那麼高。」

大巴力格低聲吹了個口哨。「還眞想瞧一眼。」

「還眞想偷一把，」賈斯柏回答，「商會有一半人都在那裡講些幹話、吵鬧不休，拚了命思考該怎麼辦。」

「他們不想要蜀邯還債嗎？」大巴力格問。

凱茲搖搖頭，在燈光下的黑髮隨之閃亮。他的輪廓集合了堅毅與俐落——尖削下巴、精瘦身形，羊毛外套合身地搭在雙肩。「想，也不想，」他用岩鹽般粗啞的聲音說道：「讓國家虧欠於你永遠是好事。這麼一來可以造就更友善的談判協商。」

「也許蜀邯已經不想再友善了，」賈斯柏說，「他們沒必要一次送來那麼一大批財寶……你覺得是他們殺了那個商貿大使嗎？」

凱茲的目光準確地在人群中找到伊奈許。克特丹已為了那起大使刺殺案鬧了好幾週。這件事差點毀了克爾斥和贊米人的關係，並使商會陷入騷亂。贊米人責怪克爾斥，克爾斥懷疑蜀邯。凱茲則不在乎誰要負責；他沉迷這樁謀殺的原因是——他想不透這到底是怎麼做到的。在市政廳最為繁忙的一條走廊，在超過十幾個政府官員眾目睽睽之下，贊米人的商貿大使走進一間洗手間。沒有其他人進出，但當他的副官幾分鐘後去敲門，卻沒得到任何回應。他們破門而入，發現大使面朝下趴在白色磁磚上，一把刀插在背後，水槽裡水還在流淌。

那兒關閉後，凱茲讓伊奈許去調查。洗手間沒有其他入口，沒有窗戶，沒有通風口，就連伊奈許都變不出花招把自己從管線系統擠進去。然而，那個贊米大使就是死了。凱茲痛恨解不開的謎團，而他和伊奈許設想了上百條理論去解釋這起謀殺——沒有一個滿意解答。但是，他們今晚有更為迫切的問題。

她看見他對賈斯柏和大巴力格做手勢，要他們卸除武器。街頭法規定，這類談判中每名副官可找手下中的兩人作為副手，但全都得卸除武器。談判。這兩個字聽起來就像騙人——拘謹得詭異，像什麼老古董。不管街頭法怎麼規定，今晚就是散發暴力的氣味。

「快點，把槍都交出來。」狄瑞克斯對賈斯柏說。

賈斯柏吐出一大口嘆息，將臀部的槍帶拿下。伊奈許得承認，沒有了槍，讓他變得一點也不像他。這名贊米神槍手有著修長四肢、棕色皮膚，永遠靜不下來。他將嘴唇貼在視如珍寶的左輪珍珠槍柄上，各自為它們送上一個哀愁的親吻。

「好好照顧我的寶貝，」賈斯柏一面將槍交給狄瑞克斯，一面說，「要是給我看到上頭有一點刮傷或刻痕，我就在你胸口用彈孔寫上『請原諒我』。」

「你不會浪費彈藥的。」

「而且他在『請原諒我』寫到一半的時候就會掛掉。」大巴力格邊說，邊在羅提等待的雙手中丟下一把手斧、一把彈簧刀，以及他最愛用的武器：吊著一只沉重掛鎖的粗鍊子。

賈斯柏翻翻白眼。「重點在於意思有到。一個胸口寫著『請原』的死人是有什麼意義？」

「不然折衷，」凱茲說，「抱歉也差不多，而且不用那麼多子彈。」

狄瑞克斯笑出聲，但伊奈許注意到他輕手輕腳地把賈斯柏的左輪抱在懷中。

「那個呢？」賈斯柏比了比凱茲的手杖。

凱茲的笑聲低沉，然而毫無笑意。「怎麼會有人不讓可憐的瘸子帶枴杖呢？」

「如果你是瘸子，那麼人人都是聰明的天才了。」

「那還好我們今天見的是吉珥斯。」凱茲從背心口袋拿出一只錶。「快午夜了。」

伊奈許將眼神轉往交易所。那地方不過是個稍大的長方形庭院，周遭圍繞倉庫和貨運辦公室。但在白天時，那裡是克特丹的心臟地帶，熙熙攘攘，擠滿自各城港口而來，在交易所買進賣出的富商。現已接近十二點鐘響，交易所空無一人，但有警衛在周遭和屋頂巡邏。他們收了賄，將在今晚談判過程中睜一隻眼、閉一隻眼。

交易所是克特丹少數還未在幫派衝突下被畫分地盤的地方。這兒理應是所謂的中立區，伊奈許卻感覺不怎麼中立，活像是圈套猛地扯緊、兔子開始尖叫前的寂靜樹林。這裡感覺像陷阱。

「不對。」她說。大巴力格嚇了一跳；他根本不知道她站在這裡。伊奈許聽見渣滓幫最愛喊她的稱號在隊伍中低喃響起——幻影。「吉珥斯在打什麼主意。」

「當然了。」凱茲說。嗓音帶有那種石頭相互磨擦的粗糙質地。伊奈許總想，他還是小男孩時是不是也是這副嗓音呢……如果他曾經是個小男孩的話。

「那今晚爲什麼還要來這裡？」

「因爲沛．哈斯可想來。」

老傢伙，老方式，伊奈許想，但沒說出口，不過她懷疑渣滓幫其他人也想著同一件事。

「他會害我們全被殺。」她說。

賈斯柏將長長的手臂伸展過頭，咧嘴一笑。對比他的深色皮膚，那口牙更顯潔白。他還沒放棄步槍，那把武器橫在他背後的輪廓，使得他像隻笨拙又四肢修長的鳥。「就統計學來說，他可能只會害我們其中一些人被殺。」

「這不是可以開玩笑的事，」她回答。凱茲望向她的眼神中有著興味。她知道自己聽起來像什麼：像個在自家門廊上高聲宣布可怕事件的老太婆，嚴肅兮兮又大驚小怪。她不喜歡，但她知道自己是對的。此外，老女人當然知道許多祕辛，不然也不會活到足以長出皺紋，還能站在自家前門階梯上大吼大叫的年歲。

「伊奈許，賈斯柏不是在開玩笑，」凱茲說，「他是在算勝率。」

大巴力格將巨大的指節折得喀啦響。「是說，我還有淡啤酒和一煎鍋的蛋在庫布朗等著，所以今晚死的可不能是我。」

「想賭一下嗎？」賈斯柏問。

「我可不想拿自己的命來賭。」

凱茲把帽子一翻，戴到頭上，以戴著手套的指頭滑過帽沿迅速敬了個禮。「有何不可呢？巴力格？我們不是每天都這麼做嗎？」

他說得沒錯。伊奈許欠沛・哈斯可的債，意味她每回接下新工作或任務，每回離開自己在巢屋的房間，都是拿生命在賭。今晚並無不同。

凱茲在巴特教堂的鐘響起時拿手杖敲敲鵝卵石，這群人立刻安靜下來。聊天時間已然結束。

「吉琱斯沒什麼腦，但他的那麼點腦正好能造成麻煩，」凱茲說：「不管聽到什麼，都不要加入爭鬥，除非有我下令。上緊發條，」接著，他簡短地對伊奈許點了個頭。「別被發現。」

「無人送葬。」賈斯柏將步槍扔給羅提。

「無須喪禮。」渣滓幫其餘的人低聲回應。對他們來說，這代表「祝好運」。

伊奈許還沒遁入陰影前，凱茲用他那根烏鴉頭的手杖點了點她的手臂。「仔細盯著屋頂警衛，吉琱斯可能收買了他們。」

「那——」伊奈許開口，但凱茲已經離開。

伊奈許挫敗地放棄了。她有上百個問題，但一如往常，凱茲將所有答案按下不表。

她朝著交易所面向運河的那道牆小跑步過去。只有副官和他的副手能在談判時進去。不過，爲了防止萬一黑尖幫打任何鬼主意，渣滓幫其他人會備好武器，直接等在東拱門外。她知道吉琱斯會讓他全副重裝的黑尖幫眾集合在西邊入口。

伊奈許自會找路進去。幫派之間公平競爭的規矩屬於沛．哈斯可的時代。此外，她可是幻影——唯一適用於她的規矩是地心引力，而在某些時候，她連這個也能打破。

交易所較低的樓層挪作倉庫，沒有窗戶，所以伊奈許找了根排水管就要攀上去。可是在她握住前，有些什麼令她遲疑。她從口袋抽出燐光球，搖一下，在水管上照出淺綠光芒。上頭滑溜溜的都是油。她順著牆壁尋找其他選項，並在可及範圍內找到一個擺上克爾斥三隻飛魚雕像的石頭飛簷。她踮起腳尖，順著飛簷上方嘗試摸索。上頭覆蓋著碎玻璃。*他們預想到我會來。*她陰鬱又愉快地想著。

她在不到兩年前加入渣滓幫，那是她十五歲生日後沒幾天。雖然此時攸關生死，但她頗為滿意地得知，在如此短的時間內，她已成了別人要防範的對象。不過，假如黑尖幫認為這種程度的招數就能阻止幻影達成目的，他們誤會可大了。

她從縫了襯墊的背心口袋抽出兩根攀爬釘，一面將自己往上拉得更高，一面輪番將釘子嵌進牆壁的磚塊間，她四處探尋的雙腳找到最小支撐點與石頭上的隆起處。身為學走鋼索的孩子，她向來是赤腳。但無奈克特丹的街上太冷也太濕。經過幾次慘摔，她付錢找了個在酒之街琴酒店外偷接工作的格里沙造物法師，替她做了一雙皮革便鞋，橡膠鞋底上有球形紋路。那雙鞋子穿在腳上完美貼合，絕對能夠抓住任何表面。

交易所的二樓，她將自己撐上一座寬度剛好能棲身的窗台。

凱茲已盡心盡力地教導她，但談到潛入的功夫，她依舊沒他厲害，而且她還嘗試了好幾次才成功解決那道鎖。終於，她聽見令人心滿意足的一聲喀。窗戶晃開，可見一間無人的辦公室，四壁貼滿標記了貿易路線的地圖，以及列上股價和船隻名字的黑板。她潛進去，重新將門閂上緊，謹慎地穿過整齊擺著一疊疊訂單和帳簿的無人桌子。

她穿越室內，來到一扇細長的雙開門，走進可俯瞰交易所中央庭院的陽台。每間貨運辦公室都有陽台。公告人會在這裡宣告新一趟旅程與貨物抵達，或掛上代表船隻與它載運的貨物全消失在海上的黑旗。交易所下方會爆發一陣紛亂的交易，信差會將消息傳遍城市，商品的價格、期貨，將出航的旅股也會有起有落。但在今晚，只有寂靜。

一陣風從港口吹進來，帶來海的氣味，幾綹頭髮從伊奈許頸上用辮子盤捲成圈的髮髻鬆脫而出，被風吹亂。下方廣場，她看見搖晃的燈光，聽見凱茲和副手一邊橫越廣場、手杖一邊在石頭上敲出的聲音。對面側，她瞥見另一組提燈朝他們而來。黑尖幫抵達了。

伊奈許掀起帽兜，躍上護欄，無聲跳進隔鄰陽台。接著，她跟隨凱茲和其他人在廣場上的腳步，能跟多緊就跟多緊。他的深色外套在鹹鹹微風中翻飛，跛行的姿態今晚更加明顯，就如每次天氣轉冷時那樣。她能聽見賈斯柏活潑地維持對話不斷，以及大巴力格隆隆作響的低聲咯咯笑。

伊奈許更靠近廣場另一側時，看見吉珥斯選擇帶上艾辛格和巫門——完全如她預期。伊奈許知道黑尖幫每個成員的強項與弱項，更別提哈雷之針、利德幫、剃刀海鷗、一角獅，以及在克特丹街頭混的其餘幫派。她的職責就是查出吉珥斯信任艾辛格的理由，是因爲他們一同在黑尖幫裡慢慢往上奮鬥，也因爲艾辛格的身材活像一堆巨岩——近七呎高、滿是肌肉，那張彷彿被揍扁的大臉擠在那根粗得像座塔的脖子上。

她突然慶幸有大巴力格跟著凱茲。凱茲選賈斯柏當副手一點也不意外。無論左輪在不在身上，賈斯柏都會提神戒備，他在打鬥中隨時處於最佳狀態，而她知道，爲了凱茲他什麼都願意做。凱茲堅稱大巴力格也一樣——關於這個她就比較不確定了。大巴是烏鴉會的打手，很適合把酒鬼和醉漢扔出去，不過要是說到眞正的混戰……他的步伐太笨重，派不太上用場。但話說回來，至少他的身高足以和艾辛格平視。

伊奈許不願對吉珥斯的另一個副手多想什麼。巫門令她緊張。身材而言，他不如艾辛格那樣令人畏懼。事實上，巫門可說生得像個稻草人，不至於骨瘦如柴，但在衣服底下，身體彷彿以錯誤的角度組在了一起。傳聞他曾赤手空拳粉碎一個人的頭顱，再拿衣服前襟把手掌擦乾淨，泰然自若地繼續喝酒。

伊奈許努力壓抑體內攪動的不安，仔細聽著吉珥斯和凱茲在廣場閒談，他們的副手搜著對方的身，以確保沒有人偷帶東西。

「眞調皮。」賈斯柏說，從艾辛格袖子拿出一把迷你刀，扔過廣場。

「沒問題了。」大巴力格結束對吉珥斯的搜身，宣布道，接著轉去搜巫門。

凱茲和吉珥斯談論著天氣，懷疑庫布朗供應摻了水的飲料，是因爲租金調漲的關係；而對他們今晚來此的眞正目的顧左右而言他。理論上，他們會閒聊，稍微道個歉，同意遵守第五港口的界線，再一起去找個地方喝酒——至少這是沛．哈斯可的堅持。

但沛．哈斯可又懂什麼？伊奈許一面留心屋頂上巡邏的警衛一面想，試圖在黑暗中辨認出他們的身影。哈斯可掌管渣滓幫，但這些日子以來，他更喜歡坐在溫暖房間中喝喝微溫淡啤酒、組組模型船，對人講述冗長的光輝往事——只要有人願意聽。他似乎認爲地盤之戰可如以往那樣平定；稍微扭打一下，外加一個友善的握手。可是伊奈許每一條理智線都在告訴她，事情的發展絕對不會是這樣。她父親鐵定會說，今晚，暗影會按自個兒的規矩來。這兒就要發生壞事了。

凱茲站在那裡，戴著手套的雙手擱在手杖的雕刻烏鴉頭上。他看起來一派輕鬆，細瘦的臉龐因帽沿而難以看清。巴瑞爾大半幫派成員都愛奢華風：俗艷背心，錶鍊綴滿假寶石，褲子印滿你能想像到的各種印花與紋樣。凱茲則是例外——他是節制的化身，深色背心和長褲剪裁簡潔，縫製的線條樸素。一開始，她以爲那是品味的緣故，但她漸漸理解，那是他對正派商人開的一個玩笑。他喜歡看起來像是他們的一員。

「我是個商人，」他這麼告訴過她，「僅此而已。」

「凱茲，你是個賊。」

「我剛不就是這麼說的嗎？」

而今他看起來像個對馬戲團表演者傳道的牧師——一名年輕的牧師。她想著，心中浮現另一股刺痛的不安。凱茲曾說吉珥斯老了、氣數已盡，可是今晚他看起來當然不是那樣。黑尖幫的副官也許眼角擠滿皺紋，鬢角下的雙下巴也逐漸肥胖，但他一派自信滿滿、經驗老道。他旁邊的凱茲看起來……怎說呢，像個十七歲小鬼。

「講話實在點，好不？我們只是想多撈點，」吉珥斯說，拍拍他那件萊姆綠背心上亮得像鏡子的鈕釦。「每個從第五港口遊船下來開心撒錢的觀光客都被你挑走，可不太公平啊。」

「第五港口是我們的，吉珥斯，」凱茲回答，「任何來找樂子的肥羊，渣滓幫都能優先從他們身上撈一筆。」

吉珥斯搖搖頭。「布瑞克，你太年輕了，」他發出一聲遷就的笑，「你可能不明白這一切是怎麼運作。港口屬於城市，我們對於它們擁有的權利和任何人都一樣；我們都得掙口飯吃。」

嚴格來說是這樣沒錯。但是，第五港口在凱茲接手時毫無價值，完全被這城市遺棄。是他去疏浚渠道、建造船塢和碼頭，而他得抵押烏鴉會才有辦法做到這些事。沛・哈斯可因爲這些支出對他大肆抱怨，說他是笨蛋，但最終哈斯可心軟了。根據凱茲所說，那老人用的確切字眼是：

「那些繩子全拿去上吊吧你。」但這些努力在一年內就得到了回報。今日，第五港口讓商船得以停泊，更有船隻載著全世界渴望來此觀光，並體驗克特丹各種樂趣的旅客和士兵。渣滓幫能優先接觸每一個人，帶領他們——和他們的錢包——進入幫派所有的妓院、小酒館和賭場。第五港口讓老頭變得富有，並眞正確立渣滓幫成爲巴瑞爾諸多競爭者一員的地位，甚至遠遠超過烏鴉會過往的成功。但只要有利可圖，就會帶來多餘的注意。吉珥斯和黑尖幫一整年都在找渣滓幫麻煩，侵占第五港口，偷取那些根本不屬於他們的肥羊。

「第五港口是我們的，」凱茲重複。「這件事沒有討論空間。你們侵占我們碼頭的交通路線，攔截兩晚以前就該入港的約韃貨運。」

「完全不知道你在講什麼。」

「吉珥斯，我知道搶比賺容易，但勸你還是不要跟我裝傻。」

吉珥斯上前一步，賈斯柏和大巴力格警戒起來。

「別再吹牛了，小朋友，」吉珥斯說：「我們都知道老頭沒那個膽眞的打一場。」

凱茲的乾笑有如枯葉沙沙。「但現在和你談的人是我，吉珥斯，而我可不是來這兒嘗點滋味就走的。你想開戰，我絕對會滿足你。」

「如果你不在了呢，布瑞克？大家都知道你是哈斯可生意的脊柱——折了你，渣滓幫就散了。」

賈斯柏嗤了一聲。「又是脊柱又是膽的，接下來是什麼？脾臟嗎？」

「閉嘴。」巫門吼道。談判規則中規定，一旦開始交涉，只有副官可以說話。賈斯柏用嘴型說了個「抱歉」，精巧地做出縫嘴巴的手勢。

「我相當確定你這是在威脅我了，吉玥斯，」凱茲說：「不過我想在決定該怎麼做之前先確定一下。」

「也對自己太有自信了吧，布瑞克？」

「只對我自己一個人。」

吉玥斯爆出大笑，用手肘頂了頂巫門。「你聽聽這個驕傲的小王八蛋，布瑞克，這街頭不是你的。你這種小鬼都是跳蚤，每幾年就會新冒出一堆像你這樣的傢伙，惹惱前輩，直到某條大狗決定把牠們全抓掉。我告訴你，我已經要受不了癢了。」他交叉雙臂，透露出他沾沾自喜的愉悅。「要是我告訴你，此時此刻，有兩名警衛正拿市裡配發的步槍瞄準你和你的伙伴呢？」

伊奈許胃一沉。凱茲說吉玥斯可能收買了警衛，指的是就是這個嗎？

凱茲抬頭瞥瞥屋頂。「你雇用市警衛幫你殺人？如果問我，我會說這手法對黑尖這種幫派來說太昂貴。我不相信你的財庫有辦法負擔。」

伊奈許爬上護欄，離開陽台安全處，飛身朝屋頂去。如果他們今晚能活下來，她眞的要殺了凱茲。

交易所屋頂向來派駐著兩名市警隊的警衛。只要渣滓幫加黑尖幫的幾枚克魯格，就能確保他們不干涉談判，這是極爲常見的買賣。但吉珥斯暗示的是另一碼事。他眞的想出法子賄賂市警衛當他的狙擊手嗎？如果是這樣，渣滓幫今晚存活的機率便驟降到微乎其微。

一如克特丹大多數建築物，交易所有著尖陡的山形屋頂，以防大雨，因此警衛是透過一條可俯瞰庭院的細窄走道巡邏屋頂。伊奈許略過走道。那裡的確比較好走，但會讓她過於暴露。反之，她爬上滑溜屋瓦的一半處，開始匍匐前進。她的身體歪斜成危險的角度，像蜘蛛那樣移動，一面騰出一眼注意警衛所在的走道，一耳分神注意底下的交談。也許吉珥斯在虛張聲勢，又或者兩名警衛正俯身越過護欄，清楚注視著在射程內的凱茲，或賈斯柏，或大巴力格。

「是花了點工夫，」吉珥斯承認，「現在我們是個小組織，而市警衛可不便宜。不過這錢算是花得値得。」

「都是爲了我？」

「都是爲了你。」

「好感動喔。」

「渣滓幫沒你活不過一週。」

「看現在情勢我至少給他們一個月。」

有個念頭在伊奈許整個腦袋裡到處轟隆吵鬧。如果凱茲死了，我會留下嗎？又或者我會躲債？在沛．哈斯可的劊子手身上賭一把？不過，假使她動作不快一點，恐怕很快就會知道答案。

「自命不凡的貧民窟小老鼠，」吉珥斯笑著，「眞等不及要把你臉上那表情抹掉。」

「那就來啊。」凱茲說；伊奈許冒險往下看了一眼。他的聲調變了，笑意盡失。

「我該叫他們送你那條完好的腿一顆子彈嗎，布瑞克？」

警衛去哪兒了？伊奈許想，加快腳步。她快速跑過山形屋頂陡峭的斜坡。交易所延伸出來的長度幾乎和街區一樣長，要找的範圍太大了。

「別再廢話了，吉珥斯，叫他們開槍。」

「凱茲——」賈斯柏緊張地開口。

「繼續啊，有種一點，開口下令。」

凱茲到底在玩什麼把戲？他本來就知道嗎？他直接預設伊奈許能及時找到警衛所在嗎？

她再次低頭瞥看。吉珥斯整個人散發一股期待感，深呼吸一口氣，鼓起胸膛。伊奈許的腳步不穩，得用盡力氣才不至於直接從屋頂邊緣滑下。他眞的會這麼做，我會看著凱茲死。

「開火！」吉珥斯喊道。

一發槍聲劃破空氣，大巴力格忍不住發出痛呼、頹倒在地。

「該死！」賈斯柏喊著，在巴力格身旁單膝跪地。大個子呻吟時，他一手壓在槍傷上。「你這沒用的胖子！」他對吉珥斯吼叫，「你剛剛破壞了中立區。」

「沒先開槍的人就給我閉嘴，」吉珥斯回答。「而且誰會知道？反正今天你們誰也走不出這裡。」

吉珥斯的語調太高。他在努力維持鎮定，但是伊奈許可從他的字句之間嗅到驚慌之情呼之欲出，像嚇壞的鳥兒受驚地拍振翅膀。爲什麼？沒多久前他還那麼咄咄逼人。

伊奈許在此時發現凱茲動也沒動。「吉珥斯，你似乎不太好。」

「我好得很。」他說，但他並不好。他一臉蒼白，渾身顫抖，雙眼急切地左右轉，好像在搜索著屋頂上藏於陰影中的走道。

「是嗎？」凱茲閒話家常般地問。「事情有點不如預期，是不是？」

「凱茲，」賈斯柏說，「巴力格流血流得很嚴重——」

「很好。」凱茲說。

「凱茲，他需要醫士！」

凱茲瞥了傷者一眼，那目光毫無保留。「他要的是閉嘴別發牢騷，最好還要慶幸我沒讓霍斯特當頭一槍了結他的小命。」

即便從上方，伊奈許都能看到吉珥斯瑟縮了一下。

「警衛叫這名字對吧？」凱茲問道。「威廉．霍斯特和伯特．范戴爾——今晚值勤的兩名市警衛，也就是你傾盡黑尖幫財庫去賄賂的兩個人？」

吉珥斯什麼也沒說。

「威廉．霍斯特，」凱茲大聲地說，他的聲音飄上屋頂，「差不多和賈斯柏一樣愛賭，所以你的錢的確非常有吸引力。但霍斯特還有更大的麻煩——不如說是急需吧。我不會講太多細節，祕密和錢不一樣，花掉就沒價值了。但是呢，如果我說這個祕密連你都會噁心得吐出來，相信我準沒錯。你說對不對呀？霍斯特？」

另一聲槍響回應。子彈打在吉珥斯腳邊的鵝卵石上，他逸出一聲嚇壞的哀叫，往後一彈。

這次，伊奈許能追蹤槍聲來源的機率更高，開槍位置來自靠近建築西側的某個地方。如果霍斯特在那兒，就表示另一名警衛——伯特．范戴爾——會在東側。凱茲也成功買通他了嗎？還是他賭在她身上？她在山形屋頂上加快腳步。

「霍斯特，你給我射他！」吉珥斯怒吼，絕望如鋸子般在他聲調中來回拉扯。「往他腦袋打一槍！」

凱茲不屑地嗤了一聲。「你眞以爲我死了就不會洩露那個祕密嗎？開槍啊，霍斯特，」他喊，「往我腦袋開一槍，在我倒地之前，就立刻會有信差飛奔到你老婆和警衛隊長的家門前。」

一發子彈都沒射出。

「怎麼會？」吉珥斯苦澀地說：「你到底怎麼知道今晚値勤的是誰？我甚至得傾家蕩產才能拿到値勤名單。你出價不可能高過我。」

「不如說我用的貨幣更有力量。」

「錢就是錢。」

「我買賣的是情報，吉珥斯，就是大夥兒以爲沒人注意時偷偷做的那些事。比起金錢，羞恥感價更高。」

他在長篇大論，伊奈許看出來了。在她躍過石板瓦片時，他正在爲她爭取更多時間。

「在擔心第二名警衛嗎？那位親愛的伯特．范戴爾？」凱茲問。「也許他現在正在上頭思考著自己該怎麼辦。要射我嗎？還是射霍斯特？又或者我也買通了他，他已準備好在你胸口轟個大洞。吉珥斯，」他往前傾身，彷彿正和吉珥斯分享一個天大的祕密。「爲何不給范戴爾下令，看看結果如何？」

吉珥斯像條鯉魚般打開嘴巴又閉起，接著怒喊：「范戴爾！」

范戴爾才剛要張嘴回應，伊奈許就溜到了他身後，拿刀架上他脖子。她差點來不及辨認出他的身影並從屋頂瓦片滑下去。諸聖在上，凱茲老愛把時機卡那麼緊。

「噓……」她在范戴爾耳邊低語，往他身側稍微戳了一下，讓他感到她第二把匕首的刀尖正抵在腎臟位置。

「拜託，」他嗚咽著，「我——」

「我最喜歡聽男人哀求，」她說：「可惜時機不對。」

下方，她看到吉珥斯的胸膛因驚慌的呼吸大大起伏。「范戴爾！」他再次吼叫出聲。當他朝凱茲轉回頭，臉上滿是憤怒。「你永遠都能先人一步，是不是？」

「吉珥斯，只要對上你，我敢說我永遠贏在起頭。」

然而，吉珥斯卻露出微笑——一個小小的微笑，緊繃卻滿足。勝利者的微笑，伊奈許在新生的恐懼中恍然大悟。

「比賽還沒結束。」吉珥斯將手伸進夾克，拉出一把沉重的黑色槍械。

「終於啊，」凱茲說，「開底牌了，賈斯柏終於不必再像個淚汪汪的女人那樣爲巴力格哭個沒完了。」

賈斯柏震驚且憤怒地盯著那把槍。「巴力格搜過他……噢老巴，你這蠢蛋。」他呻吟。

伊奈許不敢相信自己的眼睛。被她扣住的警衛小小吱了一聲——在憤怒與震驚中，她不小心收緊了手上的力道。「放鬆。」她說，稍微鬆開箝制。但話說回來，諸聖啊，她眞想拿刀亂刺些什麼。負責搜吉珥斯的就是大巴力格，他絕對不可能漏掉那把槍。他背叛了他們。

就是因爲這樣，今晚凱茲才堅持要帶上大巴力格的嗎？這樣就能公開確認巴力格跳槽到黑尖幫那邊？可以確定的是，他是因爲這樣才讓霍斯特射了巴力格肚子一槍。但那又怎樣？現在所有人都知道大巴是叛徒，凱茲依舊被槍指著胸膛。

吉珥斯得意一笑。「凱茲．布瑞克，偉大的逃脫者，如今你要怎麼從這個陷阱中掙脫逃走呢？」

「就和來的方式一樣，」凱茲無視那把槍，將注意力轉向躺在地上的大個子。「巴力格，知道你的問題在哪裡嗎？」他用枴杖尖端戳了戳大巴肚子上的傷口。「這不是反問句，我說，你知道你最大的問題在哪裡嗎？」

巴力格低聲哀叫。「不知道……」

「猜猜看。」凱茲嘶聲說。

大巴什麼也沒說，只是又吐出另一聲顫抖的抽噎。

「好啦好啦，我告訴你。你很懶，我知道，所有人都知道。所以我得自問，我最懶惰的打手為什麼一個禮拜要早起兩次，特別多走兩哩路到西拉炸物店吃早餐？尤其庫布朗的蛋分明更好吃？大巴變成早起人，黑尖幫開始在第五港口到處作威作福，接著攔截我們最大批的約韃。要聯想實在不怎麼難啊。」他嘆了口氣對吉珥斯說，「這就是蠢人開始進行大計畫時最常有的下場，是吧？」

「現在也沒什麼差了？不是嗎？」吉珥斯回答。「場面就要變得很難看了，我會在近距離開槍。也許你的警衛能打中我或我的人，但你絕不可能躲得過這顆子彈。」

凱茲上前逼近槍管，讓它直接壓在自己胸膛上。「絕對躲不過，吉珥斯。」

「你以為我不敢開槍嗎？」

「噢，我認為你會開開心心地開槍，你那顆黑心還會一邊哼著歌。但你不會，今晚不會。」

吉珥斯的手指在扳機上抽搐了一下。

「凱茲，」賈斯柏說，「這一整個『射我啊射我啊』的遊戲開始讓我有點擔心了。」

這回，巫門已懶得反駁賈斯柏的胡說八道。一人倒下，中立區已被打破，空氣中早已懸浮著火藥鮮明強烈的氣味——隨之而來的還有一個問題，在靜默中無人出聲發問，彷彿死神正在等待答案：今晚將會流下多少鮮血？

遠方有警笛尖嘯。

「伯斯街十九號。」凱茲說。

吉珥斯本來正輕輕地在兩腳之間交換重心，這下突然靜止不動了。

「那是你女人的住址，對吧？吉珥斯？」

吉珥斯吞嚥一下。「沒有什麼女人。」

「噢，你當然有，」凱茲溫柔呢喃，「她也很漂亮——唔——對你這種無良的傢伙來說夠漂亮了。個性好像也很甜美。你很愛她吧？」即使人在屋頂，伊奈許都能看見吉珥斯蠟白臉上的汗水光澤。「你當然愛了，沒有哪個漂亮的人會多看你這種巴瑞爾人渣一眼，但她不同。她覺得你很迷人。如果你問我，我絕對會說這是精神失常的徵兆，但愛本就古怪。她喜歡將漂亮的腦袋靠在你肩上嗎？聽你述說今天發生的一切？」

吉珥斯看著凱茲，彷彿終於看清了這個人。和他對話的男孩確實驕傲又魯莽、什麼都可以開玩笑，但並不恐懼——不真的恐懼。此時此地，這頭怪物眼中沒有情緒，一點也不害怕。凱茲．布瑞克已然消失，換成髒手上場，確保達成目標。

「她住在伯斯街十九號，」凱茲用彷彿鋪滿碎石的粗啞聲音說道：「在三樓，窗台上的花盆種了天竺葵。正有兩名渣滓幫的人等在她門外，如果我沒有毫髮無傷且堂堂正正地走出這裡，他們會在那兒放火，從地面到屋頂，幾秒內就會蔓延，從兩端開始燒，而可憐的伊萊絲就會困在正中央。她的金髮會先著火，就像蠟燭芯。」

「你在吹牛。」吉珥斯說，握槍的手卻在顫抖。

凱茲抬起頭，深吸一口氣。「有點晚了呢，你也聽到警笛了，我在風中聞到港口的味道，有海，有鹽，也許還有——我是聞到黑煙了嗎？」他的語調中帶著愉悅。

噢，諸聖啊，凱茲，伊奈許悲傷地想，你幹了什麼好事？

吉珥斯的手指再次在扳機上抽搐，伊奈許不禁緊繃起來。

「我知道，吉珥斯，我知道的，」凱茲一派同情地說：「又是計畫、又是密謀，外加賄賂——全變成一場空。你現在就是在想這個。一邊走回家一邊想著自己失去了什麼，感覺一定很糟；發現不但空手而歸，甚至損失更多，你老闆會有多火大；往我心臟射一槍又該有多爽快——你可以啊，按下扳機，我們可以一起死，讓人把我們的屍體拿去死神駁船燒一燒，就和每個乞丐的下場一樣。又或者，你可以先把自尊受到重創這件事吞下去，回去伯斯街，把頭放在你女人的大腿上，還能一面呼吸一面入睡，在夢裡想著復仇。這全看你，吉珥斯，今晚我們能不能回得了家呢？」

吉珥斯在凱茲的眼神中搜索，而不管他在裡頭看到什麼，都使他肩膀一垮。伊奈許為他感到一絲憐憫的心痛——對此，她有些訝異。他彷彿乘著天不怕地不怕的氣勢，以生存者之姿、以巴瑞爾的鬥士之勢走進此處。離開時卻成爲凱茲．布瑞克的另一個手下敗將。

「未來你會自食惡果的，布瑞克。」

「我會的，」凱茲說：「如果世上眞有正義。不過我們都知道結果會是怎樣。」

吉珥斯垂下手。槍徒勞地懸在身側。

凱茲後退，拂了拂剛剛抵著槍管的衣服前襟。「叫你上頭的那位、叫黑尖幫離第五港口遠一點，此外，我們要求他針對我們丟掉的約韃貨物做出補償。而因爲你們在中立區域亮武器，再加百分之五。另外再百分之五，因爲你們是一群如此令人印象深刻的混帳。」

下一刻，凱茲的手杖倏地揮出一道銳利弧線，當吉珥斯的腕骨被打碎，他發出尖叫。槍哐噹掉到鋪石子地上。

「我退出！」吉珥斯哀喊著抱住自己的手。「我退出！」

「再敢靠近我一次，我就打斷你兩隻手腕，這樣你就得雇人在你撒尿時幫你了。」凱茲用枴杖頭將帽沿往上推。「又或許，你可以讓甜美的伊萊絲幫你。」

凱茲在巴力格旁俯身，那個大塊頭哀哀喊著。「巴力格，看著我，假設你今晚沒有流血而死，在明天太陽下山前，你都有機會離開克特丹。只要讓我聽說你靠近城市邊緣，就會有人發現你被塞在西拉炸物店的啤酒桶裡。」接著，他看向吉珥斯。「你敢幫巴力格，或眞讓我確定他和黑尖幫一起逃跑，我一定會來逮你。」

「凱茲，求求你。」巴力格哀嚎道。

「你本來有個家，但你自己拿了顆大鐵球把前門砸破，巴力格，別想要我同情。」他站起身，確認了一下懷錶。「我本來沒預期會搞這麼久，現在最好快點離開，不然伊萊絲可能要覺得有點熱了。」

吉珥斯搖搖頭。「你眞的有點問題，布瑞克。我不知道你是什麼人，但你這人有毛病。」

凱茲將頭歪往一邊。「你是外圍城市來的吧，吉珥斯？來這城市賭賭運氣？」他用戴著手套的一手壓住翻領。「而我呢，是那種巴瑞爾特產的混蛋。」

凱茲無視黑尖幫腳邊那把裝滿子彈的槍，轉身背對他們，一跛一跛走過鵝卵石地面，朝東拱門而去。賈斯柏在巴力格旁邊蹲下，輕輕拍了一下他的臉頰。「白痴啊。」他悲傷地說，跟上凱茲出了交易所。

伊奈許仍待在屋頂上，監視著巫門撿起吉珥斯的槍，裝進槍套，接著黑尖幫的人相互交換了幾句無聲討論。

「不要，」大巴力格懇求著。「不要丟下我。」他試圖抓住吉珥斯的褲腳。

吉珥斯把他甩開，他們把他丟在那兒，側身蜷在地上，血在鵝卵石上橫流。放開范戴爾之前，伊奈許先抽走他手中的步槍。「回家。」她對那個警衛說。他回頭恐懼地瞥了一眼，立即在走道上全速逃跑。遠處下方，大巴開始在交易所地上努力地拖著身軀爬行。他也許蠢得和凱茲．布瑞克作對，但畢竟也在巴瑞爾生存這麼長時間，那是要有意志力的。所以，他或許能成功。

幫他，她心裡有個聲音說。不久之前，他都還是她的戰友。放他自生自滅好像不太對。她可以去找他，幫助他快快結束悲慘命運，在他嚥氣時握著他的手；她可以找個醫士來救他。

相反地，她用她諸聖的話語快速說了句禱詞，開始顫巍巍地爬下外牆。伊奈許憐憫那名可能在生命最後時刻身邊卻無人安慰、將要孤單死去的男孩——又或許他能活下來，餘生卻將成爲放逐者。然而，今晚的工作尚未結束，而幻影沒有時間能分給背叛者。

03 凱茲

凱茲從東拱門現身時受到歡呼迎接。賈斯柏跟在他身後。假如凱茲是法官，那麼，他已讓自己進入怒而不顯的狀態。

狄瑞克斯、羅提和其他人衝向他們，又是高呼又是喊叫，賈斯柏的左輪被高舉在空中。這群人連半眼都沒看到和吉珥斯的談判進行得如何，卻都聽說了大部分。而今，他們都在唱著：「伯斯街鬧火災！渣滓幫沒水來！」

「我眞不敢相信他就這麼逃了！」羅提嘲弄道，「他手中有裝滿子彈的槍欸！」

「快告訴我們，你抓到警衛什麼把柄。」狄瑞克斯懇求道。

「一定不是什麼普通祕密。」

「我聽說斯洛肯有個傢伙喜歡在蘋果糖漿裡打滾，然後找兩個——」

「我不會講的，」凱茲說：「霍斯特證明了自己未來大有用處。」

氣氛仍是緊張不安，由於差點大難臨頭，他們的笑聲變得瘋癲且刺耳。有些期待打上一場的人依舊渴望著機會，但凱茲曉得不只如此，而且他也沒有漏掉無人敢提大巴力格的名字。他們因他的背叛大感震驚——不只因爲揭露了這件事，也因爲凱茲給予的懲罰。在那些你推我擠與亂喊亂叫之下的，是恐懼。很好，凱茲靠的就是渣滓幫裡全是一幫謀殺犯、小偷和騙子。他只要確定他們不會把騙他變成習慣。

凱茲派了其中兩人去盯著大巴，確認他是否成功爬起來離開城市。其餘的人可以回去巢屋和烏鴉會一醉解千愁、惹些麻煩，並將今晚的事蹟散布出去。他們會說出自己看到的部分，渲染其餘部分。而隨著每一次重述，髒手會變得更瘋、更殘酷。但凱茲還有事要處理，而他的第一站就是第五港口。

賈斯柏擋住他的路。「你應該讓我知道大巴力格的事。」他忿忿地低聲說道。

「別教我怎麼做事，賈斯。」

「你懷疑我也不乾淨？」

「如果我認爲你不乾淨，你就會和大巴力格一樣，抱著肚子裡的內臟躺在地上，所以別再囉唆個沒完。」

賈斯柏搖搖頭，雙手放在他從狄瑞克斯那兒拿回來的左輪。每次他一鬧脾氣，就愛摸槍，像個在最喜歡的娃娃身上找慰藉的孩子。

要講和再容易不過。凱茲大可以告訴賈斯柏，自己知道他乾淨清白，提醒他就是因爲夠相信他，自己才會讓他在今晚這場極可能大失控的打鬥中擔任唯一，而且是眞正的副手。然而凱茲卻說：「繼續說啊，賈斯柏。烏鴉會裡有一筆款子等著你，去玩到早上錢用完，或好運用完，就看哪個會先發生。」

賈斯柏臉一沉，卻壓不住眼中流露出的飢渴光芒。「又想收買我？」

「習慣成自然。」

「算你好運，因爲我也是。」他遲疑好一會兒才說，「你不要我們跟著你嗎？吉珥斯的手下在這之後一定會被惹毛。」

「讓他們來。」凱茲說完，沒多說一個字就轉往尼姆街。假使入夜後無法獨自在克特丹行走，差不多等同在脖子上掛了個牌子，上面寫著「軟弱」，不如直接躺下等挨揍。

他朝橋走去時，能感到渣滓幫一個個盯著他的背後。他不用去聽他們竊竊私語什麼也知道他們會怎麼講。他們想和他一起喝酒，聽他解釋爲什麼知道大巴力格跳槽到黑尖幫，聽他描述吉珥斯丟下槍時是什麼眼神。但他們向來無法從凱茲那裡打聽到，而如果他們不喜歡這樣，可以另外找別的幫派去混。

不管他們對他有何想法，這些人今晚腰桿都挺得更直了些。就是因爲這樣他們才會留下；就是因爲這樣，他們對他才展現了最接近忠誠的態度。當他正式成爲渣滓幫的一員時才十二歲，而且渣滓幫本來是所有人的笑柄，一些街頭孩童和沒戲唱的乞丐，在巴瑞爾最差區域的一棟破爛舊屋中，弄些騙人把戲和沒多少油水的詐欺。但他要的不是強大的幫派，而是可以被他打造得強大的幫派——一個需要他的幫派。

現在，他們有自己的地盤、自己的賭場，而原來那棟破屋變成巢屋，一個乾爽溫暖，能吃到熱飯，或在受傷時可躲藏的處所。現在的渣滓幫人見人怕。凱茲給了他們這一切，整體算來，他根本沒必要告訴他們什麼。

除此之外，賈斯柏會自己平復的。幾瓶酒下肚再賭上幾手，這名狙擊手又會變回好脾氣的模樣。他對待不快的態度就像對待酒水，而且他有天賦，能讓凱茲的勝利聽起來好像屬於每個人。

凱茲朝著橫越第五港口的數條小運河之一走去，發現自己——諸聖在上——幾乎可說滿懷希望。也許他該去看個醫士。數週來，黑尖幫死黏在他身後，弄得他得逼他們出手。他的腿除了感到冬天的寒冷，也還不太糟。疼痛從未消失，但今晚只有悶悶抽痛。不過，一部分的他仍在思考著這場談判是不是沛．哈斯可故意給他設下的某種測試。哈斯可完全能自我說服他才是讓渣滓幫繁盛壯大的天才，尤其他的一個密友不斷在他身旁咬耳朵。這種想法站不住腳，但凱茲可以明天再來操心沛．哈斯可。現在，他要先去確認港口的一切都照常運作，接著回巢屋的家補上他亟需的睡眠。

他知道伊奈許緊緊跟著他。她從交易所就一路跟著。他沒有出聲喊人。她準備好的時候就會自己現身。一般來說，他喜歡安靜，而事實上，他也非常樂意把大多數人的嘴巴縫起。但如果伊奈許有意，她有方法能讓你感受到她的安靜。那個感覺會不斷扯動著你的意識邊緣。

凱茲一整路努力忍著，走過贊特橋的鐵欄杆，格柵上滿是綁成精細繩結的小段繩索，那是水手用來祈禱從海上平安歸來的東西。全是些迷信的胡說八道。終於，他放棄了。凱茲開口：「幻影，想說什麼就說。」

她的聲音從黑暗中傳來。「你根本沒派任何人到伯斯街。」

「我爲什麼要派人？」

「如果吉珥斯沒有及時到那裡——」

「沒人會在伯斯街十九號放火。」

「但我聽見警笛……」

「令人愉快的巧合。天上掉下靈感我就拿來用。」

「那你就是在虛張聲勢。她完全沒有危險。」

凱茲聳聳肩，不願告訴她答案。伊奈許永遠都在試圖一點一滴地把他僅有的禮儀擰出來。

「只要大家都覺得你是怪物，就不用浪費時間去做出怪物的行爲。」

「如果你知道那是陷阱，到底為什麼還要赴約？」她大約在他右方某處無聲行動。他聽過幫派的其他成員說她的動作就像貓，但凱茲懷疑，恐怕就連貓都會聚精會神地坐在她腳邊，學她的招數。

「我會說今晚是一大成功，」他說：「妳不覺得嗎？」

「你差點被殺，賈斯柏也是。」

「吉珥斯傾盡黑尖幫的財庫支付那些根本沒用的賄賂，我們揪出了叛徒，重新搶回第五港口的所有權，而我身上連個刮傷也沒有。今晚非常不錯。」

「你知道大巴力格的事情多久了？」

「幾個禮拜。我們人手要不夠了。這倒是提醒了我——叫羅傑克走人。」

「為什麼？牌桌上那樣的人很少了。」

「很多可憐蟲都很懂玩牌，羅傑克手腳太快，他從中偷拿錢。」

「他是優秀的發牌人，而且有家要養。你可以給個警告就好，砍根手指。」

「那他就不再是優秀的發牌人了，不是嗎？」

若是發牌人被抓到從賭場偷錢，老大會切掉他的一根小指。這不知怎麼成了幫派中一條不成文的可笑懲罰。這會讓偷錢者失去協調性，逼他重新學洗牌方式，並讓未來的每個雇主知道這個人要好好盯著。但同時也讓他在牌桌上笨手笨腳。這就表示，他得專注在發牌之類簡單的技術，無法盯好玩家。

在黑暗中，凱茲看不見伊奈許的臉，卻感受到她的不贊同。

「貪婪是你信仰的神，凱茲。」

他幾乎要衝著這話笑出來。「不對，伊奈許，貪婪才要對我鞠躬。他是我的僕人，是爲我所用的手段。」

「那你信仰的是什麼神？」

「任何能讓我走好運的神。」

「我不認爲神是這麼用的。」

「我不認爲我在乎。」

她吐出一大口惱怒的氣。儘管經歷了那麼多，伊奈許依舊相信她的蘇利諸聖在照看自己。凱茲知道，而因爲某種原因，他就是喜歡激怒她。他眞希望現在能讀到她的表情。她那雙黑眉之間的糾結永遠能讓他感到滿足。

「你怎麼知道我能及時趕到范戴爾那裡？」她問。

「因爲妳向來都能及時趕到。」

「你應該多給我一點提示。」

「我還以爲妳的諸聖會欣然接下挑戰。」

有那麼一會兒，她什麼話也沒說，接著，他聽見她的聲音從身後某處傳來。「凱茲，在眞有所需之前，人們總會不斷嘲諷神。」

他沒看到她離開，只是感覺到她不在了。

凱茲不耐煩地搖了一下頭。說他信任伊奈許有點言過其實，但他也承認，自己漸漸倚賴起她。決定向艷之園清償她的契約是他直覺做出的決定，而這個決定讓渣滓幫付出天大代價，更要說服沛·哈斯可；不過伊奈許可說是凱茲有史以來做過最好的投資之一。由於擅長來去無蹤，使她成爲專偷祕密的優秀竊賊，甚至稱得上巴瑞爾第一把交椅。但她這麼容易抹去蹤跡，有些令他困擾。她身上甚至沒有味道。所有人身上都有味道，而那些味道會述說故事——女人的手指上有一絲煤碳氣味，或髮中飄著燒木頭的煙；男人西裝的濕羊毛料味，或者袖口殘留的一抹火藥味。但伊奈許沒有。她不知怎麼將隱身玩得出神入化，是價值連城的資產。所以，爲什麼她就不能把事情做好即可，別給他臉色看？

突然間，凱茲察覺自己並非一個人。他停下腳步細細聽著。他走那條被暗黑運河切開的細窄小巷抄近路，這裡沒有街燈，也沒什麼行人，除了一輪明月和一些碰撞著停泊處的小船，什麼也沒有。他放下防衛，讓注意力順勢分散。

小巷前方盡頭出現某人的暗黑身影。

「有何貴幹？」凱茲問。

那身影衝向他，凱茲將枴杖放低，掃出一個弧。這應該能直接碰觸到攻擊者的腿，然而他卻撲了個空。凱茲跟蹌一下，因那一揮的力道失去平衡。

接著，不知怎麼，那人站到了他正前方。一記重拳打中凱茲下巴。凱茲甩掉在腦中猛衝而過的金星，回旋身軀、再次揮出。但那裡一個人也沒有。凱茲手杖沉重的頂部颼颼劃過空氣，喀一聲敲在牆上。

凱茲感到手中手杖被右方某人奪走。不只一個人嗎？

接著，一道身影穿牆走來。凱茲心中一股震驚與眩暈，當那團霧轉變為斗篷、靴子和一張毫無血色的臉時，他試圖解釋自己究竟看到了什麼。

鬼魂，凱茲想著。幼時的恐懼如今成為真確無誤的事實。約迪終於來復仇了。凱茲，還債的時候到了。世上沒有白吃的午餐。

這個念頭帶著羞愧感、一陣慌亂的胡思亂想閃過凱茲腦中，下一刻，這道幽魂便撲向他，凱茲感到脖子被尖針一戳。拿著針筒的鬼魂？

笨蛋啊。他想，旋即墜入黑暗。

□

凱茲在阿摩尼亞刺鼻的氣味中醒來。完全恢復意識時，他猛地將頭往回抽。

面前的老人穿著大學醫士的長袍，手中有一瓶瓦夫鹽，正拿在凱茲鼻子下面揮。那臭味簡直難以忍受。

「拿開。」凱茲粗啞地說。

醫士漠然地瞄了他一眼，把瓦夫鹽收回皮革小包。凱茲活動一下手指，但他也只做得出這個動作。他被綁在椅子上，雙臂固定在背後。不管他們給他注射了什麼玩意兒，都讓他昏沉無力。

醫士移到旁邊，凱茲眨了兩下眼，試圖讓視線清晰些，以辨認周遭那奢華到荒謬的環境。他本以爲會在黑尖幫或其他競爭幫派的老巢醒來，然而這裡不是巴瑞爾那種俗氣而廉價的場所。把屋子裝飾成這樣可得花上不少錢——桃花心木鑲板上密密麻麻刻著浪濤與飛魚，架上列放著書，鉛框窗戶，而且他非常確定那幅狄卡浦絕對是眞跡。幾幅一派嚴肅的油畫肖像中，有位女士腿上有本打開的書，腳邊躺了一頭羔羊。那名從寬大桌子後方打量著他的男人一副商人派頭。但是，如果這是他的房子，爲什麼有全副武裝的市警隊隊員看守著門？

該死，凱茲想，我被捕了嗎？如果是這樣，這位商人免不了要嚇一跳了。感謝伊奈許，他握有克爾斥每名法官、地方高官和高等議員的情報，在日出前他就能離開牢房——除非他不在牢房，而是被鍊在一張椅子上……所以現在他媽的到底是怎麼回事？

此人約四十幾歲，生了一張瘦削但好看的臉，外加從前額堅定往後退的髮際線。當凱茲對上那男人的目光，對方清清喉嚨，手指交疊。

「布瑞克先生，我希望你沒有感覺太糟。」

「只要把這爛玩意兒從我身上弄掉，我就會感覺很好。」

商人對醫士點了個頭。「你可以走了，請把帳單送來給我，而我呢，當然會十分感激你低調謹慎地處理此事。」

醫士闔緊包包、離開房間。他人一走，商人便站起身，從桌上拿起一綑紙。他身上是克爾斥每名商人都穿、剪裁完美的連身外套與背心，深色調，優雅且刻意的嚴肅風格。不過，單是懷錶與領帶夾就能告訴凱茲要知道的一切——懷錶的金鍊以月桂葉狀的粗大鍊環組成，領帶夾上是顆完美無瑕的巨大紅寶石。

就衝著你把我鍊在椅子上，我一定要把那顆肥美的寶石從底座撬下來，拿那個夾子直接戳進你這商人的脖子。凱茲想著，不過說出口的只有：「范艾克。」

那人點點頭，當然沒有鞠躬；商人可不會對巴瑞爾的人渣鞠躬。「我就想你應該知道我。」

凱茲知道克爾斥每名商人的家徽和珠寶。范艾克的家紋是紅月桂，不是專家也能看出關聯。

「我知道你，」他說：「你就是那些老想清理巴瑞爾的商人改革家之一。」

范艾克又點了個微乎其微的頭。「我想找些會勤勤懇懇工作的人。」

凱茲笑出聲。「在烏鴉會賭博和在交易所那地方做買賣，有什麼差別？」

「一個是偷搶，一個是經商。」

「人要是沒了錢，想分辨這兩者可能會有點困難。」

「巴瑞爾是骯髒、邪惡和暴力的淵藪——」

「你從克特丹港口送出海的船有多少艘從沒回來？」

「那不——」

「五艘中就有一艘，范艾克。每五艘被你送出去找咖啡、約韃或一匹匹絲綢的船，就會有一艘沉到海底或撞上礁石，或變成海盜的獵物；五班船員中會有一班死去，他們的屍體遺落在異國海域，變成深海魚的食物。我想我們就別提暴力了吧。」

「我不會和來自巴瑞爾的年輕人爭論道德問題。」

凱茲也不期待他會。他只是一面測試著腕上的手銬鬆緊度，一面拖延點時間。他盡可能以手指順著鍊子摸索，心中依然疑惑范艾克究竟把他帶到了哪兒。雖然凱茲從未親身會過這人，仍有充足理由熟知范艾克家從裡到外如何配置。不管他們在哪兒，都不是這名商人的大宅中。

「既然你不是帶我到這裡上哲學課，到底有何貴幹？」所有會面的一開場都會這麼問；這是來自同業的問候，而非囚犯的懇求。

「我——精確地說是商會——有個提議給你。」

凱茲藏起訝異。「商會的協商都是從打人開始的嗎？」

「你就當作是個警告——和示範。」

凱茲想起小巷中的形體，它如鬼魂般現身又消失。約迪。

他不禁在心中打了個顫。不是約迪，你這蠢蛋。專心點。他們能出其不意抓住他，是凱茲因勝利而躊躇滿志、漫不經心。這是給他的懲罰，而且是絕不會再犯的錯誤。可這還是無法解釋幽魂。就此時而言，他暫且將那個想法挪到一邊。

「商會有什麼能用到我之處？」

范艾克以大拇指點著手中那堆紙。「你第一次被逮捕是在十歲。」他掃視著紙頁。

「大家都不會忘記自己的第一次。」

「同年又被逮捕兩次，十一歲又兩次。你十四歲時，市警隊搜查一家賭場，你又被抓，但至今沒有服過任何刑。」

這是眞話。整整三年，沒人有辦法扣住凱茲。「我洗手不幹了，」凱茲說：「找了正派的活兒，過著勤勞工作、虔誠祈禱的生活。」

「少在那邊瀆神了。」范艾克淡淡地說，然而雙眼閃過一瞬怒火。

信仰虔誠，凱茲記下，同時在心中搜尋他握有范艾克的一切情報——富有、虔誠，原是鰥夫，但最近與一個不比凱茲大多少的女人再婚。當然，還有范艾克之子的謎團。

范艾克繼續一頁頁翻過那疊紙。「你經營職業拳賽的投注，也擁有那些單憑機運玩的賭局；你在烏鴉會當了兩年以上的老大，是有史以來最年輕的投注站經營者。而當時，你讓營收增加爲雙倍。你還勒索——」

「我買賣的是情報。」

「你是詐欺師——」

「我創造機會。」

「老鴇、殺人犯——」

「我不賣妓女，我殺人都有原因。」

「那是什麼樣的原因？」

「和你一樣，商人，就是利益。」

「布瑞克先生，你是怎麼得到那些情報的？」

「你可以說我挺會撬鎖。」

「那麼你必定相當有天分。」

「我確實是。」凱茲稍微往後靠。「是說，某種程度上，人人都是保險箱，是裝滿祕密與渴望的金庫。的確，這世上有那些走殘暴路線的傢伙，但我喜歡溫和一點的手法——在正確的時刻、正確的地方，施加正確的壓力。這可是相當細緻的工作。」

「你總是語帶雙關嗎，布瑞克先生？」

凱茲微笑。「這不是雙關。」

鍊子落地之前，凱茲已離開椅子。他越過桌子，一手自桌面抓起一把拆信刀，並以另一手揪住范艾克的衣服前襟。當他的刀刃壓在范艾克喉嚨上，上好的布料縐褶隆起。凱茲有些頭暈，也因爲被困在椅子上，四肢彷彿沒上油。但是，當他手中握有武器，情況就似乎比較樂觀。

范艾克的守衛面對著他，個個亮出槍與劍。他感到商人心臟在衣服的羊毛料底下沉沉跳動。

「我不認爲我用得著多費唇舌威脅你，」凱茲說：「告訴我要怎麼到門口，不然我就帶著你一起破窗而出。」

「我想我可以改變你的心意。」

凱茲輕推他一下。「我不在乎你是什麼身分，或那顆紅寶石有多大。你無權把我從屬於我的街頭帶走；我被鍊子綁住的時候，也不要想和我談什麼條件。」

「米卡。」范艾克喊著。

下一刻，那件事又發生了：有個男孩透過書房牆壁走進來。他蒼白得有如屍體，穿著一件上頭有刺繡的藍色格里沙浪術士外套，翻領上有著紅色與金色緞帶，表示他與范艾克家族之間的關係。但是，就算是格里沙，也無法就這麼穿牆而來。

被下藥了，凱茲想，努力不要驚慌。*我被下藥了*。不然就是某種幻術，會在東埠戲院表演的那種——什麼切成兩半的女孩、茶壺裡跑出鴿子之類的。

「這他媽的是什麼鬼？」他低吼道。

「放開我，我就解釋給你聽。」

「這個樣子你也可以解釋的。」

范艾克火大且短促地噴出一口顫抖的氣。「你剛剛看到的是約韃煉粉的效力。」

「約韃不過是興奮劑，」那是一種生長在諾維贊的小小乾燥花朵，克特丹到處的店舖都有販賣。剛進渣滓幫那時候，凱茲會在盯哨時拿來嚼，好讓自己保持清醒，吃完後會有好幾天牙齒被染成橘色。「那是無害的。」他說。

「約韃煉粉是完全不一樣的東西，而且絕對不是無害的。」

「所以你眞的給我下了藥。」

「不是你，布瑞克先生，是米卡。」

凱茲注視格里沙那張彷彿生了病的灰白臉面。他眼下有深色凹陷，身形虛弱，顫抖得像是好幾餐飯沒吃，卻好像一點也不在乎。

「約韃煉粉是很像普通約韃粉的東西，」范艾克繼續說：「來自同一種植物。我們不確定這種藥物的製造過程如何，但藥物樣本是由一名叫孛・育・拜爾的科學家送到克爾斥商會來的。」

「蜀邯人？」

「對。他想叛逃，所以送這樣本給我們，說服我們相信這個藥物擁有超強效力……麻煩你，布瑞克先生，這姿勢實在非常不舒服。如果你想要，我可以給你一把武器，然後我們可以坐下來，以更文明的方式進行討論。」

「武器，外加我的手杖。」

范艾克朝他的一名警衛示意，那人離開房間，一會兒後帶了凱茲的手杖回來——看到他使用那扇該死的門凱茲眞是高興死了。

「先給我槍，」凱茲說：「不要急。」警衛將他的武器從槍套拿出來，遞到凱茲手中。凱茲抓住後，迅速一個動作扳起扳機，接著放開范艾克，將拆信刀扔回桌上，再從警衛手中一把奪回枴杖。槍的確更有用處，但枴杖能帶給凱茲無法衡量的寬慰。

范艾克往後退幾步，在自己和凱茲上了膛的槍之間拉出一段距離。他似乎不是很想坐下，凱茲亦同，所以他持續待在窗戶邊，如有必要，就立刻破窗逃走。

范艾克深呼吸一口氣，試圖將衣服弄整齊。「那根手杖質材挺上等的，布瑞克先生，是造物法師做的嗎？」

事實上，那確實是格里沙造物法師的作品，其中襯了鉛，加重至可完美打斷骨頭的程度。

「不干你的事。快點說，范艾克。」

商人清清喉嚨，「孛．育．拜爾將約韃煉粉樣本送來給我們時，我們把它餵給三名各來自不同法師團的格里沙。」

「他們是開開心心自願吃的嗎？」

「契約者。」范艾克勉爲其難地承認。「前兩名契約者是霍德議員的造物法師和療癒者。米卡是浪術士，他是屬於我的。你已看見他用了那個藥後能做出什麼事。」

霍德。那名字聽起來怎麼那麼熟？

「我不知道自己見到的是什麼。」凱茲瞥了米卡一眼。男孩正全神貫注地盯著范艾克，好像正等著他的下一個指示——或另一次用藥。

「普通浪術士能夠控制洋流，從空氣或附近的來源召喚水或濕氣；他們操控我們港口的潮汐。但在約韃煉粉的影響下，浪術士可將自己的狀態從固體改變成液體，乃至氣體，再變回來，而且也能對其他物體——甚至是牆——如法炮製。」

凱茲想不顧一切拒絕相信此事，但他沒辦法用別的方式解釋剛才見到的景象。「怎麼做？」

「很難解釋。你有注意過一些格里沙佩戴的強化物嗎？」

「看過。」凱茲說。動物骨頭、牙齒或鱗片。「我聽說那些很難入手。」

「很難。但那些最多能增強格里沙的力量，而約韃煉粉卻能改變格里沙的感知能力。」

「所以呢？」

「格里沙可由最基礎的層面操縱物質，稱之為微物魔法，在煉粉的影響下，這些操縱能力變得更快速，也更精確。理論上，約韃煉粉只是和它的親戚沒兩樣的興奮劑，卻似乎將格里沙的五感打磨得更為敏銳。他們能以超常速度連結，原本不該能做到的事，突然變得可能了。」

「要是你和我這種可憐蟲碰了會怎樣？」

因爲和凱茲被歸爲同類，范艾克稍微有點生氣，但依舊回答：「會致命。普通人就連最少的劑量都無法承受。」

「你說你給了三個格里沙。其他人能做到什麼？」

「這裡。」范艾克邊說邊將手伸進桌子抽屜。

凱茲舉起槍。「動作慢點。」

范艾克用誇大的慢動作將手伸進抽屜，抽出一塊金子。「這本來是鉛。」

「最好是。」

范艾克聳聳肩。「我只能告訴你我看到什麼。造物法師將一塊鉛放在手中，沒過多久我們就得到了這個。」

「你怎麼知道那是眞的？」凱茲問。

「這和金子有一樣的熔點，一樣的重量和延展性。假使它和金子在各方面其實不是一模一樣，那就是我們沒注意到其中差異。想要的話自己來檢查。」

凱茲將手杖塞到腋下，從范艾克手中接下沉重的金塊。他將那東西收進自己口袋。不管這是眞的，還是假以亂眞的仿造物，這麼大一塊金子絕對夠在巴瑞爾街頭揮霍一番。

「這東西你不管在哪裡都能弄到。」凱茲指出。

「我是可以把霍德的造物法師帶到這裡讓他做給你看，但他狀態不太好。」

凱茲的眼神輕輕飄向米卡的病容和垂喪的眉頭。用藥顯然要付出代價。

「我們就說這玩意兒貨眞價實，不是什麼便宜的硬幣戲法。但這和我有什麼關係？」

「也許你聽說了蜀邯突然拿出一大筆黃金，償清了他們和克爾斥之間所有的債務？還有諾維贊的商貿大使遭刺殺，以及拉夫卡軍事基地文件遭竊？」

所以大使在洗手間裡遭謀殺背後的祕密就是這個。蜀邯三艘船上的那些黃金一定是造物法師做的。凱茲沒聽過任何拉夫卡文件的事，但依舊點頭。

「我們認爲這一切不尋常都是格里沙在蜀邯政府的控制，以及約韃煉粉的影響下做出來的。」范艾克一手刷過下巴。「布瑞克先生，我要你稍微思考一下我告訴你的事。人能穿牆而過——再也沒有任何金庫或堡壘算得上安全。人還可以把鉛塊變成金塊，同理，也可以變成任何東西，改變世上每一樣物質。金融市場將會陷入混亂，世界經濟將會崩塌。」

「好刺激。范艾克，你到底想要我做什麼？要我去偷貨物嗎？還是偷祕方？」

「不，我要你去偷一個人。」

「綁架孛・育・拜爾？」

「是救他。一個月前，我們從育・拜爾那裡收到訊息，求我們給予庇護。他很擔心自己政府針對約韃煉粉的計畫，而我們同意協助他叛逃。我們約好了會面點，但在接頭的地方發生了小規模衝突。」

「和蜀邯？」

「不是，和斐優達人。」

凱茲皺眉。如果斐優達那麼快得知營救孛．育．拜爾的計畫，就一定是在蜀邯和克爾斥裡深藏了間諜。「那就派你的密探去追他。」

「外交情勢有點微妙。無論在何種情況下，都不能讓我們政府和育．拜爾扯上關係。」

「你要知道，他很可能已經死了。斐優達痛恨格里沙，絕不可能讓與這種藥有關的知識洩露出去。」

「我們的消息來源說他還活得好好的，在等待受審。」范艾克清清喉嚨。「在冰之廷。」

凱茲凝視范艾克許久，接著爆出大笑。「好吧，范艾克，我很榮幸被你敲昏抓起來。等時機來臨，我一定會確實回報你對我的熱情招待。現在呢，請你讓其中一名馬屁精帶我去門口吧。」

「我們打算付給你五百萬克魯格。」

凱茲將槍收進口袋。此時他並不擔心自己小命，而是爲這個無良傢伙浪費了自己時間感到不耐。「范艾克，我想你可能會驚訝，但是我們這些運河老鼠正巧和你一樣，把小命看得很重要。」

「一千萬。」

「如果我沒有命花，再多財富都是徒然。我的帽子去哪兒了？——被你那個浪術士留在小巷裡了嗎？」

「兩千萬。」

凱茲暫停。他有種毛骨悚然的感受，彷彿雕在牆上的魚群跳躍到一半停下、正側耳傾聽。

「兩千萬克魯格？」

范艾克點點頭，看起來好像不怎麼開心。

「我得說服一整隊人馬去進行自殺任務，這不可能多便宜。」不完全是眞話。先不管他對范艾克講什麼，在巴瑞爾很多人其實沒有非活著不可的理由。

「兩千萬克魯格一點也不便宜。」范艾克反駁。

「沒人闖進過冰之廷。」

「所以才需要你，布瑞克先生。的確，孛・育・拜爾很可能已經死了，或已將所有祕密告訴斐優達人。但我們認爲，至少在約韃煉粉的祕密加入戰場前，我們還有一點反應時間。」

「如果蜀邯有配方——」

「育・拜爾聲稱他成功誤導了他的上司，同時也沒有洩露配方的確切細節。我們認為他們是用育・拜爾留下來的數量不明有限存貨在製作。」

貪婪正在向我鞠躬。也許凱茲在這方面太過自信。而今，貪婪正遵照范艾克的指令。槓桿原理正在發揮效力，壓過凱茲的抵抗，將他移往那個位置。

兩千萬克魯格。那到底是一份怎樣的活兒？凱茲對諜報工作或政府鬥爭一無所知，但將孛・育・拜爾從冰之廷偷出來，和從商人的保險庫劫出貴重物品，有這麼不一樣嗎？但那是世上最滴水不漏的保險庫，他提醒自己。他將會需要一支特殊小隊，心無罣礙，即使真的不能活著幹完這任務，也不會卻步。而他可能也無法只從渣滓幫裡挑人。那些人之中沒有他要的能力。那麼，這就表示他得比往常更注意背後。

但是，如果他們能成功，即便沛・哈斯可拿走他的那成，凱茲剩下的那份也足以改變一切，終於能將夢想付諸實行——打從他一面由寒冷的港口爬出去，心中一面被復仇燒出個大洞時就有的那個夢想。他欠約迪的債終於能還清。

同時，這也會帶來其他好處。克爾斥議會將會欠他一筆，更不用說這與眾不同的搶劫行動能為他增添何等名聲。潛入無人能進入的冰之廷，並從斐優達貴族的碉堡和武裝兵力中搶走這個大獎？要是能成功，手中還有那筆錢，他就再也不用仰賴沛・哈斯可；他可以開始自己的事業。

但情況有些不對勁。「爲什麼找我？爲什麼找渣滓幫？明明就有更有經驗的團隊？」

米卡開始咳嗽，凱茲看見他袖子上有血。

「坐下。」范艾克溫和地指示，扶著米卡到椅子坐下，並將自己的手帕給了這名格里沙。他對警衛比了個手勢。「拿點水來。」

「回答我。」凱茲催促。

「布瑞克先生，你幾歲了？」

「十七。」

「你從十四歲起就沒被逮捕過，既然我知道你不是什麼正直誠信之人，從前也不是什麼正直誠信的孩子，我只能預設你擁有我最需要的犯罪特質——不會被抓。」接著，范艾克微微笑了一下。「而這也和我的狄卡浦有關。」

「我完全不知道你是什麼意思。」

「六個月前，一幅要價接近十萬克魯格的狄卡浦油畫從我家消失了。」

「眞是損失慘重。」

「的確。尤其他們才剛向我保證沒有人能潛入我的畫廊，門上的鎖也安全無比。」

「我好像有印象讀過這件事。」

「是的，」范艾克邊發出一聲小小嘆息一邊承認道，「驕傲是危險的。我太急著展示新入手的物品，以及我為了保護它做到什麼地步。儘管用上那些警衛，儘管有狗、有警報器，還有全克特丹最忠心耿耿的員工，我的畫還是不見了。」

「我深感遺憾。」

「至今那幅畫還未出現在市場上。」

「也許那個賊已經有買家在排隊了。」

「當然這也是一種可能。但我傾向於認為那個賊偷這幅畫別有目的。」

「會是什麼目的呢？」

「他只是想證明自己做得到。」

「在我聽來這冒的風險有點蠢呢。」

「啊，誰猜得到偷兒的動機呢？」

「我當然是猜不到。」

「就我對冰之廷的認識，那個偷走我的狄卡浦的人，就是這工作的最佳人選。」

「那麼你最好還是去雇用那位先生——或那位女士吧。」

「的確。但我可能得將就找你了。」

范艾克堅定地看著凱茲，彷彿期待能從他眼中找到一抹認罪的跡象。最後，范艾克問道：「那麼，成交了嗎？」

「別這麼急。那個療癒者呢？」

范艾克一臉困惑。「誰？」

「你說給了各法師團一個格里沙用藥。米卡是浪術士，他是元素系格里沙，偽造金塊的造物法師是質化系。所以，那個軀使系——就是那個療癒者——發生了什麼事？」

范艾克稍微瑟縮了一下，但只是說道：「你願意陪我一起去看看嗎，布瑞克先生？」

凱茲心中升起警戒，一眼注意著米卡和警衛，隨范艾克出了書房、進入大廳。屋中，商人的財富彷彿要滿溢出來——牆壁飾以深色木頭鑲板，地板鋪著乾淨的黑白磁磚，處處有品味，完美呈現出節制氛圍與無懈可擊的工法。但是，這兒活像墓園。房間全然廢棄，窗簾拉下，家具上覆蓋白色被單，使得他們經過的每一間幽暗房室儼然一幅幅遭到遺忘、畫滿冰山的海景畫作。

霍德。此時這個名字對上了正確的位置。上週，霍德位於錢之街的大宅發生某種事故，整個地方都被封鎖，密密麻麻塞滿市警隊的人。凱茲聽傳言說是引擎燃燒室爆炸，但是就連伊奈許都打聽不到更多消息。

「這是霍德議員的房子。」凱茲說，皮膚上起了雞皮疙瘩。他一點也不想攪和進這起災難，但商人和他的警衛似乎一點兒也不擔心。「我以為這地方隔離起來了。」

「發生在這裡的事不會危及我們。如果你做好你的任務，布瑞克先生，就永遠不會有危險。」

范艾克領著他通過一扇門，進入一座修整俐落的花園，濃濃地飄著早開的番紅花新鮮的花蜜香。這股氣味撲向凱茲，活像朝著他的下巴打上一拳。關於約迪的一切在腦中太過清晰，而有一瞬間，凱茲彷彿不在富商位於運河側的花園，而站在深達膝蓋高度的春日野草中，熱呼呼的陽光打上臉頰，哥哥的聲音在呼喊他回家。

凱茲要自己清醒點。我要一杯能弄到最黑、最苦的咖啡，他想，不然讓下巴被打一拳也行。

范艾克正帶他前往面對運河的船庫。關上百葉窗的窗戶之間洩出光線，在花園小徑上投射紋樣。范艾克從口袋拿出鑰匙，插進沉重的鎖中，一名市警隊警衛立正站在門旁。當這密閉房內的臭氣撲向凱茲，他提起袖子掩住口部：那是尿液和排泄物的氣味，還春天的番紅花呢。

這房間由牆上兩盞玻璃提燈照亮，一組警衛面對一個巨大鐵箱站立，他們腳邊地上到處散落碎玻璃。有些人穿著市警隊的紫色制服，其他則是霍德家的海綠色裝束。凱茲現在看出來了，那應該是一扇觀察窗，他透過那兒看見另一名市警隊警衛，站在一張空蕩蕩的桌子和兩張翻過來的椅子前方。他就和其他人一樣站著，雙臂放鬆地垂在兩側，面無表情，目光朝前，注視著一片空無。范艾克打開其中一盞燈，而凱茲見到一具身穿紫色制服的軀體閉著眼睛癱倒在地。

范艾克嘆了口氣，俯身將那具身軀翻過來。「我們又失去了一個人。」他說。

那男孩很年輕，上唇稀疏生著一片鬍鬚。

范艾克對著放他們進來的警衛下令。在范艾克其中一名隨扈的幫助下，兩人抬起屍體、從房裡移走。其餘警衛沒有反應，只是持續盯著前方。

凱茲認出其中一人——亨利克．達曼，市警隊的隊長。

「達曼？」他試探著，但那人沒有反應。凱茲在隊長面前揮動一手，接著用力搧了他耳朵一記。他只是緩慢而冷漠地眨了下眼。凱茲舉起手槍，直接瞄準隊長前額，甚至扳起了扳機。隊長並無瑟縮，也無反應。他的瞳孔沒有收縮。

「他和死了沒兩樣，」范艾克說，「開槍啊，轟了他腦袋，他不會抗議的，其他人也不會有反應。」

凱茲將武器放低，一陣寒意深入骨髓。「這什麼鬼？他們出了什麼事？」

「這名格里沙是與霍德議員家簽訂服務契約的軀使系法師。他本來以爲，畢竟她是療癒者，不是破心者，用來測試煉粉是頗安全的選項。」

聽來算很聰明。凱茲見過執行任務中的破心者。他們能弄裂你的細胞，炸開你胸中的心臟，偷走肺中的呼息，或者降低你的心跳，讓你昏過去，而且整個過程中連碰都不必碰到你。就算范艾克所說的話只有一部分是眞的，給這些人約韃煉粉完全是個令人膽寒的提議。因此，商人改爲在療癒者身上測試。但很明顯，事情沒有按計畫進行。

「你給她下藥，然後她殺了她的主人？」

「不完全是，」范艾克清清喉嚨。「他們把她放在觀察籠中，服下煉粉不到幾秒，她就控制了籠內警衛——」

「怎麼做到的？」

「我們不確定。但不管她用的是什麼手法，都讓她能同時叫這些警衛乖乖聽話。」

「這不可能。」

「不可能嗎？腦子不過是另一種器官，一堆細胞，外加神經脈衝。在約韃煉粉的效力下，爲何格里沙就不能操縱脈衝？」

凱茲臉上一定露出了懷疑的表情。

「你看看這些人，」范艾克堅持說道：「她叫他們等著，他們現在就等在這裡——從那時至今，他們就只是這樣等著。」

凱茲更靠近，研究著這群漠然無聲的人。他們的雙眼並非空白或無神，身體也不是完全靜止。他們懷著期待。他壓下一股顫意。凱茲看過不少詭譎情形或驚奇事物，但從未見過今晚目睹的畫面。

「那霍德怎麼了？」

「她命令他打開門，而待他打開門，她命他將拇指切下來。我們之所以能知道發生的一切，是因爲現場有一個廚房的小男孩在。格里沙女孩沒碰他一根寒毛，但男孩宣稱，霍德是滿面笑容切掉自己拇指的。」

凱茲不喜歡格里沙竟能任意指使他腦中意念的想法，但是，如果霍德幹了一些爛事活該得到這種下場，他其實也不驚訝。拉夫卡內戰時，許多格里沙爲了逃離戰爭，以簽契約的方式花錢前往克爾斥，卻完全不曉得這其實是在出賣自己、變成奴隸。

「那個商人死了嗎？」

「霍德議員失了非常多血，但他和這些人處於同樣的狀態。他和他的家人、家僕從家中被送出國了。」

「格里沙療癒者回去拉夫卡了嗎？」凱茲問。

范艾克作勢請凱茲走出這座詭異的船庫，將門在身後鎖上。

「她可能想這麼做，」他們順著來時路通過花園，沿著房屋一側走。「我們得知她弄到了一艘小船，也懷疑她是打算前往拉夫卡。可是兩天前，我們發現她的屍體被沖上第三港口；我們認爲她是在回城市的途中溺死的。」

「她爲什麼要回來這裡？」

「爲了得到更多約韃煉粉。」

凱茲想起米卡發著光的雙眼，蠟一般的皮膚。「這麼容易上癮嗎？」

「似乎只要一劑就夠。一旦藥物自然消耗完，就會使格里沙的身體衰弱，而且那股渴求會非常強烈，挺耗精力的。」

挺耗精力似乎說得有些避重就輕。浪汐工會控制克特丹港的入口。如果被下藥的療癒者試著在夜晚乘著小船回來，若是逆流，不會有多大機會。凱茲想著米卡枯瘦的臉，鬆垮垮掛在他身上的衣服。是藥物把他變成這樣的。他因約韃煉粉而高度亢奮，甚至早已貪婪地想得到下一劑，可他也一副要倒下的模樣。一個格里沙可以這樣撐多久？

這個問題很有意思，但與眼下的事務無關。他們抵達前門。該來把帳算清楚了。

「三千萬克魯格。」凱茲說。

「我們說好兩千萬的！」范艾克氣急敗壞。

「兩千萬是你說的。而很顯然你現在走投無路。」凱茲朝著身後船庫的方向瞥了一眼，那地方裝滿了一堆只能等死的人。「我現在知道爲什麼了。」

「議會會要了我的腦袋。」

「等你把孛・育・拜爾帶出來，隨便你藏哪裡之後，他們會歌頌你。」

「諾維贊。」

凱茲聳聳肩。「就算你把他塞進咖啡壺我也懶得管。」

范艾克定定地注視著他的雙眼。「你已經看過這種藥會帶來什麼後果，我可以向你保證，這還只是開胃菜。如果約韃煉粉在全世界擴散開，免不了掀起一場戰爭。我們的貿易路線會被毀掉，市場也會崩壞。克爾斥不可能有辦法存活，我們的希望都在你身上了，布瑞克先生。如果你失敗，全世界都將付出代價。」

「不對，會更糟，范艾克，如果我失敗就拿不到錢了。」

單是爲了商人臉上的不屑眼神，拿他那幅狄卡浦當紀念就算應該的。

「不要這麼一臉失望。你想嘛，萬一你發現我這隻運河老鼠眞有點愛國情操，那該有多討厭？說不定你眞的得別再嘛嘴了，稍微對我展現一點類似敬意的態度呢。」

「還眞是謝謝你幫我省了這種不舒服。」范艾克輕蔑地說。他打開門，又暫停一下。「但我的確想知道，像你這樣有腦的孩子，如果生在不同的環境會產生什麼樣的結果。」

去問約迪吧。凱茲一陣苦澀，痛苦地想著。然而，他只是聳了聳肩。「我只會去偷那些更上流的王八蛋。三千萬克魯格。」

范艾克點頭。「三千萬。一言為定。」

「一言為定。」凱茲說。他們握了握手。

當范艾克修剪整齊的手指緊握住凱茲覆蓋著皮革的手指，商人瞇起了眼。

「布瑞克先生，你為什麼要戴手套？」

凱茲揚起一邊眉毛。「我覺得你一定聽過那些故事。」

「一個比一個更怪誕。」

凱茲也聽過。布瑞克的雙手沾滿鮮血；布瑞克的雙手蓋滿了疤；布瑞克手上生的是爪，不是手指，因為他是半個魔鬼。布瑞克的手灼燙有如硫磺——只要被他赤裸的皮膚稍微掠過，就會讓你的皮肉衰竭死去。

「隨便選一個，」凱茲消失在夜色中之前這麼說。然而，他已將思緒轉向那三千萬克魯格，以及能幫他拿到錢的人手。「畢竟，那些故事都不算太假。」

04 伊奈許

凱茲一進巢屋，伊奈許立刻就知道。他的現身響遍狹小的房間和歪曲的走道，每個惡棍、偷兒、小販、詐欺師和拉客的人都稍微醒了些。沛·哈斯可最愛的副手回到家了。

巢屋不大，不過是巴瑞爾最糟區域的一棟房子，三層樓緊密地一層疊一層，冠在最上方的是一座閣樓和山形屋頂。城市這部分的建築物大多在無地基的狀態下建起，有很多就建在沼地上，並隨意挖了一堆水道。它們有如聚集在酒吧喝得爛醉的朋友，你靠著我、我靠著你，歪斜成懶洋洋的角度。伊奈許爲渣滓幫跑腿時探訪過許多這種屋子，裡頭也沒有好到哪裡去——又冷又濕，灰泥滑下牆，窗戶的破洞之大，無論是雨或雪都會跑進來。但凱茲自掏腰包弄出巢屋的草圖，爲牆壁做隔熱。巢屋很醜，歪斜不正又擁擠，但乾燥得令人自豪。

伊奈許的房間在三樓，是一道細長的空間，大小幾乎只能容下一張吊床和行李箱，可是擁有一扇能俯瞰巴瑞爾那些尖屋頂和雜亂煙囪的窗戶。當風吹來，拂散飄在城市上方煤碳煙雲造成的朦朧，她甚至能辨認出港口那一小塊藍。

雖然再幾小時才會日出，巢屋卻已完全醒來。在這屋中唯一眞正安靜的時刻，就是下午的緩慢時光。今晚眾人都因交易所的大攤牌、大巴力格的命運——現在還加上羅傑克被炒了的大新聞而鬧騰不休。

結束和凱茲的談話後，伊奈許直接去烏鴉會找那名發牌人。他正在桌邊爲賈斯柏和幾個拉夫卡觀光客發三人黑莓果的牌。當他結束這局，伊奈許提議到私人賭間談話，免得他得顏面丟盡地在朋友面前遭到開除。但羅傑克不肯接受。

「沒道理！」她告訴他凱茲的命令時，他怒吼：「我才沒偷雞摸狗！」

「去和凱茲理論吧。」伊奈許平靜地回答。

「也把你的音量壓低一點。」賈斯柏補充，瞥了瞥坐在鄰桌的觀光客和水手。爭執在巴瑞爾司空見慣，但在烏鴉會的地盤則非。假如你有不滿——去外頭解決。在外面，你才不會干擾到將錢從肥羊身上扒乾淨的神聖買賣。

「布瑞克在哪兒？」羅傑克咆哮。

「我不知道。」

「妳向來什麼都知道，」羅傑克冷笑，往前傾身。他口中有淡啤酒和洋蔥的臭氣。「髒手付妳錢不就是要妳做這些嗎？」

「我不知道他在哪裡，又或是什麼時候會回來。但我知道，他回來的時候，你一定不會想待在這兒。」

「把我的支票拿來，你們欠我最後一輪班的錢。」

「布瑞克什麼也不欠你。」

「他連面對我都做不到嗎？就派個小女孩來解雇我？搞不好我可以從妳身上抖出幾塊錢咧。」他伸出手來抓她上衣的領子，但她輕而易舉地閃了過去。他又笨手笨腳地去抓她。

伊奈許從眼角餘光看見賈斯柏從座位站起，她卻向他揮揮手，表示不用，同時將手指穿入收在右邊臀部口袋的黃銅手指虎，動作敏捷地劃了羅傑克左頰一小道。

他立刻舉手摸臉。「喂，」他說：「我根本沒傷妳半分，不過就是說說。」

現在人們圍過來看了，所以她又打了他。暫且不管什麼烏鴉會的規矩，此事優先。凱茲將伊奈許帶進巢屋時，曾經警告，他無法時時刻刻照顧她，因此她得能為自己出頭，而她也做到了。當那些人辱罵她，或挨過來想毛手毛腳，轉身走開其實再容易不過。但要是那麼做了，不要多久就會進階為手伸進上衣，或在牆邊再下手。所以她絕不放過任何侮辱或難聽話。她總是先出手——而且是出重手——有時甚至會稍微刺傷他們。做到這些並不容易，但在克爾斥，除了交易，沒有什麼是神聖不可侵犯。因此，她願意耗費心力地讓不尊重她的行為風險遠高於獲利。

羅傑克摸摸臉頰上冒出的醜陋瘀青，有些驚訝，也有些遭到背叛的感覺。「我以為我們算交情不錯。」他抗議道。

悲傷之處在於：他們的確曾經不錯。伊奈許滿喜歡羅傑克的。但現在，他只是個想比對方更嚇人，自己卻嚇壞了的男人。

「羅傑克，」她說：「我看過你玩牌的手法，你到哪間賭場都能找到工作。回家去，並感謝凱茲沒從你的老巢把你欠他的東西拿走，知道嗎？」

於是他走了，步伐有些搖晃，仍像個嚇壞的學步小兒那樣抓著自己的臉頰。賈斯柏從容不迫地走來。

「妳知道他說得沒錯。凱茲不該叫妳代他做這種髒活兒。」

「所有活兒都是髒活兒。」

「但我們照做不誤。」他邊嘆口氣邊說。

「你看起來筋疲力盡。今晚你到底有沒有要睡？」

賈斯柏只是眨了個眼。「牌局正熱，我才不睡。留下來玩一點兒吧，凱茲會請妳的。」

「你是認眞的嗎，賈斯柏？」她拉起帽兜。「如果想看人挖坑給自己跳，我自個兒去找個墓園就行了。」

「來嘛，伊奈許，」她走過巨大雙開門來到街上時，他在她背後喊道。「妳運氣很好啊！」

諸聖啊，她想，如果他是真心這麼相信，大概真是輸慘了。她早把運氣留在了西拉夫卡岸上的蘇利營地。她甚至懷疑自己還有沒有機會看見這兩樣東西。

此時，伊奈許離開她在巢屋的小房間，溜樓梯扶手下樓。在這裡，她不必掩飾自己的動靜，但無聲無息是種習慣，樓梯往往會像交配中的老鼠，嘎吱亂叫。當她來到二樓的樓梯平台，看到眾人在底下到處亂竄，於是停步不前。

凱茲離開的時間比大家預期得長，而他一進入這陰暗的門廳，就被想祝賀他擊潰吉珥斯的人們截住，苦苦詢問更多黑尖幫的消息。

「傳聞吉珥斯已組織了一幫烏合之眾朝我們過來。」安妮卡說。

「讓他來！」狄瑞克斯話聲隆隆，「我有把斧頭，柄上就刻著他的名字。」

「吉珥斯暫時還不會有動作，」凱茲在大廳中一面往前走一面說：「他沒有足夠人手能在街頭上和我們硬碰硬，金庫也太空，沒辦法再多雇人。是說，妳不是該去烏鴉會了嗎？」

單是眉毛一揚就足以讓安妮卡落荒而逃，狄瑞克斯則緊跟在後。其他人紛紛來送上祝賀，或對黑尖幫口出死亡威脅。還沒人敢越線去拍凱茲的背，雖說——如果你不想要自己的手，這倒不失為好方法。

伊奈許知道凱茲會去找沛・哈斯可談話，因此，她沒有走下最後一道樓梯，而是轉往走廊。

這裡有間更衣室，裡面裝滿瑣碎雜物、椅背壞掉的舊椅子、濺到油漆的帆布床單。伊奈許把她算好位置擺在那兒的一個裝滿清潔用品的水桶移到一邊，因爲她知道，在巢屋沒有任何人會來碰這東西。下方的格柵正好提供窺看沛．哈斯可辦公室的完美視野。對於竊聽凱茲，她稍微有些罪惡感，然而把她變成間諜的人不就是他嗎？你不可能訓練了獵鷹，卻希望牠不出手狩獵。

透過格柵，她聽見凱茲敲響沛．哈斯可的門與他打招呼的聲音。

「不但回來了，還活得好好的？」老人問道。她只看見他坐在最喜歡的椅子上，心不在焉地擺弄著他這大半年都在做的模型船，一品脫淡啤酒放在伸手可及之處，一如往常。

「我們在第五港口不會再有問題了。」

哈斯可咕噥一聲，又回到模型船上。「把門關起來。」

伊奈許聽見關門聲，掩去了走廊上的聲響。她能看見凱茲的頭頂，深色頭髮濕濕的。外面一定下起了雨。

「你處理巴力格前應該先問過我。」哈斯可說。

「如果我先和你談過，消息就可能傳出去——」

「你以爲我會讓這種事發生嗎？」

凱茲聳起肩膀。「這裡就和克特丹的一切沒兩樣——什麼都會走漏。」伊奈許敢發誓，他說這句話時直接看向了通風口。

「小子，我不喜歡這樣。大巴力格是我的手下，不是你的。」

「當然，」凱茲說，但他們都知道：這是謊話。哈斯可的渣滓幫是群史前時代的老警衛、詐欺師加騙子。巴力格是凱茲手下的一員：新血，年輕、毫無畏懼。也許是無畏過了頭。

「你很聰明，布瑞克，但你得學著有耐心。」

「是的，老大。」

老人再次爆出笑聲。「是的，老大；不是的，老大，」他出聲嘲弄。「每次你裝得彬彬有禮，我都知道你在打些什麼主意。你又在醞釀些什麼？」

「有件工作，」凱茲說：「我也許得消失一段時間。」

「錢很多？」

「非常多。」

「風險很高？」

「也非常高。但你會拿到你的兩成。」

「沒我允許，你不准做任何大動作，懂了沒。」凱茲一定點了頭，因爲沛．哈斯可在椅子上往後靠，啜了一口淡啤酒。「我們會變得超級有錢嗎？」

「就像戴上金王冠的諸聖。」

老人用鼻子哼了口氣。「只要別叫我也當聖人就好。」

「我會和皮恩談談，」凱茲說：「我不在時，他可以接手我的工作。」伊奈許不禁皺眉。凱茲到底要去哪裡？他沒對她談起過任何大案子。又爲什麼是皮恩？這個想法稍稍讓她感到受辱。她幾乎能聽見父親的聲音：*這麼渴望當上盜賊女王嗎，伊奈許？*把她該做的工作做得盡善盡美是一回事，想出人頭地則是另一回事。她不想一輩子待在渣滓幫，想還完自己的債，永遠離開克特丹——那麼，凱茲選皮恩在他離開時負責幫派，她爲什麼要那麼在意？*因爲我比皮恩聰明；因爲凱茲更相信我。*但也許他是不相信這群人會跟隨她這樣的女孩——離開妓院不過兩年，甚至不滿十七歲。她一直穿著長袖，刀鞘也大致蓋住了左上臂內側曾有艷之園刺青的疤痕，但他們都知道它曾在那裡。

凱茲出了哈斯可的房間，伊奈許也離開棲身處，在他跛行上樓時等著他。

「羅傑克？」他經過她面前開始上第二道樓梯時開口問。

「走了。」她說，跟在他後面。

「有激烈抵抗嗎？」

「我都能處理。」

「我問的不是這個。」

「他很憤怒，很可能會再回來找麻煩。」

「麻煩倒是永遠不缺，多到有剩。」他們到最高樓層時，凱茲說。閣樓房間改爲他的辦公室和臥室。她知道那些階梯對他的跛腿非常殘忍，但他似乎喜歡獨自占有一整個樓層。

他進入辦公室，沒有回頭看她便說：「把門關上。」

房間大部分被一張臨時桌子占去，那是把一片老舊的倉庫門，架在原本裝水果的層層條板箱上，上頭高高疊著紙張。有些賭場老大已開始用計算機，叮叮噹噹地敲打著那台擠滿僵硬黃銅按鈕和一捲捲紙張的東西，但凱茲是在腦中進行烏鴉會的相關計算。他會留著帳冊，不過是爲了那老頭而留。這麼一來，當他得指出某人偷撈錢或要找新投資者時，就能有些實體物品可使用。

而這個，便是凱茲爲幫派帶來最大的改變之一。他給一般店主和正派商人買進烏鴉會股份的機會。起先他們滿心懷疑，認爲一定是某種詐騙，但他用蠅頭小利讓他們先以少許股份加入，並成功匯集足夠資本，買下這棟破敗的老建築，打扮得漂漂亮亮，接著讓它開業運作。早期加入的那些投資者獲得巨大回饋——又或者，傳說大概就是這麼流傳的。伊奈許永遠無法確定凱茲的哪個傳說是眞，哪個又是他爲了利己而刻意助長的謠言。就她目前所知，他詐騙了一些可憐又誠實商人的畢生積蓄，好讓烏鴉會生生不息。

「我有個任務給妳，」凱茲一面翻閱前一天的數字，一面說。每頁內容他只消一瞥就能收入記憶。「妳覺得四百萬克魯格聽來如何？」

「這麼大量的錢財，與其說是禮物，更像詛咒。」

「我親愛的蘇利理想主義者啊，妳要求的東西只有塡飽肚子，外加一條開闊大路嗎？」他的語氣清清楚楚帶著嘲弄。

「凱茲，還要一顆無憂的心。」而這才是最難的部分。

而此時，他一面進入那間小小的臥室，一面毫不保留地哈哈大笑。「我倒沒想要這個，我寧可要錢。所以這錢妳是要還不要？」

「你不是在做給人送禮的行業。所以是什麼任務？」

「一個不可能的任務，可說必死無疑，成功率微乎其微，不過，要是我們費盡千辛萬苦，最後成功了……」他暫停一下，手指按在背心的釦子上，露出遙遠，甚至夢幻的表情。難得，她竟能在他粗啞的聲音中聽見這般興奮。

「費盡千辛萬苦，最後成功了的話？」她催促道。

他對她咧嘴一笑。這一笑十分突然，而且醒目得像一道突然的閃電。他的雙眼極黑，近似苦澀的咖啡。「我們就能稱王稱后，伊奈許王后陛下。」

「嗯哼。」她敷衍道，假裝檢查著自己其中一把刀，下定決心忽視那個笑容。凱茲不是會笑著與她一同訂定未來計畫的輕浮男孩。他是個危險的玩家，無時無刻都在算計——無時無刻。她堅定地提醒自己。當凱茲脫下背心和上衣，伊奈許別開眼神，將桌上的一疊紙張挪來挪去，弄成一堆。對於她的在場，他似乎完全不曾多想，她著實不知道自己是該高興，還是受羞辱。

「我們會離開多久？」她問，透過打開的門看了他一眼。他身上凹凹凸凸布滿肌肉與傷疤，但只有兩枚刺青——前臂上有渣滓幫的烏鴉和酒杯，上方的二頭肌有個黑色的R。她從沒問他那代表什麼意思。

然而，吸引她注意的是他的雙手。他脫下皮手套，將一塊布浸入臉盆。他只會在這房中脫下手套，而就她所知，也只會在她面前。不管他究竟想藏起何種煩惱，她都沒有窺見任何線索，只有善於撬鎖的瘦長手指，與許久以前街頭鬥毆留下的一條光滑粗長的疤。

「幾個禮拜，也許一個月。」他用濕布擦過兩邊腋下與平坦堅實的胸口，說話時水滴邊順著身軀流下。

諸聖在上，伊奈許臉頰熱燙。待過艷之園之後，她感到羞怯的能力大半消失了，但說眞話，她還是有極限。如果她突然在凱茲面前脫光光，還開始擦洗自己，他會說什麼？很可能會叫我別把水滴到桌上，她邊想邊沉下臉。

「一個月？」她說：「你確定要在黑尖幫被惹成這樣的時候離開嗎？」

「這是正確的賭注。說到這個，召集賈斯柏和穆森，讓他們日出前過來這裡。此外，我要韋蘭明晚在烏鴉會等我。」

「韋蘭？如果是爲了這件大差事——」

「去做就是了。」

伊奈許交叉雙臂。前一分鐘他令她滿臉通紅，後一分鐘則弄得她恨不得想殺人。「你到底要不要解釋一下怎麼回事？」

「要等人全部到齊，」他聳動肩膀，穿上一件新上衣，然後在扣起領子前遲疑了一下。「伊奈許，這不是交辦事項，而是工作，妳自己看要接下，還是走人。」

她心中響起警鈴。每一天，她都在巴瑞爾街上冒著生命危險。她爲渣滓幫燒殺擄掠，無論好人壞人，一概擊潰，而凱茲從未暗示有任何交辦事項不是得服從的命令。這是沛．哈斯可買下她的契約，並將她從艷之園解放出來時她同意的代價。所以，這件工作有哪裡不一樣？

凱茲扣完了鈕釦，穿上一件炭黑色背心，扔了某樣東西給她。在空中，那東西閃著光芒，她一手接下。當她打開握拳的手，見到一個被金色月桂葉環繞的巨大紅寶石領帶夾。

「收好。」凱茲說。

「這是誰的？」

「現在是我們的。」

「之前是誰的？」

凱茲保持沉默。他拿起外套，找了把刷子清除上頭乾掉的泥巴。「一個在偷襲我前應該三思而後行的人。」

「偷襲？」

「妳沒聽清楚嗎？」

「有人偷襲了你？」

他看著她，點了一次頭。一陣不安如蛇般竄過她體內，扭動不停，盤繞成一圈焦慮又沙沙響的玩意兒。沒人能勝過凱茲。他是行走在巴瑞爾街頭最強悍、最可怕的生物。她仰賴這點，他也一樣。

「不會發生第二次。」他允諾。

凱茲戴上一雙乾淨的手套，一把抓起手杖朝門走去。「我幾個小時後就會回來。把我們從范艾克家偷來的狄卡浦移到金庫，我猜那應該是捲起來放在我床下。噢，順便給我買頂新帽子。」

「說請。」

凱茲做好心理準備要走下三道令人痛苦的樓梯，同時吐出一聲嘆息，回過頭說：「我親愛的伊奈許、我的心頭肉，不知道有沒有這個榮幸請妳爲我買頂新帽子呢？」

伊奈許意味深長地瞥了他的枴杖一眼。「祝你一路不順風。」她說，接著跳上樓梯扶手，滑順有如熱鍋中的奶油，從一道溜到下一道。

05 凱茲

凱茲沿著東埠朝港口走去，經過巴瑞爾賭博區的起點。這個由狹窄街道與一些次要水路相互糾纏、惡名昭彰的場所，便是人稱巴瑞爾的地方。這裡被兩條主要運河圈著，名爲東埠和西埠，分別照料著各自的顧客。巴瑞爾的建築與克特丹任何一處都不同，這裡更大、更寬，漆上諸多鮮艷耀眼的顏色，彷彿高聲要求著往來人們的注目——百寶箱、黃金灣、沃斗河船屋。最好的投注場座落於更北，在利德這區最熱門的土地，亦即運河最靠近港口的區域，位置有利，可吸引進港停泊的觀光客和水手。

但不包括烏鴉會，凱茲一邊抬頭望著緋紅加黑色的建築物正面，一邊若有所思。爲了將觀光客和熱愛冒險的商人引誘到這麼南邊找樂子，要付出很多代價。現在時刻來到四聲鐘響，人群依舊在烏鴉會外頭摩肩擦踵。凱茲看著人潮從門廊上的黑圓柱擁入，任入口上方展翅的生鏽銀鴉戒備的目光注視，祝福這些肥羊，他想，祝福你們這群把錢從錢包全倒進渣滓幫的財庫、善良又慷慨的傢伙，祝你們度過美好的一天。

他能看到大聲攬客的人在前方對著潛在顧客呼喊，提供免費飲料、一壺壺熱咖啡，以及全克特丹最划算的買賣。他點頭向他們打招呼，持續朝北前進。

在運河埠這兒，只有另一間賭場對他有意義——翡翠皇宮。佩卡・羅林斯的喜悅與驕傲。那棟建築是醜陋的綠色，裝飾著掛滿假金幣和假銀幣的人工假樹。所謂統整這整個地方的風格，便是對羅林斯的開利人血統和他的幫派一角獅致敬。就連在代幣櫃檯和賭桌邊工作的女孩，都穿上了閃閃發亮的緊身絲質綠衣，頭髮也染成不自然的深紅，模仿迷回島女孩的外貌。凱茲經過翡翠皇宮時抬頭看看那些假金幣，任由怒氣生起。今晚，他需要這分情緒，提醒自己失去的事物，以及得獲取的事物。他要感受這個，讓自己爲這不顧後果的嘗試做好心理準備。

「一步一步來。」他悄然對自己說。這是唯一能讓憤怒得到控制的字句，能讓他不至於大步穿過翡翠皇宮極盡華麗的金綠雙開門，強硬地要求與羅林斯私下談話，並割了他喉嚨。一步一步來。這是讓他能在夜晚安睡的諾言，是日日驅使他的動力，是讓約迪的鬼魂放他安寧的咒語。因爲對佩卡・羅林斯來說，乾脆一死太過便宜。

凱茲看著人流在翡翠皇宮的大門進進出出，瞥到幾個他自己的拉客人。這些男女是他特地雇來誘騙佩卡的客人帶著滿心期待往南去，尋求更好的買賣、更大的贏面，以及更漂亮的女孩。

「你是從哪兒過來的？這麼滿面紅光？」一人會對另一人說，音量超出必要的大。

「剛從烏鴉會回來，才兩小時就賺走那裡一百克魯格。」

「不會吧！」

「是真的！我才剛過來運河埠喝個啤酒，和一個朋友見面。不如你也加入，然後我們全部一起過去？」

「烏鴉會！誰想得到？」

「快來，我請你喝東西——我請所有人喝東西！」

然後他們會邊笑邊一起走出去，徒留身邊一堆老顧客，心中思考著是不是該沿著運河再走過幾道橋，看看那裡的勝率會不會比較好；凱茲的僕人——貪婪，就如手持笛子一般，引誘著他們一路往南。

他確保拉客人循環進出，變換不同面孔，佩卡的拉客人和打手才不會知情，發現他從翡翠皇宮一個接一個將顧客吸走。這是凱茲想出來，利用佩卡的錢變強的無數小花招之一——攔截他的約韃貨運，他若使用第五港口，就向他收取費用；壓低自己的租金削價競爭，害他的房子沒有房客。然後慢慢地、慢慢地扯動織就他生活的每一條線。

儘管有他散布的那些謊言，以及今晚對吉珥斯的叫囂，但凱茲不是混帳，也根本不是來自克特丹。他和約迪第一次來到這個城市時，他九歲，約迪十三歲。約迪的舊大衣內袋安安全全縫進一張父親賣掉農場的支票。凱茲好似能看見過去的自己，眼花撩亂地走在運河埠，手塞在約迪手中，這樣才不會被人群沖走。他痛恨他們曾是那樣的小孩，兩隻等著被拔毛的愚蠢肥羊。但這兩個男孩早就不在了，只剩得接受懲罰的佩卡・羅林斯。

會有一天，羅林斯將來到凱茲面前跪下求他幫忙。如果凱茲做成了范艾克的任務，那天會比他長久以來期望的更快來臨。一步一步來，我一定會毀了你。

但要是想獲得一些進入冰之廷的微渺希望，他要有對的人手，而下一刻的交易將會更進一步，帶他獲得這塊拼圖中兩塊至關重要的碎片。

他轉上其中一條小運河旁的路徑。觀光客和商人老堅持走在燈火通亮的大街，因此這裡人流較爲稀疏，他也舒適一些。很快地，西埠的燈光和樂聲映入眼簾，運河邊窒礙難行，塞滿來找消遣、各種階層國籍的男女。

樂聲從門被晃開的接待室中飄出，男女都穿著幾乎衣不蔽體的絲布和俗艷的小裝飾，慵懶地躺在沙發上。雜耍人掛在橫越運河的繩索上，柔軟的身軀上除了亮粉什麼也沒披。同時，街頭藝人拉著小提琴，希望至少從路人身上賺到一、兩枚錢幣。小販對著運河上富商的華麗私人遊船，還有從利德區將觀光客和水手帶進內陸的稍大槳船吶喊。

許多觀光客從來不進西埠的妓院，他們只是來看人潮，光這景色就是奇觀。許多人選擇穿上僞裝——戴上面紗或面具，或除了閃閃發亮的雙眼，其餘部位都遮得看不見的斗篷——來探訪巴瑞爾的這區。他們會在遠離主要運河的專門店買下服裝，有時還會從同伴身邊消失一天、一週，或端看手上資金可以撐多久。這些人打扮成緋紅紳士或迷失新娘，也許戴上狂人那恐怖又凸眼瞪視的面具——這些角色都來自狂劇團。噢，還有豺狼，一群粗野的男人或男孩，戴著蘇利算命師的紅色亮光漆面具，於巴瑞爾大街小巷尋歡作樂。

凱茲還記得伊奈許第一次在店舖櫥窗看到豺狼面具時完全壓抑不住輕蔑。「眞正的蘇利算命師是很少見的，他們是神聖的男女。這些和毒品一樣到處傳來傳去的面具本來是神聖的象徵。」

「我見過蘇利算命師在商隊和遊輪賣藝。伊奈許，他們好像沒那麼聖潔。」

「那是裝的，爲了你和你們那類人扮小丑。」

「我這類人？」凱茲笑出來。

她則一臉不屑地揮動一手。「*Shevrati*，」她說：「你什麼也不知道。他們都躲在那些面具後嘲笑你。」

「他們嘲笑不了我的，伊奈許。我從沒付出大筆錢財讓人告訴我未來——無論對方是騙子或聖人。」

「凱茲，命運對每個人都自有計畫。」

「是命運把妳從家人身邊帶走，丟進克特丹的妓院？還是只是運氣非常差？」

「我還不確定。」她冷冷地說。

在那種時刻，他想，也許她會恨他。

凱茲如騷亂色彩中的一道暗影，迂迴穿行過人群。每間主要妓院都有自家招牌，有些比其他的更為顯眼。他經過藍色鴛尾花、迎春貓，那些大鬍子男人虎視眈眈地從艷火坊、閣之廂、揮鞭柳的窗戶探出頭，雪之屋則有楚楚可憐的金髮女子，當然，還有艷之園，它另一個為人所知的名字是異國之家，伊奈許就是在那裡被迫穿上假蘇利絲綢。他瞥到希琳姨穿戴著孔雀羽毛，和她赫赫有名的鑽石頸鍊，在鍍金的接待室中吸引眾人目光。她經營艷之園，為女孩拉皮條，確認她們聽話檢點。當她看見凱茲，嘴唇立刻拉薄，變成充滿敵意的一條線。她舉起玻璃杯，那手勢與其說是敬酒，不如說是威脅。他無視，繼續前進。

白玫瑰之屋是西埠奢華更甚的建築之一。它有自己的碼頭，熠熠生輝的白色石頭建物正面看起來不像妓院，更像商人宅邸。窗戶的花盆箱永遠滿是四處攀爬的白玫瑰，濃郁的香味和甜味總在運河的這一區縈繞不散。

接待室中香水味更甚。巨大的雪花石膏花瓶中滿出來更多白玫瑰，男人女人——有些戴著面具或掩著面紗，有些坦蕩露出臉——在象牙白的沙發上等候，啜飲幾乎無色的酒，小口吃著浸在杏仁甜酒裡的香草小蛋糕。

桌前的男孩穿著奶油白的天鵝絨衣服，釦孔上別了一枝白玫瑰。他有著白色頭髮，以及算得上無色的雙眼。除了眼睛，他看起來就像白子。但凱茲正巧知道他是由拿酬勞的特定格里沙打造成這副模樣，以搭配房子的裝飾。

「布瑞克先生，」男孩說：「妮娜有客人。」

凱茲點點頭，溜進盆栽玫瑰樹後的一條走道，抗拒著想把鼻子埋進領中的衝動。菲力斯老頭——白玫瑰的經營者——老喜歡說他們家的女孩甜美得就像他養的花朵。不過，這笑話糗到的是客人。這種特殊品種的白玫瑰，這萬中選一、強韌到能在克特丹潮濕氣候活下來的花兒，天生就沒有香味。所有花朵都是人工噴上香水。

凱茲用手指摸索在盆樹後方的鑲板，拇指壓進牆上一道凹槽。鑲板滑開，他爬上一道只供員工使用的螺旋樓梯。

妮娜的房間在三樓，旁邊那間臥室的門是打開的，房裡沒人在，所以凱茲溜了進去，把一幅靜物畫移到一邊，臉貼到牆上。窺孔是所有妓院的特色，用來保護員工安全，也防止他們偷雞摸狗，更提供每個喜愛觀看他人享樂的人戰慄快感。凱茲看過太多在黑暗角落與巷子逞欲的貧民窟居民，早對這種誘惑免疫。除此之外，他也知道，任何透過這個特殊窺孔探看、期望見到些許刺激的人鐵定會非常失望。

一名小個子的禿子，衣冠整齊地坐在一張鋪垂象牙色粗呢布的圓桌前，雙手好好地收在碰也沒碰的銀色咖啡托盤旁。妮娜．贊尼克站在他身後，裹著代表她身爲格里沙破心者的紅色絲質柯夫塔，一手手掌壓在他前額，另一手放在他頸後。她很高，體型有如不吝錢財的匠人打造的船首雕像。他們陷入安靜，彷彿凍結在桌邊。這房裡甚至連床也沒有，只有妮娜每晚蜷在上頭的一張狹窄靠背長軟椅。

凱茲問妮娜原因時，她只說：「我不要任何人想歪。」

「妮娜，男人不用床也可以想歪。」

妮娜搧動睫毛。「凱茲，你又知道了？脫手套，這樣我們就會知道你有沒有想歪。」

凱茲維持著冷酷的眼神，直到她別開視線。他沒興趣和妮娜．贊尼克打情罵俏，也很清楚她對他一點興趣也沒有。妮娜只是喜歡和所有人事物調情。曾有一次，他看到妮娜對著櫥窗裡一雙她著迷的鞋含情脈脈。

妮娜和禿頭男人坐下，沒有說話。時間一分一秒過去，當時鐘響起報時的鐘聲，他站起來親吻她的手。

「走吧，」她以肅穆的語調說：「願你平靜。」

禿頭男人一次又一次親吻她的手，眼中帶著淚光。「謝謝妳。」

這名客人一到大廳，凱茲就從臥室步出，敲了妮娜的門。

她帶著警戒把門打開，門鍊依舊拴著。「噢，」看到凱茲後，她說：「是你啊。」

她見到他並沒有特別開心。不意外。凱茲．布瑞克親臨門口很少會是什麼好事。她解開鍊子，讓他自個兒進來。妮娜一面脫掉紅色柯夫塔，露出一條薄到幾乎不能算布的緞子。

「諸聖啊，我恨死這玩意兒了。」她邊說邊把柯夫塔踢到一邊，從抽屜抽出一件破破爛爛的晨袍。

「那又怎麼了？」凱茲問道。

「做得不對，而且會癢。」柯夫塔是克爾斥製品，不是拉夫卡製。那是種裝束，不是制服。凱茲知道妮娜在街上從來不穿柯夫塔，純粹因爲那對格里沙而言風險太高。她的渣滓幫成員身分，代表任何對她不利的人等同冒著遭幫派報復的風險。但對妮娜而言，如果她被送上一艘根本不知道開到哪裡的奴隸船，這復仇就一點意義也沒有。

妮娜逕自跳上桌邊的一張椅子，扭扭雙腳，脫掉鑲滿珠寶的便鞋，腳趾直往白地毯的毛絨裡頭鑽。「啊——」她滿足地說：「這樣好多了。」她從咖啡托盤上的蛋糕中拿了一個往嘴裡塞，含糊不清地說：「你想幹麼啊，凱茲？」

「屑屑掉進妳的乳溝了。」

「別管了，」她說，又咬了一口蛋糕。「餓死了。」

凱茲搖搖頭，對於妮娜拋掉「睿智格里沙祭司」演技的驚人速度感到好笑又佩服。她眞是辜負了這演員天賦。「剛那是范阿斯特嗎？那個商人？」凱茲問。

「沒錯。」

「他的妻子一個月前死了，生意打從那時一蹶不振。現在他來拜訪妳，能期待轉機嗎？」

妮娜用不著床，因爲她專精的是情緒，她買賣的是喜悅、平靜或自信。大多驅使系格里沙會專注於身體，殺戮或治癒。但妮娜要的是可以讓她留在克特丹並遠離麻煩的工作。因此，與其冒生命危險當傭兵賺大把錢財，她走的是慢下心跳、舒緩呼吸、放鬆肌肉的路線。她的塑形者副業也有利可圖，例如照料富有克爾斥人的皺紋和雙下巴，但她的主要收入來源是改變心情。寂寞、哀慟或莫名陷入憂傷的人會來找她，並在焦慮一筆勾銷、興致高昂的狀態下離開。效果並不長，但有時只要有快樂的幻覺，就能讓她的顧客面對另一天到來。妮娜認爲這和腺體分泌有關，然而，只要她在凱茲要找她時出現，並準時上交沛．哈斯可該拿的分成，凱茲才不管這些細節。

「我以爲你有看到變化。」妮娜說。她吃完最後一塊蛋糕，津津有味地舔著手指，然後將托盤放到門外，拉鈴叫女僕來。「范阿斯特在上週的最後一天初次來訪，從那之後每天都來。」

「太棒了，」凱茲暗自記下要買進一些范阿斯特公司的低價股票。即便那人心情得到轉換是因爲妮娜的手藝，但是生意一定會改善。他遲疑了一下，說：「妳讓他覺得好一點，治好他的哀傷和其他情緒……但能強迫他去做某些事嗎？也許教他忘了自己的妻子？」

「你說改變他腦中的思路嗎？別說蠢話了。」

「腦子不過是另一種器官。」凱茲套用范艾克的話。

「是沒錯，但那是個複雜得超乎想像的器官。控制或改變另一個人的思想……呃，和降低心跳頻率或釋放化學物質以改善某人心情是不一樣的。有太多變數。沒有格里沙能做到。」

還沒有而已。凱茲悄悄糾正。「所以妳治療的是他的症狀，不是原因。」

她聳聳肩。「他是想逃避悲傷，不是治好它。如果我眞是他的解藥，那麼他永遠都無法眞正克服她的死亡。」

「那妳會叫他自求多福嗎？建議他找個新妻子，別再來敲門煩妳？」

她拿了把梳子梳過淺棕色頭髮，從鏡中瞥了他一眼。「沛・哈斯可打算放過我欠的債嗎？」

「完全沒有。」

「那麼你就得讓范阿斯特隨他心意去哀悼。我半小時後安排了另一個客人。凱茲，有何貴幹？」

「妳的客人可以等。妳對約韃煉粉有什麼概念？」

妮娜聳聳肩。「是有些謠言，但在我聽來都是胡說八道。」有浪汐工會的特許，在克特丹工作的少數格里沙都相互認識，並且樂意交換情報。這些人大多都在躲避些什麼，亟欲避免吸引奴隸商人的注意，或拉夫卡政府的興趣。

「那不只是謠言。」

「會飛的風術士？變成煙霧的浪術士？」

「把鉛變成黃金的造物法師，」他手伸進口袋，給了她那塊黃澄澄的玩意兒。「是眞的。」

「造物法師可以做出那個質感，他們能玩弄金屬和纖維構造，但不能把一種物質轉成另一種。」她把那塊金子舉到燈光下。「這東西不管在哪裡都能弄到。」她的反應和不過幾小時前他對范艾克說的話一模一樣。

沒人邀凱茲坐，但他直接坐上那張豪華的軟椅，伸展跛腿。「約韃煉粉是眞的，妮娜，如果妳還是我認識的那名優秀格里沙士兵，一定想聽聽那玩意兒會對妳這種人造成什麼影響。」

她將面前手中那塊金子翻過來，把包在身上的晨袍拉得更緊些，並在長椅末端蜷起身體。凱茲再次因這種轉變嘖嘖稱奇。在這房裡，她扮演客戶想看到的模樣——強大的格里沙，擁有滿腹知識，因而一派穩重。可是此時她坐在這裡、皺著眉頭，雙腳塞在身下，看起來才是她眞正的模樣——十七歲的女孩，在小行宮的奢華環境中受保護長大，而今遠離家鄉，日日勉強賺錢餬口。

「告訴我。」她說。

凱茲便說了。他保留范艾克提議的細節，但告訴她孛．育．拜爾、約韃煉粉，以及該藥物易上癮的特質。他特別將重點放在最近拉夫卡文件遭竊的事。

「如果這都是眞的，那麼孛．育．拜爾得被消滅。」

「工作內容不是這樣，妮娜。」

「凱茲，這與錢無關。」

永遠都與錢有關。但凱茲知道她要的是另一種壓力。妮娜愛她的國家，也愛她的同胞。她仍相信著拉夫卡的未來，也相信第二軍團，也就是在內戰時期幾乎遭到瓦解的格里沙軍事精英。妮娜在拉夫卡的朋友深信她已死，成爲斐優達獵巫人的手下亡魂，目前，她想維持這個現狀。但凱茲知道，她希望有一天能夠回去。

「妮娜，我們要去救回孛．育．拜爾，我要一個驅使系格里沙，我要妳加入我的團隊。」

「不管他躲在哪裡，你一旦找到他，留他小命將會是最最不可饒恕、不負責任的行徑。我的答案是否定的。」

「他沒有躲起來。斐優達把他關在冰之廷。」

妮娜一時停頓。「那他就和死了沒兩樣。」

「商會不這麼想。如果他們認爲他已經妥協，就不會費這麼大工夫或提供這種程度的報酬。范艾克很擔憂，我看得出來。」

「和你談話的商人就是他？」

「沒錯，他表示他們的情報很正確。如果不是這樣——好吧，那我來扛。但如果孛・育・拜爾還活著，一定會有人試圖把他從冰之廷帶出來。爲什麼就不能是我們？」

「冰之廷，」妮娜重複道，而凱茲知道她會慢慢把碎片拼湊起來。「你要的不只驅使系格里沙對不對？」

「對。我要一個從裡到外熟知冰之廷的人。」

她跳了起來，開始踩步，雙手支在臀部，晨袍飄飛。「你知道嗎？你眞是個小混球。爲了拜託你幫馬泰亞斯，我去找了你多少次？現在你一有想要的東西……」

「沛・哈斯可不搞慈善事業。」

「別把責任推到老頭身上，」她反駁。「如果你是眞心想要幫我，分明可以做到。」

「我又爲什麼要那麼做？」

她回身轉向他。「因爲……因爲……」

「妮娜，我什麼時候做過不求回報的事？」

她張口欲言，最後又閉上。

「妳知道我可能得請人施捨多少恩惠，得花多少錢賄賂，好把馬泰亞斯・赫佛弄出監獄？代價太高了。」

「現在呢，赫佛的自由算是有點價值。」

「所以現在呢？」她勉強擠出話來，雙眼依舊閃爍怒火。

「這──」

他舉起一手打斷她。「對我來說有點價值。」

妮娜用手指按著太陽穴。「就算你能接觸到他，馬泰亞斯也永遠不會同意幫你。」

「問題在於手段，妮娜。」

「你不認識他。」

「我不認識嗎？他就和其他人一樣都是人，被貪婪、驕傲和痛苦驅策。妳應該比任何人都理解才是。」

「赫佛是被榮耀驅策──而且只有榮耀。這是無法以錢或暴力買通的。」

「過去可能是真的，妮娜，但這一年非常漫長，赫佛變了很多。」

「你去看過他了？」她的綠色雙眼睜得老大，充滿渴望。看啊，凱茲想，巴瑞爾還未撲滅妳的一切希望。

「我去看過了。」

妮娜深深吸入顫抖的一口氣。「他想要復仇，凱茲。」

「那是他想要的，但不是他需要的。」凱茲說：「使手段的精髓在於看出其中差別。」

06 妮娜

妮娜肚裡的反胃感與小船搖晃毫無關聯。她努力深深呼吸，專注於消失在身後的克特丹港口燈光，以及船槳在水中規律打出的水花。凱茲在她身旁調整著面具和斗篷，同時，穆森堅忍不懈地以幹勁十足的速度划著槳，帶著他們往特倫哲靠近。那是克爾斥邊陲諸多小島之一，更靠近地獄門和馬泰亞斯。

大霧籠罩水上，潮濕而纏捲，帶著來自王家造船廠的瀝青和機械氣味，還有些別的——死神駁船燃燒屍體那種帶著甜味的臭，克特丹都將無法埋屍於城外墓園的死者丟棄在那兒。*眞噁心*，妮娜想著，一邊把包住身體的斗篷拉得更緊。她無法理解怎麼會有人想住在這種城市？

穆森一邊划槳一邊開心哼歌。妮娜與這人只有一面之緣——打手兼殺手，就像那個不幸的大巴力格。她盡可能避開巢屋和烏鴉會。因爲她的做法，凱茲給她打上勢利眼的烙印，但凱茲·布瑞克對她的品味有何高見她不怎麼在意。妮娜回頭瞥了瞥穆森壯碩的雙肩，不禁思考凱茲帶他來究竟是要負責划船，還是預期今晚將會有麻煩。

當然會有麻煩了。他們可是要闖進監獄吶。這絕對不比參加派對。那爲什麼我們穿得像去參

加派對呢？

夜半時分，她在第五港口與凱茲和穆森碰面。當她登上那艘小船，凱茲遞給她藍色絲質披肩與搭配的面紗——迷失新娘的服飾。這是找樂子的人體驗巴瑞爾的荒淫時，愛穿的其中一套服裝。他自己則著一大件橘色斗篷，並將狂人的面具頂在頭上，穆森也穿了一樣的衣服。他們只消登上舞台，就能上演狂劇團那些令克爾斥感到荒誕可笑、暗黑野蠻的小劇碼其中一幕。

凱茲輕推她一下。「放下面紗。」他拉下自己的面具，長鼻子和凸出的雙眼在大霧中看起來加倍醜陋。

她正打算妥協，出口問這衣服到底有何必要，卻突然察覺這裡不是只有他們在。透過飄移的霧，她瞥見其他小船從水上駛過，上頭載著其他狂人、其他新娘、其他緋紅紳士與聖甲蟲女王的身影。這些人到地獄門有什麼事嗎？

凱茲拒絕將計畫細節告訴妮娜，而當她堅持，他只是簡要地說：「上船。」完全是凱茲風格。他知道他什麼也不必透露，因爲，能讓馬泰亞斯自由的誘惑早就壓過她每一分清醒的理智。這整年來，大半時間她都在試圖說服凱茲越獄救出馬泰亞斯。而今，他能給馬泰亞斯比自由更多的好處，但代價將會遠遠高過她的預期。

他們靠近特倫哲的岩石淺灘，只能見到零星幾盞燈，其餘盡是一片黑暗與拍打的浪濤。

「你就不能賄賂一下典獄長嗎？」她低聲對凱茲說。

「我不要他知道他有我想要的東西。」

當小船的船身刮到沙灘，兩名男子衝上前，將他們拖上陸地。她看到的其他船隻也在同個海灣登陸，被更多一面咕噥一面咒罵的男人拉上岸。透過她罩臉的薄紗，男人的輪廓模模糊糊。但妮娜瞥到他們前臂的刺青：一頭野貓蜷縮在一頂王冠中——象徵一角獅的符號。

「錢。」他們爬出船時，其中一人說。

凱茲遞出一疊克魯格，一點完錢，一角獅就揮手讓他們過。

他們順著一排火炬前方一條高低不平的路徑走，前往監獄下風處。妮娜將頭歪回去，凝視著人稱地獄門的高聳黑塔堡壘，它猶如從海面異軍突起的黑色拳頭。她曾在遠處看過，那時她付錢給一名漁夫，帶她出海到那座島上。但是，當她要漁夫帶她到更近處，他卻拒絕了。「那裡的鯊魚更卑劣。」他表示：「肚裡裝滿囚犯的鮮血。」妮娜想到就會發抖。

那裡有扇門被撐開，一角獅的另一名成員領著妮娜和其他人進入裡頭。他們踏入一間雖黑暗卻乾淨得驚人的廚房，四壁放著大缸，看起來比起煮食，更適合拿來洗衣。這空間的氣味很怪，猶如醋加鼠尾草。像商人的廚房，妮娜想。克爾斥認為，工作與祈禱相仿。也許，商人的妻子確實會來這裡，她們磨破的雙手用肥皂和水刷地板、刷牆壁刷窗戶來榮耀企業與商賈之神格森神。

妮娜抗拒著作嘔的衝動。她們想怎樣刷都悉聽尊便。然而在這股乾淨的氣味之下，藏著難以去除的惡臭，黴味、尿味，以及沒洗澡的身軀。可能要眞正的奇蹟才能將之去除。

他們走過陰濕的入口門廳。妮娜本以爲會直接進入牢房，沒想到卻走過另一道門，上了一條高聳的石頭走道，連接主要監獄與看起來像另一座塔的地方。

「我們要去哪裡？」妮娜小聲地說。凱茲沒有回答。風吹起來，掀起她的面紗，以鹹鹹的水花抽著她的臉頰。

他們進入第二座塔時，一道人影從黑暗中冒出，妮娜差點沒壓住尖叫。

「伊奈許。」她吐出顫抖的呼吸說。那名蘇利女孩穿戴著深灰惡魔的犄角與高領無袖袍，但總之，妮娜仍認出了她。沒有別人能用那種方式行動，彷彿世界不過一片煙霧，她只是穿身而過。

「妳是怎麼到這裡的？」妮娜低聲對她說。

「我更早時搭一艘補貨駁船過來的。」

妮娜咬著牙。「地獄門是大家想來就來、想走就走的地方嗎？」

「他們一週來回一次。」伊奈許說。小小的惡魔犄角隨腦袋上上下下。

「妳說一週一次是什麼——」

「閉嘴。」凱茲低吼。

「不准叫我閉嘴，布瑞克，」妮娜憤怒地小聲說：「如果進地獄門有這麼容易——」

「問題不在進去，在出來。現在給我閉上嘴，保持警戒。」

妮娜吞下憤怒。她得信任凱茲的運籌帷幄，他已確保她再無其他選擇。

他們進入一條狹窄的通道。這座塔感覺和第一座不同，比較老舊。粗糙不平的石牆被火炬煙霧熏黑。他們的一角獅帶路人推開沉重鐵門，示意要他們跟他走下陡峭的階梯。在這裡，體味和垃圾的味道更糟了，被鹹鹹汗水的潮濕氣息給困住。

他們繞得更下去，進入深深的岩石內部。妮娜緊抓著牆。這裡沒有扶手，雖看不見底部，仍疑心要是摔下去大概不會有什麼好結果。他們沒走太遠，但在抵達目的地時，她已渾身發抖、肌肉繃得老緊，不用費力就明白馬泰亞斯鐵定在這可怖之地的某處。他在這裡。就在這片屋頂下。

「我們在哪裡？」他們屈身走過擁擠的石頭隧道，她在經過安裝鐵欄杆的黑暗洞穴時問。

「這是舊監獄，」凱茲說：「他們建新塔時把這座留下來了。」

她聽到其中一間牢房裡傳來呻吟。

「這裡還有關囚犯？」

「只有罪大惡極者。」

她偷窺著一間空牢房的欄杆縫隙。牆上有著因生鏽和應該是血跡的東西而染成深色的鐐銬。有陣聲響透過牆壁傳進妮娜耳中，是某種規律的敲擊。她起先以為是海洋，但立即頓悟那是反覆吟誦聲。聲音湧入彎彎繞繞的隧道。她右側是更多老舊牢房，不過，光線從左方那破爛欲墜的拱門傾洩進隧道，她自拱道瞥見一群吼叫喧鬧之徒。

一角獅領著他們轉過隧道，抵達第三條拱道，那裡駐守著一名身穿藍灰制服的獄警，步槍橫在背後。「再給你四人。」一角獅的人對著那群人吼道，接著轉回身對著凱茲。「如果你要離開，警衛會找人護送。沒人帶路絕對不准隨意亂走，懂了沒？」

「當然、當然，我就算作夢也不敢。」凱茲在他那副可笑的面具後方說道。

「好好享受。」一角獅咧嘴露出醜陋的一笑。獄警揮手讓他們過去。

妮娜走到拱門下方，彷彿落入某種詭譎的夢魘中。他們身在一塊凸出的岩架上，低頭望見一座粗製濫造的淺淺圓形劇場。這座塔曾被挖空，本打算建成競技場所，唯有古老監獄的黑牆留下，屋頂早已塌陷，又或是遭到摧毀，因而使得高高在上的夜空映入眼簾，上方雲朵密布，星子全無，就如同站在一棵樹幹掏空的巨樹中央，身處某個死去許久、回音嗥吼的事物中。

她周遭戴著面具面紗的男女擁上設置露台的岩架，在底下的活動持續進行時重踏雙腳。環繞打鬥坑的四面牆被火炬光芒照得耀眼炫目，競技場地面的沙子被鮮血浸透，是濕濕的紅色。

在黑暗的洞穴口前，一名戴著鐐銬、骨瘦如柴的大鬍子男人站在巨大的木頭輪狀物旁，上面似乎標記著小型的動物圖畫。此人顯然曾經壯碩，而今多皺的皮膚鬆垮垂下，肌肉也鬆垂著。一名身穿污穢獅皮斗篷、較年輕的男人站在他身旁，臉被那頭大貓的口部框住。獅子雙耳間如飾品般安放著一頂金王冠，獅眼則替換為閃閃發光的一角銀幣。

「轉動輪子！」年輕人下令。

囚犯舉起戴著手銬的雙手，奮力轉了那個輪子。輪子一面轉，一根紅色的針一面順著邊緣喀喀敲動，發出令人愉悅的撞擊聲。接著，輪子緩緩停下。妮娜認不太出那個符號，但群眾發出高吼，警衛上前解開那男人的鎖鍊時，他的雙肩垮下。

犯人把鐐銬往旁一扔、丟進沙裡，妮娜過一會兒就聽到了——一聲吼叫，甚至壓過了興奮得不斷咆哮的群眾。穿著獅子斗篷的男人和獄警腳步匆忙地踩上一條繩梯，正當囚犯從躺在沙中那堆血淋淋的武器中抓了一把單薄刀刃，他們已被往上拉，離開那個坑，到了岩架上的安全處。那人盡可能退到離隧道口遠遠的地方。

剛從隧道爬入視線範圍的生物，妮娜從未見過。那是某種爬蟲類，粗壯的身軀上覆滿灰綠色鱗片，腦袋既廣又扁，黃色眼睛狹長一道。牠緩慢地彎來繞去，低得貼地的身體懶洋洋擦過地面。新月狀的嘴周有層白色硬殼，而當牠扯開下頷，再次發出吼叫，某些濕濕白白、泡沫狀的東西從那尖牙滴下。

「那什麼玩意兒？」妮娜問。

「*Rinca moten*，」伊奈許說：「一種沙漠蜥蜴。牠嘴裡吐出的毒會致命。」

「看起來跑得挺慢的。」

「是看起來。」

囚犯帶著刀往前一撲。巨蜥移動之快，妮娜的眼睛差點跟不上。上一刻，囚犯彷彿擊敗了牠，但下一刻，蜥蜴已來到競技場另一側。不過幾秒，牠就碰一聲衝向囚犯，在他放聲尖叫時將他固定在地，毒液淋了他滿臉，凡被碰到的皮膚皆留下冒煙的軌跡。

那生物將全身重量壓上囚犯，發出令人作嘔的嘎吱聲。當他躺在那裡放聲尖叫時，蜥蜴開始慢慢撕咬起他的一邊肩膀。

群眾噓聲四起。

妮娜別開雙眼，不忍直視。「這什麼鬼？」

「歡迎來到地獄秀，」凱茲說：「佩卡・羅林斯幾年前想出這個主意，並推銷給正確的議會成員。」

「商會知道？」

「他們當然知道，妮娜。這裡可以賺錢。」

妮娜的指甲戳進手掌。凱茲那高傲的語調令人恨不得呼他巴掌。

她熟知佩卡．羅林斯的大名。他是統治巴瑞爾的君王，擁有賭場——不是一家，而是兩家——一家極盡奢華，另一家則迎合那些口袋弄不到什麼錢的水手。外加幾間高級妓院。妮娜一年前來到克特丹時舉目無親、身無分文，離家千里遠。她第一週全花在克爾斥的法庭，處理馬泰亞斯身上的控告。但她一做完證就這麼唐突地被丟在第一港口，身上的錢只剛好能付回拉夫卡的旅費。儘管她渴望回到自己的國家，卻也知道自己無法把馬泰亞斯丟在地獄門慢慢凋零。

到底該怎麼辦，她毫無頭緒，但克特丹新來了一名軀使系格里沙的謠言似乎已傳遍城市。佩卡．羅林斯的人早在港口等她，帶來保她安全的承諾與一個棲身處。他們將她帶到翡翠皇宮，佩卡深切盼望妮娜加入一角獅，甚至向她提出在甜美居開業的提議。因為急需現金，也怕極了那些在街上到處巡的奴隸販子，她幾乎就要點頭了。可是，那天晚上，伊奈許帶著凱茲．布瑞克的提案爬進她在翡翠皇宮最頂樓居處的窗戶。

妮娜從來就猜不透伊奈許是如何在大半夜攀上被雨淋得濕滑的六層石造樓層，但渣滓幫的條件比佩卡和一角獅給的更吸引人。如果她懂得規畫財務，那份合約真的可能讓她在一、兩年內將債務償還乾淨。而凱茲也派了正確的人來說服她——一個只比妮娜小幾個月的蘇利女孩，在拉夫卡長大，而且曾在艷之園度過極度不堪的一年契約期。

「妳能告訴我沛．哈斯可的什麼事？」那晚妮娜曾這樣問。

「不多，」伊奈許承認：「和巴瑞爾大多老闆相比，他沒特別好，也沒特別壞。」

「凱茲．布瑞克呢？」

「騙子、小偷，完全沒有良心。但他會遵守妳和他達成的任何約定。」

妮娜從她語氣中聽到了確信。「他讓妳離開艷之園、得到自由？」

「在巴瑞爾沒有所謂自由，只有好的條件。希琳姨的女孩向來賺不到契約外的錢，她也確保她們做不到。她——」伊奈許的句子斷在這裡，而妮娜感到一絲顫動著的憤怒流竄過她。「凱茲說服沛．哈斯可付清我的契約。我本來會死在艷之園的。」

「妳也很可能死在渣滓幫。」

伊奈許深色的雙眼閃動。「是有可能。但我死去時會站得挺直、手中有刀。」

第二天早晨，伊奈許幫助妮娜溜出翡翠皇宮。她們和凱茲．布瑞克碰頭。儘管他一派冷淡，手上還戴著詭異的皮革手套，她依舊同意加入渣滓幫，並在白玫瑰開業工作。不到兩天，甜美居死了個女孩，被一個裝扮成緋紅紳士的客戶勒死在她自己的床上，犯人從未尋獲。

妮娜信任伊奈許，而且從未因此後悔。雖然此時此刻，她就是對每個人都很火大。她看著一群一角獅的人拿長矛去戳那頭沙漠蜥蜴。很顯然，那頭怪獸在飽餐一頓後滿足了，容許自己就這麼被趕回隧道。牠厚實的身軀懶洋洋又彎來彎去，左右晃著移動。

群眾持續發出噓聲，警衛進入競技場移走囚犯殘餘的屍體時，他被蝕毀的血肉還裊裊升起捲捲煙絲。「他們是在抱怨什麼？」妮娜憤怒地問。「他們來這裡想看的不就是這個嗎？」

「他們想要打鬥，」凱茲說：「他們希望他留久一點。」

「噁心死了。」

凱茲聳聳肩。「這件事唯一噁心的地方，就是我沒有第一個想到這點子。」

「這些人不是奴隸，凱茲。他們是囚犯。」

「他們是殺人犯，是強暴犯。」

「以及小偷和詐欺犯，你的同類。」

「妮娜，親愛的，他們不是被迫出戰，是自願排隊賭機會，賺取更好的食物、私人牢房、酒、約韃，還有和來自西埠的女孩婚配。」

穆森把指節折得喀喀響。「聽起來比我們在巢屋還好。」

妮娜看著那些尖叫吶喊的人，攬客者在走道上走來走去收下注的錢，地獄門的囚犯也許排著隊等待打上一場，但錢眞正進的是佩卡．羅林斯的口袋。

「赫佛不會……赫佛不會在競技場打的……不會吧？」

「我們不是來這裡享受氣氛的。」凱茲說。

這正式超越呼巴掌的程度。「你應該很清楚，我只要稍微動動手指就能讓你尿濕褲子吧？」

「放輕鬆啊破心者。我很喜歡這褲子，而且，如果妳胡鬧我的重要器官，馬泰亞斯．赫佛就再也見不到太陽了。」

妮娜大吐出一口氣，暫且將就瞪著空氣。

「妮娜——」伊奈許低喃。

「別連妳也來講我。」

「一切都會成的。讓凱茲做他擅長的事。」

「他這人糟糕透頂。」

「但有效率。爲了凱茲的鐵石心腸對他發怒，就像因爲爐子很燙而火大一樣。妳知道他就是這樣。」

妮娜交叉雙臂。「我對妳也很火大。」

「我？爲什麼？」

「我還不知道，反正我就是火大。」

伊奈許輕輕捏了妮娜的手一下，一會兒後，妮娜也回捏。她在恍惚中坐在那裡，又度過下一場打鬥，接著又一場。她對自己說她已做好心理準備要再次見到他——在這殘暴的場所見到他。畢竟，她是格里沙，也是第二軍團的士兵。再糟的她都見過。

但當馬泰亞斯從底下洞穴口出現時，她知道自己錯了。妮娜立刻認出他來。過去一年的每個晚上，她都邊想著馬泰亞斯的面容邊入睡。那道彷彿鍍金的眉毛、顴骨銳利的線條——絕對不會錯。但是凱茲沒撒謊，馬泰亞斯變了很多。那名雙眼帶有怒火回瞪群眾的男孩，是個陌生人。

妮娜還記得初次在月光照耀的開利森林中看見馬泰亞斯。他的美麗對她而言似乎有些不公。若在另一世，她很可能會深信他是來拯救她的。一名渾身發光、生著金髮，雙眼淡藍如北方冰河的救主。但是，從他開口說出的語言、每一次眼神落在她身上時臉龐流露的不屑，她知道了他的眞面目。馬泰亞斯・赫佛是個*Drüskelle*，揹負著獵殺格里沙的職責、送他們面對審判與死刑的斐優達獵巫人。雖然，對她而言他更像渾身發著金光的聖戰士。

現在他看起來則像他眞正的模樣——殺手。他赤裸的軀體彷彿由鐵劈砍而成——雖然她知道不可能。他似乎塊頭更大了，好似連身體最基本的結構都產生變化。他的皮膚曾是有如鍍金的蜂蜜色，如今，塵垢底下是一片魚肚白。而他的頭髮——曾如此美麗、濃密且金黃，留成斐優達士兵的長髮——現在就和其他囚犯一樣被剃掉，很可能是爲了防虱子。不管動手的警衛是誰，鐵定是亂剃一通。即便從遠處，她都能見到他頭皮上的割傷與刀痕，剃刀沒剃到的地方還有一小綹、一小綹的金髮殘根。然而，他俊美依舊。

他瞪視著群眾，發力猛轉了轉盤一下，差點把它從底座打掉。

喀、喀、喀、喀。蛇、老虎、熊、野豬。輪子愉快地輪番喀喀響，接著慢下，終於停住。

「不。」當妮娜看見指針指在什麼地方，不禁出聲。

「也可能會更糟，」穆森說：「也可能再度指向沙漠蜥蜴。」

她隔著斗篷抓住凱茲的一臂，感到他肌肉緊繃。「你得阻止這件事。」

「放開我，妮娜。」猶如石礫的粗糙嗓音十分低沉，但她從中感到貨眞價實的威嚇。

她垂下手。「拜託，你不懂。他——」

「如果他活了下來，我今晚就會把馬泰亞斯·赫佛帶離這地方，但這部分取決於他。」

妮娜萬般挫折地搖了一下頭。「你沒搞懂。」

警衛拔下馬泰亞斯的鐐銬，鍊子一落到沙上，他就跳上要把主持人拉到安全處的梯子。群眾尖叫又狂踏，但馬泰亞斯無聲而立，一動也不動。即使閘門打開，即使狼群從隧道衝出——其中三頭嗥叫亂咬，爲了攻擊他而爭先恐後甚至絆倒。

馬泰亞斯在最後一秒以蹲姿落地，將第一頭狼撞倒，然後向右翻滾，撿起前一名對戰者留在沙中的染血刀刃。他一躍起身，刀刃舉在身前，但妮娜能感覺得到他的不情願。他的頭歪向一邊，藍眼中的情緒是懇求，彷彿無聲地想讓那兩頭繞著他打轉的狼與他協議。不過，不管他到底懇求些什麼，顯然沒被聽進去。右側的狼撲來，馬泰亞斯蹲低一旋，將刀埋入狼的肚腹，狼發出短促悲鳴。馬泰亞斯似乎因那聲音顫了一下，並因此浪費了寶貴的幾秒鐘。第三頭狼跳到他身上，將他撲倒在沙地上，利齒深深陷進他的肩膀。他帶著那頭狼一起打了個滾，馬泰亞斯抓住、猛地掰開狼的下頷折斷，他的雙臂肌肉收縮，表情森然。妮娜緊緊閉上眼睛。當場傳來一個令人反胃的喀啦聲。群眾吼叫著。

馬泰亞斯跪在狼上方，牠的下頷斷裂，躺在地上因痛苦而抽搐。他伸手拿了塊石頭，重重砸在那可憐生物的頭顱上。牠不再動了，馬泰亞斯也垮下雙肩。人們不斷咆哮、跺腳。只有妮娜知道這讓他付出了什麼代價，因他曾是一名獵巫人。對他的族人而言，狼是神聖的，就和他們那些巨大馬匹一樣，專門飼養來進行戰鬥。牠們是朋友、是同伴，和獵巫人主人一同並肩戰鬥。

第一頭狼恢復過來，又開始繞圈。*動啊，馬泰亞斯*。她絕望地想。他站了起來，但動作緩慢，很疲倦。他的心思不在這場戰鬥上。他的對手是灰狼，四肢修長且狂暴，然而牠們是北方斐優達白狼的近親。馬泰亞斯沒有刀，只有手中一塊血淋淋的石頭，而剩餘的那頭狼正在他與一堆武器之間徘徊。那頭狼壓低了頭，齜出尖牙。

馬泰亞斯向左一個低身，狼隨之撲去，牙齒咬進他身側。他低哼一聲，重重倒在地上。有一瞬間，妮娜以爲他可能會就這麼放棄，任狼奪去生命，接著他卻伸出手，在沙地扒了一陣，好似尋找著什麼。他的手指覆蓋在剛剛束縛手腕的鐐銬，抓住後拿鍊子纏繞狼的脖子，發力一扯，脖子的血管因此一條條浮出，染血的臉龐貼在狼頸部的毛絨。他緊緊閉上雙眼、蠕動嘴唇。他在說什麼？是獵巫人的禱詞，或是道別？

狼的雙腿在沙上耙抓，翻起眼睛，驚恐的白對比牠的暗色毛皮更顯明亮。牠自胸口發出一聲高亢哀鳴，一切就結束了。那頭生物的身體不再動，兩名戰士都毫無動靜地躺在沙裡。馬泰亞斯依舊閉著眼睛，臉埋在那頭生物的毛裡。

群眾認同的呼喊響如雷鳴。梯子降下，主持人跳下來，拖著馬泰亞斯站起，抓住他一手手腕，以勝利之姿舉起。主持人拿手肘輕頂他一下，馬泰亞斯才抬起頭。妮娜屏住呼吸。

眼淚在馬泰亞斯臉上的髒污流出條條痕跡，憤怒不再，甚至好似些許火焰也隨之消逝。他那雙北海般的眼瞳冷得前所未見，不帶任何情緒，拔除一切人性。這就是地獄門給他帶來的影響，而這都是她的錯。

警衛再次扣住馬泰亞斯，把鐐銬從狼脖子上取下，再喀地扣回他手腕。他被帶走時，群眾不斷呼喊表示反對，鼓譟著：「再來！再來！」

「他們要把他帶到哪裡？」妮娜問，聲音顫抖。

「去牢裡睡個覺，從剛剛的打鬥復元。」凱茲說。

「那誰來照料他的傷？」

「他們有醫士，我們會等到確定只剩他一人。」

我可以治好他，她想。但她心中升起一個更黑暗的聲音，滿溢著嘲弄。妳不會眞那麼蠢吧，妮娜。沒有一個療癒者治得好那男孩，而這都要感謝妳。

在時間痛苦流逝時，她還以爲自己會從這副皮囊衝出去。其他人看著下一場戰鬥——穆森貪婪地注視著，伸展手指，猜測著結果；伊奈許一聲不吭、一動不動，像座雕像；凱茲則一如往常難以預測，在那副可怖面具後頭進行各種陰謀策劃。妮娜放緩呼吸，逼心跳慢些，試著讓自己冷靜下來。但是，該如何安撫腦中的暴亂？她無計可施。

終於，凱茲用手肘頂了她一下。「準備好了嗎，妮娜？先動警衛。」

她對站在拱道的獄警投去一眼。

「怎麼料理？」這是巴瑞爾的特殊用詞，意即：「你要他傷多重？」

「放倒。」打昏他，但不要眞的傷了他。

他們隨凱茲穿過拱門，進去裡頭。其餘人沒怎麼注意，都在專注於底下的打鬥。

「您要人護送嗎？」他們靠近時，警衛說。

「我有個問題，」凱茲說。妮娜在斗篷中舉起雙手，感受警衛血管中的血流與肺中的組織。「是關於你的母親，以及謠言是不是眞的。」

妮娜感到警衛的心跳激增，嘆口氣。「你就是不喜歡簡單一點是不是，凱茲？」

警衛上前一步，舉起槍。「你剛說什麼？我——」他的眼皮下垂。「你不——」妮娜降低他的脈搏，他往前一倒。

穆森在對方倒地前抓住了他，伊奈許給他換上凱茲剛剛穿著的斗篷。看到凱茲底下穿了獄警的制服，妮娜只有一些些驚訝。

「你就不能單純問他時間或什麼別的嗎？」妮娜說：「你又是打哪兒弄來那身制服？」

伊奈許把狂人面具戴到警衛頭上，往下拉蓋住臉。穆森一臂攬著他，把他撐抱起來，好像警衛喝得太多似地。他們把他放在緊貼後牆的一張長椅上。

凱茲扯了扯制服的袖子。「妮娜，人們喜歡把權力交給身穿好衣裳的人。我有市警隊、港口警察的制服，還有錢之街上每個商人大宅的專屬制服。我們走吧。」

他們溜進通道。

他們沒有回頭走來時那條路，而是以逆時鐘方向繞過舊塔。左側的競技場牆壁隨著聲響和跺腳聲震動。駐紮在每條拱道的警衛只稍微多看了他們幾眼，雖然有些人對凱茲點頭。而凱茲依舊維持輕快的腳步，臉藏在領子裡。

妮娜深陷在自己的思緒中。當凱茲舉起一手要他們放慢腳步，她差點錯過。他們轉過兩條拱道之間的一個彎處，進入深暗陰影的掩護中。前方有一名醫士由兩名警衛陪伴，從一間牢房中冒出，警衛之一提著燈。「他會睡上一整晚，」醫士說：「請確認他早上有喝點東西，也要檢查他的瞳孔。我不得不給他強效的安眠藥水。」

那些人朝相反方向移動後，凱茲打手勢讓他的人前進。嵌在岩石中的門是由堅固的鐵做成，只開了條狹長細縫，用以將食物遞給囚犯。凱茲朝鎖彎身。

妮娜盯著那扇粗陋的鐵門。「這地方真野蠻。」

「厲害的戰士多半睡在舊塔。」凱茲回覆。「把他們和其餘人隔開。」

妮娜左右探看著從競技場入口通道灑進的明亮光線。這些門口都有警衛駐守，也許不是很專心，但只要轉過頭就會看到。如果他們在這裡被抓，不知道那些警衛會多費工夫把他們交給市警隊受審呢，還是就這麼逼他們進入圈中、給老虎吃掉？也許還會更沒尊嚴，她鬱鬱地想，可能是一大群憤怒的鼠輩。

撬鎖花了凱茲幾下心臟快跳的時間。門喀啦打開，他們溜進裡頭。

牢房內伸手不見五指。短短一會兒後，燐光球的冷綠光芒在她身旁閃爍亮起。伊奈許捧高那顆小小的玻璃圓球。裡頭的物質是把發光的深海魚晒乾、磨碎而製成，在巴瑞爾的偷兒之間很常見。他們既不想在黑暗巷中遭逮，又實在不願帶著提燈吃力四處跑。

至少很乾淨，雙眼適應黑暗時，妮娜想。空無一物，冷得像冰，但並不髒。她看見用馬皮毯做的簡陋床鋪，兩個靠牆擺放的水桶，其中一個裝著探出邊緣的染血布塊。

這就是地獄門的人們競爭的事物：一間私人牢房、一張毯子、乾淨的水、丟垃圾的水桶。

馬泰亞斯背對著牆熟睡。即使在燐光球昏暗的照明下，她都能見到他的臉開始發腫。傷口抹了某種油膏——金盞花。她認得那氣味。

妮娜朝他靠近，但凱茲一手放在她臂上，阻止了她。「先讓伊奈許評估他的傷。」

「我可以——」妮娜開口。

「我要妳處理穆森。」

伊奈許將烏鴉頭手杖扔給凱茲——她一定是一直藏在深灰惡魔的服飾底下——捧著燐光球在馬泰亞斯身旁跪下。穆森上前，移除自己的斗篷、上衣與狂人面具。他剃過頭髮，並穿著監獄配發的褲子。

妮娜看著馬泰亞斯，又回望穆森，對凱茲心中的盤算有所領悟。這兩個男孩大約同樣身高、同樣體型，但相同之處僅此而已。

「你不會眞打算讓穆森代替馬泰亞斯吧？」

「他可不是來這裡發表睿智言論的。」凱茲回覆。「妳得複製出赫佛的傷。伊奈許，列點出來？」

「瘀青指節、一顆牙齒有缺口、兩根斷掉的肋骨，」伊奈許說：「左邊第三和第四根。」

「他的左邊，還是妳的左邊？」凱茲問。

「他的。」

「這沒有用的，」妮娜挫敗地說：「我可以一模一樣地複製出赫佛身上的傷，但塑形能力還沒有好到能讓穆森看起來像他。」

「相信我就好，妮娜。」

「凱茲，就算你只是幫我綁鞋帶，我都覺得你會把鞋帶偷走。」她凝視穆森的臉。「即便我把他弄腫，也經不起考驗。」

「今晚，馬泰亞斯・赫佛——或實際上是我們親愛的穆森——很顯然將會感染火痘，也就是狼瘡，狼或犬科動物身上帶的病。明天早上，當警衛發現他身上蓋滿膿包，完全認不出來，他會被隔離一個月，看看能否活過高燒、撐過接觸感染時期。同時間，馬泰亞斯會和我們在一起，懂了嗎？」

「你要我把穆森弄成患火痘的模樣？」

「對，而且動作快點，妮娜，因為不到十分鐘內，這裡的情況就會變得非常刺激。」

妮娜瞪著他。凱茲到底在計畫什麼？「不管我對他做什麼都撐不過一個月。我沒辦法讓他一直發燒。」

「我在醫務室有門路，能確保他病得夠久，我們只要讓他通過診療即可。好了，快點動手。」

妮娜上下打量穆森。「這會痛得就像你自己去打了一場喔。」她出言警告。

他則緊皺起臉，準備好接受疼痛。「我可以的。」

她翻了翻白眼，舉起雙手集中精神。隨著右手在左手上方犀利一劃，她折斷了穆森的肋骨。

他吐出一聲低哼，身體彎折。

「真是好孩子，」凱茲說，「撐下來了，簡直是優等生——接著是指節，再來臉。」

妮娜將瘀青擴散開，並在穆森的指節和手臂鋪滿傷口，對上伊奈許的描述。

「我從沒近距離看過火痘。」妮娜說。她熟悉的只有他們在小行宮做解剖學訓練時用的書中插圖。

「算妳好運，」凱茲無情地說，「加快動作。」

她靠著記憶進行，弄腫弄裂穆森臉部與胸口的皮膚，讓水泡發出來，直到紅腫與膿包嚴重到他眞的變得面目全非。大塊頭呻吟著。

「你爲什麼要同意幹這種事？」妮娜低喃著說。

穆森臉上腫脹的皮肉顫了顫，妮娜覺得他可能是想露出笑容。「酬勞不錯。」他含糊地說。

她嘆了口氣。也是，不然巴瑞爾的人還會爲了什麼豁出去？「有不錯到被關在地獄門也沒關係？」

凱茲拿手杖敲敲牢房地面。「妮娜，別再給我找麻煩了。如果赫佛配合，這項任務一結束，他和穆森就都會得到自由。」

「那如果他不配合呢？」

「那麼赫佛就會被關回牢房，穆森還是有錢拿，而我會請他去庫布朗吃早餐。」

「我可以點鬆餅嗎？」穆森咕噥著說。

「我們全都可以點鬆餅，還有威士忌。如果這任務沒獲得預期的成功，大家在我旁邊絕對不會想要神智清醒。做好了嗎，妮娜？」

妮娜點點頭，伊奈許和她交換位置，替穆森上繃帶，讓他看起來像馬泰亞斯。

「好了，」凱茲說：「讓赫佛站起來。」

妮娜在馬泰亞斯旁邊蹲下，凱茲站在她上方捧著燐光球。即便在熟睡中，馬泰亞斯的五官依舊不得平靜，淺色的眉毛蹙在一起。她讓雙手漫遊過他瘀青的下頷線條，抗拒著想停留在那兒的衝動。

「妮娜，不是臉，我要他行動自如，不用好看。盡快治療他，只要夠暫時讓他能行走就好。我不要他精神好到可以給我們找麻煩。」

妮娜拉下毛毯，開始動手。*就當成另一具軀體*，她對自己說。她總會在很晚的時候接到凱茲召喚，去治癒渣滓幫受傷的成員，他不想把這些人帶去給任何一名合法醫士看——受了穿刺傷的女孩、斷了腿的男孩，或是體內卡了子彈的人、在與市警隊或其他幫派亂鬥中受傷的人。*就假裝這是穆森吧*，她對自己說，*或者大巴力格，或其他蠢蛋。妳不認識這男孩*。而這也是真話。她認識的那個男孩也許只是一副架構，此時已有些什麼新事物建在了那上頭。

她輕輕碰觸他的肩膀。「赫佛，」她說。而他動也沒動。「馬泰亞斯。」

她喉中一哽，感到眼淚幾乎要奪眶而出的痛。她在他太陽穴印上一吻。妮娜知道凱茲和其他人都在看，她把自己弄得像蠢蛋。可是都過了那麼久，他終於在這裡了，在她面前，卻又這麼支離破碎。「馬泰亞斯。」她重複道。

「妮娜？」他的聲音粗啞，但一如記憶中那樣美好。

「噢，諸聖啊，馬泰亞斯，」她低聲說道。「拜託快醒來。」

他睜開眼睛，目光朦朧，是最最蒼白的藍。「妮娜。」他輕柔地說。指節拂過她臉頰，粗糙的手試探著、不敢置信地捧住她的臉。「妮娜？」

她眼中盈滿淚水。「噓……馬泰亞斯。我們是來救你出去的。」

她還來不及眨眼，他就按住了她的雙肩，翻身將她牢牢釘在地上。

「妮娜。」他怒吼出聲。

下一刻，他緊緊掐住她的脖子。

第二部
僕人&手段

07 馬泰亞斯

馬泰亞斯又作夢了。夢到了她。

在所有夢中，他都在追捕她。有時穿越春天新綠的草地，但多半是冰封平原，以精準的腳步閃躲巨石和裂隙。他總是在追，也總能抓到她。在好的夢裡，他會將她甩到地上，扼住她的脖子，看著生命從她眼中流失，心中盛滿復仇——終於啊、終於。而在噩夢裡，他則親吻她。

在這些夢裡，她不會抵抗。她會笑著，好像這追捕不過是一場遊戲，好像早知道他會抓到她，她就想要他這麼做。她只想躺在他身下，不想去任何地方。她帶著歡迎，與他臂彎完美契合。他親吻她，將臉埋在她頸子甜美的凹陷處。她的鬈髮掠過他臉頰，而他感覺到，如果能就這麼再多擁著她一會兒，每道傷口、每股疼痛、每件壞事都將消散遠去。

「馬泰亞斯。」她會這樣低語，唇間吐出的他的名字是如此柔和。這些是噩夢中的噩夢，而當他醒來，幾乎像痛恨她一樣痛恨著自己。因爲他明白，即使在夢中，他都可能再次背叛自己、背叛國家。因爲他知道，在她做出那一切後，他體內那個有病的部分依舊渴望著她……這令人太難承受。

今晚則是噩夢，非常糟的噩夢。她穿著藍色絲衣，布料比他見她穿過的任何服飾都更奢華，某種薄紗面罩纏在她髮中，閃爍的光映射其上，像是被雨淋到一般。喬爾神，她眞好聞。苔蘚般的潮濕氣味仍在，還有香水。妮娜喜歡奢侈的事物，而這確實相當昂貴——玫瑰，再加一些別的，一些他的窮人鼻子辨認不出的氣味。她將柔軟的嘴唇貼上他的太陽穴，而他發誓自己聽見她在哭泣。

「馬泰亞斯。」

「妮娜。」他勉強說道。

「噢，諸聖啊，馬泰亞斯，」她低聲說：「拜託快醒來。」

於是他就醒了，而且知道自己一定是發了瘋。因爲她確實在這兒，在他牢房中，跪在他身邊，一手輕輕擱在他胸口。「求求你，馬泰亞斯。」

她的話聲，她的懇求。他夢過這些。有時她會乞求慈悲，有時她會懇求其他的。

他伸手去碰她的臉。她擁有世上最柔軟的肌膚。他曾因此笑過她一次：眞正的士兵不可能有這種肌膚。他這麼對她說，縱容、寵溺地說。他也嘲弄過她體態的豐盈，因自己對她產生反應而感到羞恥。他捧著她溫暖的臉頰弧度，感受她頭髮柔軟的撫觸。多美好，多眞實。這不公平。

接著他想起雙手上血淋淋的繃帶。他完全醒來時，疼痛猛然襲向他——斷裂的肋骨、發疼的指節，他敲裂了一顆牙。不確定是在什麼時候，但在某個時間點舌頭被那牙割到。他口中依舊留有銅一般的鮮血氣味。那些狼。他們讓他去殺狼。

他醒了。

「妮娜？」

她美麗的綠眼裡含著淚水，怒氣竄遍他全身。她沒有資格流淚、沒有權利憐憫。

「噓……馬泰亞斯。我們是來救你出去的。」

這又是在玩什麼？是什麼新的殘酷遊戲嗎？他才剛學會如何在這駭人的地方存活，她又來往他身上加諸更多新折磨。

他猛衝向前，一翻將她拋到地上，雙手緊緊掐住她的喉嚨，跨在她身上，這樣一來就能以雙膝將她的手臂牢牢固定在地。他太清楚，假如妮娜的雙手能自由將有多麼致命。

「妮娜，」他咬牙切齒。她猛地撓起他的雙手。「女巫，」他嘶啞著嗓子，朝她傾身。他看著她睜大了眼睛，臉開始漲紅。「求我，」他說：「求我饒妳一命。」

他聽到喀一聲，一個粗啞的聲音說道：「把手從她身上拿開，赫佛。」

身後有某人拿槍抵著他的頸子，馬泰亞斯連看都不看一眼。「開槍啊，開槍射我。」他說，指尖更深地戳入妮娜頸中。沒有任何事物能奪走他這麼做的權力，絕對沒有。

叛徒、女巫、憎惡的化身。這些字眼從腦中一一冒出，然而，其他字詞也蜂擁而至：美麗、魅惑、*Röed fetla*——他曾這麼喊她——小紅鳥。因爲她在格里沙法師團的顏色，她喜愛的顏色。他又捏得更用力，教自己體內繃緊的薄弱意志噤聲。

「如果你眞的瘋了，那麼，這會比我想像中要棘手許多。」那個沙啞聲音說。

他聽到某種東西颼颼劃過空氣的聲音，接著一股擰緊的痛楚飛快穿透左肩，雖然感覺像是被一只細小的拳頭打中，但他卻整條手臂都麻掉。馬泰亞斯往前倒下時咕噥一聲，一手還緊握著妮娜的喉嚨不放。他本會直接往前倒在她身上，不過被揪住了衣領往後拉。

一名身穿警衛制服的男孩站在他身後，深色雙眼光芒閃動，一手拿槍，另一手則是枴杖，握柄經過雕刻，看起來像烏鴉的頭，有著尖銳無情的鳥喙。

「控制一下自己，赫佛。我們是來救你逃出去的。我也可以像料理你手臂一樣料理你的腿，用拖的帶你逃出這裡，不過你也可以人模人樣地用雙腳走出去。」

「沒人能逃出地獄門。」馬泰亞斯說。

「今晚我們就能。」

馬泰亞斯坐往前，試圖確認自己身在何處。他抓著自己那條死了一樣的手臂。「你不可能就這樣帶我走出這裡，警衛會認出我。」他低號著：「我才不要被你強行帶到連喬爾神都不知道是哪裡的地方，丟掉爭奪特權的資格。」

「你會戴上面具。」

「如果警衛檢查——」

「他們會忙到沒空檢查。」詭異且蒼白的男孩說。下一刻，尖叫聲開始響起。

馬泰亞斯猛一抬頭，聽見如雷的腳步聲從競技場傳來。人們爭先恐後衝進他牢房外的通道時，尖叫的波濤衝上頂峰。他聽見警衛的呼喊，接著是大貓的咆哮與大象的怒吼。

「你打開了牢籠。」妮娜發抖的嗓音中有著不敢置信。雖說天知道這是眞情流露又或者只是演技。他拒絕看向她。如果他看了，就會失去一切現實感，他現在只能算是勉強撐著。

「賈斯柏應該等到第三聲鐘響才對。」那個蒼白的男孩說。

「的確是第三聲鐘響了，凱茲。」角落有個一身蘇利古銅深膚色、深色頭髮的嬌小女孩回答。她身邊靠著一副渾身覆滿鞭痕和繃帶的形體。

「賈斯柏什麼時候這麼準時了？」男孩瞥了手錶一眼，出聲抱怨。「赫佛，站起來吧。」

他伸給他一隻戴著手套的手，馬泰亞斯瞪著。這是夢。是我作過最怪的夢，但絕對是夢。又或者，殺死狼的行爲終於把他逼瘋。今晚，他殺死了自己的家人，無論對牠們的野生靈魂低喃多少遍禱詞，都無法將之合理化。

他抬頭望向那名雙手戴著黑手套的蒼白惡魔。凱茲，她是這麼喊他的。他會帶著馬泰亞斯從這夢魘中逃脫，又或只是將他拖進另一種地獄？赫佛，選吧。

馬泰亞斯抓住那男孩的手。如果這是真的，不是幻覺，那麼，不管這些怪物給他設下什麼陷阱，他都會逃脫出去。他聽到妮娜逸出一聲長長的呼吸——是鬆一口氣嗎？還是被激怒了？他搖搖頭，晚點再來處理她吧。那名古銅膚色的女孩拿了件斗篷披在馬泰亞斯肩上，再往他腦袋擱上醜陋的尖鳥嘴面具。

牢房外的通道一片混亂。身穿戲服的男女狂奔而過，尖叫著相互推擠，拚命要從競技場逃出去。警衛全都掏出槍來，而他也能聽見子彈擊發。馬泰亞斯感到暈眩，身側也痛得不行。他的左臂依舊無法使用。

凱茲朝遠處右側的拱道作勢，指示他們應走與人流相反的方向，進入競技場。馬泰亞斯不在乎。他可以直接投身這團混亂，殺出一條路，爬上那道階梯，上一艘船。但接下來呢？無所謂。現在根本沒有時間計畫。

他才踏入擁來的人潮，立刻被往後拖。

「赫佛，你這種孩子不該打鬼主意。」凱茲說：「那階梯通往一道路障，你以為警衛不會檢查面具底下就讓你過嗎？」

馬泰亞斯臉一沉，隨著其他人穿越人潮。凱茲一手抵在他背後。

如果通道算混亂，那麼競技場就是另一種特殊的瘋狂。馬泰亞斯瞥到鬣狗飛跳起身、越過岩架，有一隻正就著身穿緋紅斗篷的身軀飽餐一頓；一頭大象衝向場內的牆壁，弄出漫天飛舞的塵雲，吼聲震天地發洩著挫折。他看到一頭白熊和南方殖民地的幾頭叢林大貓蹲伏在簷上，齜著牙齒。他知道籠裡也有蛇，並暗暗希望這個叫賈斯柏的人物沒有蠢到連牠們都放出來。

他們衝過剛剛馬泰亞斯爲了爭奪接下來六個月的特權而進行戰鬥的沙地，但在朝隧道跑去時，沙漠蜥蜴踏步重重地朝他們而來，嘴邊滴下白泡沫毒液，肥胖的尾巴抽打地面。馬泰亞斯還來不及移動，銅膚女孩已將手一撐、身子躍過牠背上，風馳電掣地朝那頭生物盔甲般的鱗片插入兩把亮晃晃的匕首。蜥蜴哀嚎，身體側著倒下。馬泰亞斯感到一陣悲傷與疼痛。那是頭可怖的生物，他從未見過任何一名戰士在牠的攻擊之下存活，但那依舊是活生生的動物。*不對，在這一刻之前沒見過任何戰士存活*，他糾正自己。*那個古銅膚色女孩使的匕首值得一看。*

他猜想他們將越過競技場，回到看台，以避開堵塞通道的群眾。再來很可能得猛衝向樓梯，期望能成功穿過一定等在最上方的警衛。但是，凱茲卻帶著他們走隧道，經過籠子。那些都是舊牢房，轉手給地獄秀的負責人當週弄到的任何野獸——曾在馬戲團的動物，緊要關頭甚至患病的家畜也行；另外也有從森林或鄉間挑揀來的動物。他們奔過那些打開的門時，他瞥到陰影中有一雙黃色眼睛怒瞪著他，但他已繼續前進。馬泰亞斯咒罵著自己動彈不得的手臂，他也沒有武器，嚴格說根本無力自保。這個凱茲到底要帶我們去哪裡？他們行經一頭正在吞吃警衛的野豬，還有一隻斑點貓，牠對著他們又是嘶叫，又是啐唾沫，但沒有靠近。

然後，穿過動物近似麝香的體味與排泄物的惡臭，他聞到海水強烈的澄淨氣息。馬泰亞斯聽見了海浪沖擊聲。他滑了一下，發現腳下石頭濕濕的。他進入了比過往獲准進入的隧道更深的地方。這裡一定通向海。不管妮娜和這幫人打算做些什麼，都確實無誤地將他帶出了地獄門的深淵。

從凱茲和銅膚女孩攜帶的球體發出的綠光中，他瞥見前方停泊了一艘小船。似乎有個警衛坐在裡面，但他舉起一手，揮手要他們上前。

「你早了，賈斯柏。」凱茲一面輕推馬泰亞斯往前，一面說。

「我是一分不差。」

「對你來說就算早了。下次你打算博取我的賞識前，麻煩先警告一下。」

「動物放出來了，還給你找了艘船，接下來不是應該聽到『謝謝你』嗎？」

「謝謝你，賈斯柏。」妮娜說。

「美人兒，一點兒也別客氣。凱茲，看到沒有？文明人都是這樣的。」

馬泰亞斯只有一半心神在聽。隨著感覺逐漸恢復，他左手的手指開始陣陣刺痛。他無法對付所有人，在這種狀態下不行，在他們都配備了武器的狀態下沒辦法。但凱茲和船上那個男孩賈斯柏，看起來是唯一佩槍的人。解開繩索，打傷賈斯柏。他就能得到一把槍，並搶下船。*但妮娜能在你控制船槳前就停下你的心臟*，他提醒自己。所以要先對她開槍，往她心臟打一顆子彈，靜心等到看她倒下，然後永遠離開這個鬼地方。他做得到，他知道自己可以。他只要來個聲東擊西。

銅膚女孩就站在他右側，她連他肩膀的高度都不到。就算他受了傷，依舊能在不失足也不傷到她的情況下將她撞進水裡。

撞下女孩，解開小船，打傷槍手，*殺了妮娜，殺了妮娜，殺了妮娜*。他深呼吸一口氣，整個人撲向銅膚女孩。

她側身一移，彷彿預先知道他要靠過來，腳跟慢條斯理地在他腳踝後方一勾。

馬泰亞斯重重摔在石頭上，發出好大一聲悶哼。

「馬泰亞斯——」妮娜邊上前邊說。他倉皇退後，差點掉進水裡。假使她再用手碰到他，他一定會發瘋。妮娜停了動作，毫無疑問一臉受傷。她無權這樣。

「這人笨手笨腳的。」銅膚女孩不帶感情地說。

「妮娜，弄昏他。」凱茲命令道。

「不要。」馬泰亞斯抗議，自體內生起的驚慌流遍全身。

「你太笨了，會把船弄翻。」

「離我遠一點，女巫。」馬泰亞斯對著妮娜怒吼。

妮娜緊繃地對他點了個頭。「樂意之至。」

她舉起雙手，隨著她將他拖入昏迷狀態的動作，馬泰亞斯感到眼皮越來越重。「我要殺了妳。」他咕噥道。

「祝好夢。」她的聲音猶如一匹狼，跟隨著他，將他逼入黑暗。

□

在一個垂掛黑與緋紅布幔的無窗房間裡，馬泰亞斯靜靜聽著蒼白且怪異的男孩口中冒出的陌生字句。馬泰亞斯認得怪物的模樣，而只消看凱茲·布瑞克一眼，就足以讓他知道，這是一頭在黑暗中待了太久的生物。而且，當他爬進光亮中，還帶了些什麼回來。馬泰亞斯能在他身周感覺到。他曉得其他人都嘲笑斐優達的迷信，但他相信自己的直覺——又或者他曾如此相信，直到妮娜出現。那是她的背叛所帶來最可怕的影響之一，使他被逼著質疑自己的決定，而那分質疑差點讓他在地獄門敗下陣來。在那個地方，本能決定一切。

他在獄中聽過布瑞克的名字，以及與他有關的隻字片語——犯罪天才、鐵石心腸、無道德觀念。他們喊他髒手，因爲只要價格對了，沒有他不願意犯下的罪孽。而今，這名惡魔正高談闊論如何闖進冰之廷，談論讓馬泰亞斯犯下叛國罪。*再次犯下叛國罪。*馬泰亞斯糾正自己。*我會是再次犯下叛國罪。*

他的目光鎖定布瑞克，敏銳地意識到妮娜正從房間另一端注視著自己。他的鼻子——甚至口中——仍能聞到她的玫瑰香水味，那鮮明的花香躺在舌上，彷彿他正品嘗著她。

馬泰亞斯醒來時被縛在一張椅子上，在類似某種賭博室的地方。一定是妮娜喚醒了被她弄昏的馬泰亞斯。她在這裡，銅膚女孩也在，賈斯柏——也就是船上那個四肢修長的男孩——則坐在角落，將骨頭突出的雙膝抱近胸口。有個生了耀眼金鬈髮的男孩正漫無目標地亂塗著放在玩牌圓桌上的紙張，不時啃咬拇指。那張桌子鋪蓋著一條複印上一塊塊烏鴉花紋的緋紅布料，還有架輪狀物體撐起來，靠在塗上亮黑漆的牆邊，近似地獄秀競技場用的東西，但上頭的標記不同。馬泰亞斯有種感覺，有人——很可能是妮娜——在他昏迷不醒時爲他照料更多傷口。那個念頭令他想吐。清清白白的疼痛好過格里沙的毒害。

接著布瑞克開口——說起某種叫約韃煉粉的藥，說起高得不可思議的獎賞，說一些嘗試闖入並突襲冰之廷的荒謬想法。馬泰亞斯不確定這到底是事實或虛構，但根本沒差。當布瑞克終於講完，馬泰亞斯簡單地回答：「我不要。」

「赫佛，我要眞心地說——而你最好相信我：我非常清楚，被人打昏，又在陌生環境中醒來，絕非開始一段伙伴關係最友善的方式，但你沒給我們多少選擇。所以請你盡可能敞開心胸，接受各種可能性。」

「就算你跪著來找我，我的答案也不會變。」

「你應該知道我只消幾小時就能把你送回地獄門吧？只要可憐的穆森進了醫務室，換人就非常簡單了。」

「那就換啊。我等不及要告訴典獄長你的蠢計畫了。」

「你怎麼會以爲你可以帶著舌頭回去呢？」

「凱茲——」妮娜出聲反駁。

「你想怎樣就怎樣。」馬泰亞斯說。他不能再叛國一次。

「我早告訴你了。」妮娜說。

「不要裝得一副很瞭解我的樣子，女巫。」他厲聲說道，眼神釘在布瑞克身上。他不會看向她的。他拒絕看向她。

賈斯柏在角落伸展身體。如今他們已離開地獄門的那片昏暗，馬泰亞斯發現他有著贊米人的深棕膚色，與一雙不相稱的灰眼睛。他的體型像鵲。「沒有他，就沒有任務。」賈斯柏說：「我們不可能盲目闖進冰之廷。」

馬泰亞斯簡直要笑出來。「你們根本闖不進去。」冰之廷不是尋常建物，而是層層圍牆的建築群，是斐優達的古老要塞，代代延續的王與后的家，是他們最偉大的財寶，與最神聖的宗教聖物儲藏之處。是不可能入侵的。

「好了嘛，赫佛，」那惡魔說：「你當然有想要的東西。像你這樣堅貞的人，這個動機算是再正當不過。斐優達很可能覺得自己揪到了龍的尾巴，但他們無能控制。一旦孛・育・拜爾再次複製他的加工過程，約韃煉粉將會進入市場，其他人學會製造這玩意兒只是遲早的事。」

「這種事永遠不會發生。育・拜爾會接受審判，而如果他被判有罪，就會處以死刑。」

「他犯了什麼罪？」妮娜柔和地問道。

「與人相悖的罪。」

「與哪種人相悖？」

他能從她語調中聽到幾乎壓抑不住的憤怒。「自然的人。」馬泰亞斯回答：「和這個世界的法則和諧共存的人，不是那些爲了一己私利、任意扭曲法則的人。」

妮娜發出某種惱火的嗤聲，其他人只是一臉有趣地看著，對可憐且遲鈍的斐優達人露出冷笑。布魯姆曾警告馬泰亞斯，說整個世界充滿騙子、追求享樂者、不信神的異教徒。而這些人似乎全集合到了這房間。

「赫佛，你在這件事上眞是目光短淺，」布瑞克說：「另一隊人馬很可能會搶先抓到育・拜爾。蜀邯人或拉夫卡人，全都有他們自己的目的。邊界之爭與從古至今的競爭對克爾斥來說一點也無所謂。商會在意的只有貿易，而他們想確保約韃煉粉繼續掛著神祕面紗——僅此而已。」

「所以說領著一群罪犯進入斐優達核心、搶走一名重要囚犯，是某種愛國行爲囉？」馬泰亞斯譏嘲道。

「我的確也不預期四百萬克魯格的承諾能讓你動搖。」

馬泰亞斯啐了一口。「錢你就留著吧，最好噎死你。」接著他冒出一個念頭——既卑劣又粗鄙，卻說不定能讓他即使口中沒了舌頭，也能帶著平和的心回到地獄門。他盡量在繩索允許範圍內往後傾，把所有注意力放在布瑞克身上。「我和你做一個交易。」

「悉聽尊便。」

「我不隨你一起去，但給你冰之廷配置的平面圖。那至少能讓你通過第一個檢查哨。」

「那麼，這麼一個有用的情報有何代價？」

「我不要你的錢，可以無償把平面圖給你。」光是說出這些話就讓馬泰亞斯感到羞恥，但他依舊說了。「如果你讓我殺了妮娜．贊尼克。」

小個子銅膚女孩吐出厭惡的聲響，對他的輕蔑表露無遺。桌邊的男孩不再亂塗，瞠目結舌。然而，凱茲似乎一點也不驚訝。眞要說——他看起來挺滿意的。馬泰亞斯有種不舒服的感覺，覺得這個惡魔完全知道接下來會如何發展。

「我可以給你更好的。」凱茲說。

還會有什麼能比復仇更好？「我其他的都不想要。」

「我可以讓你再次成爲獵巫人。」

「所以你是什麼魔術師嗎？是幫人實現願望的魔法精靈嗎？我雖迷信，可不是白痴。」

「這兩者並不互相違背，你知道的。不過這一點兒也不是重點。」凱茲一手溜入他的深色外套。「來。」他說，將一張紙交給銅膚女孩。另一個惡魔。這個惡魔行走的腳步輕柔，彷彿從靈界飄出，而且身邊的人腦子都不正常，沒意識到該把她送回去。她把紙拿到馬泰亞斯面前讓他讀。文件以克爾斥語和斐優達語寫成。他讀不懂克爾斥語——在牢中，他只學了點這語言的皮毛——但斐優達語則白紙黑字。當馬泰亞斯的雙眼在紙頁上移動，心臟開始狂跳。

有鑑於新證據出現，馬泰亞斯．班奈尼克．赫佛獲得全權且立即的特赦，免除所有針對販奴的控告。從　起，即刻釋放，並致上本廷之歉意，同時儘速提供其回歸故里或前往其選擇的任何目的地之運輸。本廷與克爾斥當局再次誠摯致上歉意。

「什麼新證據？」

凱茲在椅子上往後靠。「妮娜．贊尼克似乎撤回了她的證詞。她將面對僞證的控告。」現在他正眼看她了。他控制不住。他在她那優雅的頸子上留下了瘀青。他對自己說，要爲此高興。

「僞證？妳會因此坐多久牢，贊尼克？」

「兩個月。」她靜靜地說。

「兩個月？」他眞的笑了出來，笑聲長而苛刻，身體隨之抽動，好似有某種毒藥使得他肌肉收縮。

其他人一臉擔心地看著他。

「他到底是有多瘋？」賈斯柏問，手指咚咚敲打自己的左輪珍珠槍柄上。

布瑞克聳了個肩。「我是不會說這人很可靠，但我們也只有他了。」

兩個月。很可能還住在某間舒適的牢房中，以魅力迷惑所有警衛，讓他們給她帶來新鮮的麵包、拍鬆她的枕頭。又或者，她能簡簡單單說動他們，讓她付個罰金就好，而這筆錢可以由她遠在拉夫卡的有錢格里沙主子來支付。

「你知道不能信任她的吧。」他對布瑞克說：「不管你想從孛．育．拜爾那裡得到什麼祕密，她都會拿去交給拉夫卡。」

「赫佛，這讓我來擔心就好。你幹你那部分的活兒，育．拜爾和約韃煉粉的祕密將會交到能人手中，這些人有辦法讓它永遠都只是傳聞。」

兩個月。妮娜會去服她的刑期，口袋塞滿四百萬克魯格，回到拉夫卡，再也不會帶給他其他遐想。但要是這個特赦是眞的，那麼他也能回家。

家。他想像逃出地獄門太多太多次，卻從沒眞正把心思放在逃跑的念頭上。他在外面會過著怎樣的生活？脖子上掛著被控爲奴隸販子的狗牌？他永遠也回不了斐優達。即使能承受這樣的不光采，他活著的每一天都會是克爾斥當局的逃犯，一個身上有印記的人。他知道自己在諾維贊能勉強維生，但那又有什麼意義？

這——則是另一回事。如果這個惡魔布瑞克說的是眞的，馬泰亞斯就能回家。對這件事的渴望在他胸中扭絞——能聽見人們說他的語言，再次看見他的朋友，吃到塡滿甜杏仁醬的桑拉，感受從冰上呼嘯而過的北方狂風噬咬，重歸故里，身上還不用帶著任何不名譽的重擔，並受到歡迎。他的名譽能被洗清，能以獵巫人的身分回歸他的人生，而代價將是叛國。

「要是孛．育．拜爾已經死了呢？」他問布瑞克。

「范艾克堅持他沒死。」

但與凱茲談話的這一介商人怎麼可能眞正瞭解斐優達的做事方式？就算審判還沒舉行，也勢必會舉行，而馬泰亞斯可輕易舉預測到結果：他的同胞絕不可能釋放握有這般可怖情報的人。

「但要是他死了呢？布瑞克？」

「你還是能拿到你的特赦。」

即便他們的目標已踏上來生之路，馬泰亞斯依舊能得到他的自由。雖說……要付出什麼代價？他以前也犯過錯——他蠢到竟相信妮娜。他曾經意志薄弱，而他餘生都會帶著那分恥辱活下去。可是他已在地獄門以鮮血、痛苦與惡臭清償了愚蠢的代價，他犯的罪都是些芝麻綠豆小事、天眞男孩的行爲。這則糟上許多。得揭露冰之廷的祕密，儘管能再次看見自己的家鄉，卻深知自己在那兒走的每一步路都形同叛國——他能做得出這種事嗎？

布魯姆會當著他們的面大笑出聲，把那張特赦撕成碎片。但凱茲．布瑞克聰明絕頂，他很顯然握有資源。要是馬泰亞斯說不，儘管情勢極度不利於布瑞克和他的人馬，他們是否依舊能找到進冰之廷的路，並偷走那名蜀邯科學家？又或者，要是布瑞克沒說錯，眞被別的國家搶先一步了呢？這個煉粉聽起來上癮性太高，用在格里沙身上並無幫助，可是如果這個配方落入拉夫卡手中，他們想出改造的辦法，甚至讓拉夫卡的格里沙、他們的第二軍團更加強大呢？如果馬泰亞斯是這任務的一分子，他可以確保孛·育·拜爾沒有命離開冰之廷的圍牆。或是，他可以在回克爾斥的路途中安排某種意外發生。

在妮娜之前，在地獄門之前，他從未考慮這種事。而今，他發現能和自己這樣討價還價。他會加入這惡魔的團隊，獲取特赦。而當他再次成爲獵巫人，妮娜·贊尼克將會是第一個目標。他會獵捕她——在克爾斥、在拉夫卡，或在世上任何一個她以爲能保她平安的洞窟或角落。他會追逐妮娜·贊尼克到天涯海角，讓她用盡想得到的一切方式付出代價。死亡太便宜，他會將她投入冰之廷最悲慘的牢房，她在那裡將再也感受不到溫暖。他會像她玩弄他那樣，以其人之道還治其人之身。他會給她救贖，下一秒又收回；他會給予她憐愛與小小的善意，接著馬上奪走；他會品嘗她落下的每一滴淚，將舌頭上那甜美的綠色花香換成她悲傷的鹹味。

即便如此，馬泰亞斯說出「我接了」之後，那幾個字嘗在口中依舊苦澀。

布瑞克對妮娜眨了個眼，馬泰亞斯眞想打落他的牙讓他和血吞。*等我處理完妮娜這輩子該償付的悲慘，接下來就換你。*他曾抓過女巫，殺個惡魔有何不同？

銅膚女孩將文件摺起，遞給布瑞克，他塞進胸前口袋。馬泰亞斯覺得自己彷彿望著一個老友——他不可能再見到的老友——消失在人群中，而他甚至無力呼喊。

「現在我們要解開你了，」布瑞克說：「希望監獄沒有把你所有的禮儀或理智都奪走。」

馬泰亞斯點點頭，銅膚女孩拿出一把刀，處理他身後的繩索。「我想你應該認識妮娜了。」布瑞克繼續說道：「幫你解開繩子的這位甜美女孩是伊奈許，我們這兒專偷祕密的竊賊，也是這行的佼佼者。賈斯柏．菲伊是神槍手，生於贊米，但麻煩一下，盡量別因此對他有偏見。這位是韋蘭，巴瑞爾最強的爆破專家。」

「拉斯克更適合。」伊奈許說。

男孩抬起頭，燦亮金髮在眼前晃呀晃，終於第一次開了口。「他也沒多好，他很莽撞。」

「他知道自己在幹什麼。」

「我也知道。」

「勉強而已。」賈斯柏說。

「韋蘭第一次加入。」布瑞克承認。

「他當然是第一次，這小孩看起來大概只有十二歲。」馬泰亞斯回嘴。

「我十六歲。」韋蘭不高興地說。

馬泰亞斯很懷疑。最多十五吧。那男孩甚至好像還不用刮鬍子。事實上，十八歲的馬泰亞斯懷疑自己可能是這群人中年紀最長的。布瑞克眼神滄桑，但絕不可能比馬泰亞斯大。

這是馬泰亞斯第一次眞正打量身邊的這些人。究竟是怎樣一批人要去做這般危機四伏的任務？如果他們全死光，那麼叛國就不成問題。而且只有他最清楚這次的嘗試將會多麼凶險。

「我們應該要找拉斯克，」賈斯柏說：「在壓力下他表現得比較好。」

「我也不喜歡。」伊奈許同意道。

「我沒問。」凱茲說。「除此之外，韋蘭擅長的可不只乒乒乓乓搞破壞，他可是我們的保險。」

「什麼的？」妮娜問。

「容我介紹韋蘭・范艾克，」當男孩的雙頰漲得通紅，凱茲・布瑞克說：「楊・范艾克的兒子，以及我們能得到三千萬克魯格的保險。」

08 賈斯柏

賈斯柏瞪著韋蘭。「你當然是議員的小孩了，」他爆出大笑。「這解釋了一切。」他知道自己應該因爲凱茲又保留了另一條重要情報而火大，但此時此刻，他單純很享受揭露韋蘭．范艾克身分的這個小動作引發的效應，就如壞脾氣的小馬踢起灰塵那樣，瀰漫得整個房間都是。

韋蘭整張臉都紅起來，倍感羞辱。妮娜似乎震驚又不爽，那名斐優達人只是一臉困惑。凱茲很顯然極度志得意滿。還有，當然，伊奈許看起來一點也不意外。她爲凱茲蒐集祕密，牢牢守護。賈斯柏努力忽略心中感到的一絲嫉妒刺痛。

韋蘭嘴巴張了又闔，喉嚨總算能作用。「你知道了？」他可憐兮兮地問凱茲。

凱茲在椅子上往後靠，彎起一膝，跛了的那腿在身前一伸。「不然你以爲我爲什麼把你留在身邊？」

「因爲我很擅長爆破。」

「論爆破你只有及格。當人質你一百分。」

非常殘忍，但也非常凱茲。而巴瑞爾是比凱茲更嚴苛的導師。至少這解釋了凱茲為何要悉心照顧韋蘭，派工作給他。

「這無所謂，」賈斯柏說：「我們還是該帶拉斯克去，把這個商人小寶寶牢牢鎖在克特丹。」

「我不信任拉斯克。」

「那你為什麼信任韋蘭・范艾克？」賈斯柏懷疑地說。

「韋蘭認識的人沒有多到真能給我們添麻煩。」

「我就沒資格說句話嗎？」韋蘭抱怨。「我就坐在這裡耶。」

凱茲揚起一眉。「韋蘭，你有被扒過口袋嗎？」

「我……就我所知沒有。」

「有在巷子被搶過嗎？」

「沒有。」

「被掛在橋外面、腦袋泡在運河裡？」

韋蘭眨了眨眼。「沒有，但是——」

「被打到連路都沒辦法走呢？」

「沒有。」

「你覺得為什麼會這樣？」

「我——」

「從離開你父親在錢之街的豪宅已經過了三個月，你覺得你在巴瑞爾時為什麼會這麼受老天保佑？」

「我想是運氣好？」韋蘭弱弱地表示。

賈斯柏鼻子一噴。「凱茲就是你的運氣，小商人。他讓你受到渣滓幫的保護——雖然你這麼廢，而直到這一秒之前我們沒一個人猜得出原因。」

「的確是百思不解。」妮娜承認。

「凱茲總有他的理由。」伊奈許咕噥著說。

「為什麼搬出你父親的房子？」賈斯柏問。

「時間到了。」韋蘭堅定地說。

「理想主義？浪漫主義？還是革命主義？」

「蠢蛋主義？」妮娜提議。「如果有別的選擇，沒人想住在巴瑞爾。」

「我不廢。」韋蘭說。

「拉斯克是更好的爆破專家——」伊奈許說。

「我去過冰之廷，和父親一起參加一個大使的晚宴。我可以幫忙平面圖。」

「看到沒？深藏不露。」凱茲戴了手套的手指往手杖的烏鴉頭一拍、把它蓋住。「而當我們前往北方，我不希望我們對付范艾克的唯一籌碼在克特丹枯等。韋蘭和我們一起走，就爆破專家而言他夠好了，而且速寫技巧也一流，還真是謝了那些昂貴的家教。」

韋蘭臉漲得更紅了，而賈斯柏搖搖頭。「還會彈鋼琴咧。」

「長笛啦。」韋蘭辯解道。

「好完美呢。」

「既然韋蘭已經親眼見識過冰之廷，」凱茲繼續說：「他就能確保你守信，赫佛。」

那名斐優達人憤怒地沉下臉，韋蘭看起來有點不舒服。

「不要擔心，」妮娜說：「只是瞪瞪不會致命。」

賈斯柏發現，每次只要妮娜開口，馬泰亞斯的肩膀就會緊繃。他不知道那兩人過去有什麼糾結，但很可能根本還沒到斐優達，他們就會殺了對方。

賈斯柏揉揉眼睛。經歷過劫獄的亢奮，他缺乏睡眠又筋疲力盡，腦子正因三千萬克魯格能帶來的可能性而嗡嗡亂響、東蹦西跳。即使沛・哈斯可拿走兩成，每人依舊能拿四百萬。他手上有一大堆白花花的錢可以做什麼？賈斯柏完全可以想像父親這麼說，把自己丟進比這堆錢大兩倍的屎堆裡。諸聖啊，他眞想念他。

凱茲用手杖點了點擦得晶光閃亮的木頭地板。

「韋蘭，拿出你的好筆好紙，讓赫佛開始工作吧。」

韋蘭將手伸進腳邊小包，拿出細細一綑牛皮紙，以及裝著價格似乎挺貴的筆墨組的金屬盒。

「好棒呢，」賈斯柏發現了。「不同情境可以用不同筆呢。」

「開始說吧，」凱茲對那名斐優達人說：「你可以開始還債了。」

馬泰亞斯用憤怒的眼神直視凱茲。這絕對是一個超狠的瞪眼。看他和凱茲那鯊魚般的瞪視對決，簡直娛樂滿點。

最終，斐優達人閉上雙眼，深呼一口氣。「冰之廷在一座能俯瞰第爾霍姆港口的懸崖上。建築呈同心圓，就像樹的年輪。」這些字句他說得很慢，好像每說一個字都會讓他感到疼痛。「首先是環牆，接著外層圈，它分成三個區塊。在那後方是冰之護城河，接著是一切的中心——白島。」

韋蘭開始畫。賈斯柏越過他肩膀偷看。「看起來不像樹，反而像蛋糕。」

「某種程度上的確像蛋糕，」韋蘭自我辯護地說：「這一整個是往上建的。」

凱茲作勢要馬泰亞斯繼續說。

「峭壁是攀不上去的，北邊的路是唯一的進出方式，抵達環牆前甚至還得通過一個有守衛的檢查哨。」

「兩個檢查哨。」韋蘭說：「我去那裡的時候有兩個檢查哨。」

「看到沒有，」凱茲對賈斯柏說：「吃得開的招數。韋蘭在盯著你呢，赫佛。」

「爲什麼有兩個檢查哨？」伊奈許問。

馬泰亞斯瞪著地上的黑胡桃木板。「賄賂兩組警衛會更困難。冰之廷的守備向來設有多重安全防護。如果你們能走到這麼遠——」

「我們，赫佛。如果『我們』能走到這麼遠。」凱茲糾正他。

斐優達人微乎其微地聳了個肩。「如果我們能走到這麼遠——外層圈分割成三個區塊：監獄、獵巫人住所、大使館。每一區塊在環牆都有專屬閘門。監獄閘門一直都在運作中，但固定由配備武器的守衛看守。至於另兩道門，只有一道會按排定時間運作。」

「使用哪道閘門取決於？」賈斯柏問。

「每週排程都會變，警衛只會在前晚拿到他們的站崗地點。」

「這也許是好事一件，」賈斯柏說：「如果我們能找出哪個閘門不運作，那裡就不會配置人或警衛看守——」

「就算沒使用那道閘門，也一定會有至少四名警衛值班。」

「四名警衛對我們絕對不成問題。」

馬泰亞斯搖搖頭。「閘門足足有數千磅重，而且只能由警衛室內部操作。即便你們能抬起其中一道，打開未排定使用的閘門也會觸發黑之警戒，整個冰之廷會進入封鎖狀態，你們的位置就會洩露。」

一陣不安的漣漪擴散至整個房間。賈斯柏不自在地移動著。如果要推測其他人臉上的表情，大概全都在想著：我們到底被捲進了什麼鬼任務？只有凱茲似乎不爲所動。

「全記下來，」凱茲說，往紙上點了點，「赫佛，我希望你等會兒把警報系統的機制描述給韋蘭聽。」

馬泰亞斯皺起眉。「我其實不太知道那怎麼運作，不過是一堆纜線和鐘聲罷了。」

「把你知道的都告訴他。他們會把孛．育．拜爾關在哪裡？」

馬泰亞斯慢慢起身，靠近在韋蘭筆下逐漸成形的平面圖。他的動作非常心不甘情不願、戒愼恐懼，好像凱茲叫他去摸響尾蛇似地。

「可能在這裡，」斐優達人說，一指擱在紙上。「監獄區。高度守備的牢房在最高樓層，他們會將最危險的罪犯關在這裡。刺客、恐怖分子——」

「格里沙？」妮娜問。

「沒錯。」他陰鬱地回答。

「我說，你倆真的會讓這件事變得很有趣，」賈斯柏說：「一般來說都是在幹活兒一週後大家才會開始痛恨彼此，你們真是走在很前面。」

他們雙雙瞪了他一眼，賈斯柏報以燦爛笑容。但凱茲的注意力全放在平面圖上。

「孛．育．拜爾並不危險，」他若有所思地說：「至少不是這種危險。我不認為他們會把他和那些暴徒關在一起。」

「我認為他們會把他關在墳墓裡。」馬泰亞斯說。

「我們先用他還活著的假設來進行。他是有價值的囚犯，是受審前不能落入錯誤的人手中的那種。這樣的話，他會在哪裡？」

馬泰亞斯看著平面圖。「外層圈的建築圍繞冰之護城河，護城河中央是白島，也就是金庫和王族宮殿的所在處，是冰之廷守備最嚴密的地方。」

「那麼，那就是孛．育．拜爾的所在處。」凱茲說。

馬泰亞斯露出微笑。事實上，與其說是露出微笑，不如說露出白牙。他是在地獄門學到這種笑容的，賈斯柏想。

「那你的行動就毫無意義，」馬泰亞斯說：「一群外國人是絕對不可能成功進入白島的。」

「不要一臉這麼開心，赫佛。要是我們進不去，你的特赦也拿不到了。」

馬泰亞斯聳聳肩。「如果事實就是這樣，那麼任憑我也改變不了。冰之護城河由白島上諸多監視塔看守，外加古時計上方的一個守望哨。除非走玻璃橋，不然完全無法越過，而在沒有許可證的情況下，也不可能走玻璃橋。」

「哈聆卡快到了。」妮娜說。

「給我閉嘴。」馬泰亞斯對她厲聲說道。

「老天，不要閉嘴。」凱茲說。

「哈聆卡節，聆聽之日，就是白島有新獵巫人加入組織的日子。」

馬泰亞斯緊捏著指節到變白。「妳沒有資格說這些，那很神聖。」

「那是事實。斐優達王族會舉辦一場盛大派對，邀請世界各地的賓客，而且，有非常多的娛樂活動是直接來自克特丹。」

「娛樂活動？」凱茲問道。

「演員、舞者、狂劇團的戲班子，還有西埠遊樂場所中最好的藝人。」

「我還以為斐優達人不迷那種玩意兒呢。」賈斯柏說。

伊奈許歪了歪嘴。「你從沒在兩埠看過斐優達士兵嗎？」

「我是說他們在家鄉的時候。」賈斯柏說。

「一年就這麼一天，他們可以別再活得這麼可憐兮兮，真正放縱自己享受一下，」妮娜回答：「此外，只有獵巫人活得像僧侶。」

「享受也是可以不牽涉到酒和……肉體的。」馬泰亞斯結結巴巴地說。

妮娜對他使出華麗的回馬槍。「就算享受的情緒貼到你身邊，還往你嘴裡塞棒棒糖，你也不會知道那就是享受。」她回去看平面圖。「大使館的閘門會開著，也許我們不用擔心怎麼闖進冰之廷，說不定只要和表演者一起進去就好。」

「這不是地獄秀，」凱茲說：「不會那麼簡單。」

「訪客在抵達冰之廷的好幾週前就要接受檢查，」馬泰亞斯說：「所有進入大使館的人都要一再確認文件。斐優達人並不笨。」

妮娜揚起一眉。「嚴格說，也不是每個都不笨。」

「惡態不可欺啊，妮娜，」凱茲說：「我們需要他保持友善。這派對什麼時候舉辦？」

「按照季節舉辦，在春分。」

「今天算起兩週後。」伊奈許提醒。

凱茲將頭側往一邊，雙眼專注地盯著遠方某處。

「陰謀臉來了。」賈斯柏悄悄對伊奈許說。

她點頭。「絕對是。」

「白玫瑰會送代表團去嗎？」凱茲問。

妮娜搖搖頭。「我沒聽說任何消息。」

「即使我們直接去第爾霍姆，」伊奈許說：「旅程也幾乎得花上一週。沒時間弄到文件或捏造能經得起仔細盤查的假身分。」

「我們不從大使館進去，」凱茲說：「要藏在靶子不瞄之處。」

「霸子是誰啊？」韋蘭問。

賈斯柏爆出大笑。「我的諸聖啊，你眞是個天兵。靶子、肥羊、溫柔鄉，再加一個讓我撈錢的小笨瓜。」

韋蘭縮了起來。「我可能不懂你的那些……知識，但我很確定我知道的字彙比你多。」

「還有怎麼正確摺餐巾和跳小步舞曲——噢，還有你會吹長笛，還會吃得開的招數，還會經商——和吃得開的招數。」

「現在沒人跳小步舞曲了啦。」韋蘭不滿地說。

凱茲往後靠。「扒錢包最容易的方式是？」

「拿刀架喉嚨？」伊奈許說。

「拿槍抵背後？」賈斯柏說。

「往他杯裡下毒？」妮娜說。

「你們這群爛人。」馬泰亞斯說。

凱茲翻翻白眼。「扒錢包最容易的方式，就是告訴他你要偷他的錶。先吸引他的注意力，引導到你要他注意的地方。哈聆卡節會替我們完成這項任務。冰之廷得分散人力，以控制賓客，並保護王室，無法同時看顧每一處，這就是帶出孛・育・拜爾的完美機會。」凱茲指著環牆上的監獄閘門。「還記得我在地獄門對妳說了什麼嗎，妮娜？」

「要記得你的每一句金玉良言還眞是有點難。」

「在監獄，他們不在乎誰要進來，只在乎誰想出去。」他戴著手套的手指移往側邊，滑向隔壁區塊。「大使館那裡，則不在乎有誰要出去，只一心一意專注誰想進來。所以我們從監獄進去、由大使館出來。赫佛，古時計有在運作嗎？」

馬泰亞斯點點頭。「每刻響鐘，警戒時也是這個聲音。」

「準時嗎？」

「當然。」

「優質斐優達工程呢。」妮娜酸溜溜地說。

凱茲不理她。「那麼，我們就用古時計整合行動。」

「我們會僞裝成警衛進去嗎？」韋蘭問道。

賈斯柏完全壓不下聲音中的輕蔑。「只有妮娜和馬泰亞斯會講斐優達語。」

「我也會說斐優達語。」韋蘭抗議道。

「只有在學校學的斐優達語，不是嗎？我打賭你的斐優達語和我的耗子話等級相當。」

「耗子話搞不好才是你的母語咧。」韋蘭咕噥著說。

「我們用自己的身分進去，」凱茲說：「以罪犯的身分。監獄就是我們的大門。」

「讓我搞清楚一下，」賈斯柏說：「你要我們讓斐優達人關進監獄？那不是我們一直在努力避免的事嗎？」

「罪犯的身分可以非常不明確，那是身爲滋事分子額外的好處之一。他們會在監獄大門點算人頭、看名字、看你犯什麼罪，但是不會確認護照或檢查大使璽印。」

「因爲沒人想要進監獄。」賈斯柏說。

妮娜雙手搓著兩臂。「我不想被關在斐優達的牢房裡。」

凱茲掀起一袖，指間出現兩根細長的金屬條狀物，在指節上舞動而過，接著又再次消失。

「撬鎖工具？」妮娜問道。

「牢房的事交給我。」凱茲說。

「藏在靶子不瞄之處。」伊奈許若有所思地說。

「正是如此，」凱茲說：「而冰之廷就像任何靶——是頭準備被拔毛、又白又胖的肥羊。」

「孛．育．拜爾會自願跟我們走嗎？」伊奈許問。

「范艾克說議會在最一開始試圖將孛．育．拜爾從蜀邯弄出來時，給了他一道密語，這樣他才知道該相信誰——*Sesh-uyeh*。這能讓他明白我們是克爾斥派來的人。」

「*Sesh-uyeh*，」韋蘭重複道，在口中笨拙地嘗試發那些音節。「這什麼意思？」

妮娜盯著地上的一個點，說：「苦痛。」

「這招行得通，」凱茲說：「而且就由我們來使用。」當這個潛在的可能性漸漸成形，賈斯柏感到一股情緒在房中流動。那是一種幽微的感受，但他早在牌桌上學會捕捉的方式——亦即玩家領悟自己可能握有勝利在手的瞬間。期待的心情扯著賈斯柏，恐懼與興奮混成一股嘶嘶起泡的情緒，令他幾乎無法好好坐著。

也許馬泰亞斯也感覺到了，因為他交叉起那對壯碩的雙臂，說：「你完全不明白自己面對的是什麼。」

「但你知道，赫佛。我們出發之前的每一分鐘，我要你一直製作冰之廷的平面圖。沒有一個細節是太微渺或無足輕重。我會定時來確認你進度。」

伊奈許一指順著韋蘭約略畫出的草圖描繪，那是許許多多一圈包著一圈的圓形。「看起來真的很像樹的年輪。」她說。

「不對，」凱茲說：「看起來像塊靶。」

09 凱茲

「我們沒事了。」凱茲對其他人說：「我找到船後會把消息傳給你們每一個人，但是先做好明晚出航的準備。」

「這麼快？」伊奈許問。

「不知道會遇上怎樣的天氣，面前則是一趟漫長的旅程。哈聆卡節是我們搶奪孛．育．拜爾最好的機會。我不要冒險失去這機會。」

凱茲要花點時間將腦中逐漸成形的計畫思考一遍。他能見到大致輪廓——從哪裡進去、又該如何離開。然而，如果按他心中的預想計畫，就表示他們能帶上的東西不會太多，將在平時資源不在手邊的狀況下行動。這也表示變數更多，出錯的機率也更高。

把韋蘭．范艾克帶在身邊，代表他至少能確保他們得到獎賞。但這不會太容易。他們甚至還沒離開克特丹，韋蘭似乎就已應付不來了。他不比凱茲小多少，但看起來莫名像個小孩——皮膚光滑、眼睛斗大，簡直像是塞滿了鬥犬的房中一隻耳朵軟綿的小狗狗。

「別讓韋蘭惹麻煩。」解散眾人時，他對賈斯柏說。

柏。」

「為什麼是我？」

「你倒楣正好在我視線範圍內，而在我們出航前，我不希望這對父子突然重修舊好。」

「這你不用擔心。」韋蘭說。

「小商人，我什麼都擔心，而且就是這樣我才能活到現在。是說，你也要好好監視賈斯柏。」

「監視我？」賈斯柏忿忿說道。

凱茲把一塊黑色木頭鑲板推到一邊，打開藏在後方的保險箱鎖。「沒錯，就是你。」他點數細細長長四疊克魯格，其中一疊遞給賈斯柏。「這是用來買子彈的，不是拿來賭的。韋蘭，你要保證他那雙腳不會在去買彈藥的路上，神祕地自己找路走進賭場，明白嗎？」

「我用不著保母好嗎？」賈斯柏回嘴。

「其實比較像監護人。不過如果你要他給你洗尿布、晚上給你蓋被，那就是你的事了。」

他忽視賈斯柏一臉受傷的表情，將克魯格發給韋蘭買炸藥，也發給妮娜，讓她用來買塑形工具所需的一切。「只為旅程所需做準備。」他說：「如果依我設想的進行，我們可能得空手進冰之廷。」

他見到伊奈許臉上橫過一片陰影。若論她無法帶著匕首會多不愉快，不能帶手杖他也不會高興到哪裡去。

「妳要準備冷天用的裝備，」他對她說：「酒之街有間店在賣捕獸陷阱——從那裡著手。」

「你想從北方開始推進？」赫佛問道。

凱茲點點頭。「第爾霍姆港到處爬滿海關人員，我敢打賭，他們會在你這個大派對期間加緊守備措施。」

「那不是派對。」

「聽起來就像派對。」賈斯柏說。

「那不該是派對。」赫佛繃著臉糾正。

「我們該拿他怎麼辦？」妮娜對著馬泰亞斯點頭，語氣中沒有一絲關心，但這演技除了赫佛外，對其他人只是白費。他們都看過她在地獄門掉眼淚。

「就目前而言，他留在烏鴉會。我要你翻遍記憶、挖出細節，赫佛。韋蘭和賈斯柏稍晚會加入你，我們會把這個內室關起來。假如有任何在主廳玩牌的人問起，就告訴他們裡面在進行私人賭局。」

「我們得睡在這兒？」賈斯柏問。「我在巢屋有事得處理欸。」

「你可以解決的。」凱茲說，雖然他知道叫賈斯柏在賭場待一晚卻不能下任何一注，是種特別的殘酷。他轉向其餘人。「不准對任何人洩露任何一個字。不准讓任何人知道你們將離開克爾斥。你們要在城市外的鄉間小屋和我一起工作。就這樣。」

「關於這個神奇大計畫，你沒有別的事要告訴我們了嗎？」妮娜問。

「船上說。你們知道的越少，能講出去的就越少。」

「你打算放著赫佛這樣不上銬？」

「你會乖嗎？」凱茲問那名斐優達人。

他的眼神彷彿要殺人，但是點了頭。

「我們會把這房間滴水不漏地鎖起，外面會站一個人。」

伊奈許打量著這名身材壯碩的斐優達人。「也許站兩個。」

「找狄瑞克斯和羅提來站崗，但不要告訴他們太多細節。他們會和我們一起出發，之後我可以再對他們說明——那個，韋蘭，你和我呢，要來聊一下。我要知道你父親貿易公司的一切。」

韋蘭聳聳肩。「我什麼也不知道。他不讓我參加那些討論。」

「你是要告訴我你從來沒偷偷摸進他辦公室?沒看遍他那些文件?」

「沒有。」韋蘭說，下巴稍微抬起。凱茲有點驚訝地發現自己竟然真的相信他。

「我不是說過了嗎?」賈斯柏朝門走去，一臉開心。「小廢廢。」

其他人開始魚貫跟在他身後離開。凱茲關上保險箱，將桿鎖簧一轉。

「布瑞克，我想跟你談談，」赫佛說：「單獨談。」

伊奈許向凱茲投去一個警示的眼神，凱茲予以無視。她認爲他沒辦法對付馬泰亞斯．赫佛這麼大隻又渾身肌肉的傢伙嗎？他滑動牆板將它關上，一腿甩了一下。他的腿現在痛了起來——熬太多夜，而且太常把重心放在這條腿上。

「走，幻影，」他說：「把門帶上。」

門一喀啦關上，馬泰亞斯就撲向他。凱茲任憑他來。早料到了。

馬泰亞斯骯髒的一手強行壓住凱茲的嘴。皮膚碰觸的感覺在凱茲腦中觸發一陣劇烈反感的騷動，但因爲他早預期到這個攻擊，得以克制壓過他整個人的反胃感。馬泰亞斯的另一手在凱茲外套口袋中到處翻找，先一個，再其他。

「*Fer esje?*」他憤怒地以斐優達語嘀咕，再用克爾斥語問，「在哪裡？」

凱茲又多給赫佛一點時間瘋狂搜找，接著手肘一低、往上猛戳一記，逼著赫佛放鬆箝制，容他輕鬆脫身。凱茲拿手杖朝著赫佛右腿後方一敲，高大的斐優達人倒下。當他再次試圖撐起身，凱茲踢了他。

「乖乖躺著，你這可悲的小混蛋。」

赫佛再次試著起身。他動作很快，監獄讓他變得強壯。凱茲重重敲擊他的下巴，再以手杖尖端往赫佛巨大雙肩的壓力點飛快戳了兩下。斐優達人雙臂一軟，無力垂在身側，發出悶哼。

凱茲將手中的手杖一個翻轉，以雕刻的烏鴉頭壓住赫佛喉嚨。「再敢亂動，我就打爛你的下巴，讓你下半輩子吃飯都得用喝的。」

斐優達人靜止不動，藍色雙眼閃動恨意。

「特赦在哪裡？」赫佛怒喝道。「我看到你放進口袋了。」

凱茲在他旁邊俯身，從不久前應是空盪無物的口袋中變出摺起的文件。「你說這個？」

當凱茲又憑空一變、使特赦消失，斐優達人拍動毫無用處的雙臂，逸出彷彿動物的低吼。下一刻，那東西重又在他指間出現，他將文件一個翻轉，讓赫佛驚鴻一瞥紙張內容，接著以手拂過，讓赫佛看見似乎一片空白的紙頁。

「*Demjin*。」赫佛低喃。凱茲不會斐優達語，但那個字他曉得。惡魔。

還稱不上。他向詐賭紙牌的人和東埠玩三張牌戲的人學來巧手，在他用第一週酬勞買來的髒濁鏡子前練習了好多小時。

凱茲輕輕用手杖敲了敲赫佛的下巴。「你每看到我使出一種把戲，就要知道我還懂得上千種。你以為在地獄門待一年就讓你夠強硬？就教會你怎麼打鬥了？地獄門對小時候的我根本是天堂。你的動作和公牛沒兩樣。在我長大的街頭，你最多活兩天吧。赫佛，這是你通往自由的唯一門票。別再測試我。點個頭讓我知道你聽懂了。」

赫佛緊抿著唇，點了一下頭。

「很好。我想我們今晚就先銬住你的腳吧。」

凱茲站起來，從桌上抓起他留在那兒的新帽子，最後又多踢了斐優達人的腎臟部位。有時候啊，塊頭大的傢伙就是不知何時該低調。

10 伊奈許

接下來那天，伊奈許旁觀著凱茲開始將他謀策的各個碎片拼上正確位置。他與全體成員的商討她都有參與，但她知道自己只看到計畫的片段。那正是凱茲一向會玩的把戲。

就算對打算進行的任務有所懷疑，他也沒表現出來，而伊奈許希望自己也能共享這分堅定。冰之廷是建來抵禦突擊的敵人、刺客、格里沙和間諜的。當她同樣對凱茲這麼說，他只是答道：「但那不是建來不讓我們進去的。」

他的自信使她不安。「你是因為什麼而覺得我們做得到？還有其他人馬——訓練精良的士兵和間諜，有多年經驗的人。」

「這任務不是給訓練精良的士兵和間諜，而是給惡棍和小偷的。范艾克也知道，就是因為這樣他才找我們。」

「如果你掛了就用不到他的錢。」

「那我下輩子培養些昂貴的習慣。」

「自信和傲慢是有差別的。」

於是他轉身背對著她，用力扯了兩手手套一下。「假如這件事我想聽人說教，我就知道該找誰了。如果妳想退出，儘管說。」

她挺直了背脊，心中的自傲讓她一定得爲自己說點話。「這個團隊裡不可或缺的成員不只馬泰亞斯。凱茲，你需要我。」

「我需要妳的能力，伊奈許，但那是兩回事。妳也許是巴瑞爾飛簷走壁的人之中最強的，但不是唯一。如果想要分到妳那份贓款，最好還是記住這一點。」

她什麼也沒說，不想洩露他使她多麼憤怒。但她離開了他的辦公室，打從那刻，沒再對他說一個字。

此時她朝港口而去，思忖著究竟是什麼原因讓她持續走在這條路上。

她隨時都可以離開凱茲。她可以就這麼逃票摸上一條前往諾維贊的船，可以回拉夫卡尋找自己的家人，期望內戰爆發時他們都安穩地待在西方。又或者去蜀邯避難。蘇利人的商隊經年累月行走在同一條老路上，而她擁有偷竊技能，可獲取存活所需物品，直到找到他們。

而那就代表拋下她欠渣滓幫的債。沛・哈斯可會責怪凱茲，他會被逼著揹起她那份契約的代價。若丟下凱茲，他會因爲失去爲他收集祕密的幻影，變得不堪一擊。但他剛剛不是告訴她說，她非常容易取代嗎？如果他們有辦法幹成這趟搶劫，安全帶著孛・育・拜爾回到克爾斥，她的贓款分成將遠遠超過買下她與渣滓幫合約的數目。她將再也不欠凱茲，並再也沒有理由留下。

距日出只剩一小時，可是，她自東埠前往西埠時街上仍十分擁擠。有句蘇利俗諺：心如箭矢，得瞄準眞實，正中紅心。接受走鋼索和空中飛人的訓練時，她的父親總愛引述這句話。堅決果斷，他說，在到達目的地前，要先知道想去哪兒。她的母親曾置之一笑。不是這個意思，她說，你把所有的浪漫部分都拿掉了。但他沒有。她的父親戀慕母親。伊奈許還記得他會到處留下野天竺葵的小花束讓母親發現。在碗櫥內、營地用的煮鍋中，或她衣裳的袖子裡。

我該告訴妳眞愛的祕密嗎？有一回，父親問她。我有個朋友老愛告訴我女人喜歡花。他四處調情，卻從未找到婚配。妳知道爲什麼嗎？因爲女人也許愛花，但只有一個女人，愛著會令她想起祖母門廊上晚夏梔子花的香氣；只有一個女人愛著藍色杯裡的蘋果花；只有一個女人，愛著野天竺葵。

是媽媽！伊奈許曾高喊出聲。

對，媽媽喜歡野天竺葵，因爲再也沒有其他花朵有那種顏色，而且她說，當她折下花莖，將小花枝塞在耳後，整個世界聞起來就像夏天。會有許多男孩送妳花，但有一天，妳會遇見一個男孩，這男孩會知道妳最喜歡什麼花、最喜歡什麼曲子、最喜歡什麼甜點。而即使他窮得給不起妳以上那些，也無所謂，因爲他比任何人花更多時間去了解妳。只有那男孩能夠贏得妳的心。

這感覺像是幾百年前，而她父親錯了，沒有一個男孩送花給她，只有帶著成疊克魯格和鼓鼓錢包的男人。她還能再見到父親嗎？能不能再聽到母親唱歌，聽她叔叔那些傻乎乎的故事？爸爸，我不確定我還有心給任何一個人。

問題在於，伊奈許已不再確定她追求的是什麼。她還小的時候，這件事很簡單：父親的微笑、再提高一呎的鋼索、包在白紙中的橘子蛋糕。接著換成逃離希琳姨與艷之園、得到自由。在那之後，是努力活過一天又一天，每天早晨都變得更強大。而今，她不知道自己要什麼。

此時此刻，我就先要個道歉吧。她暗自決定。要是得不到，我就不上船。即便凱茲根本不抱歉，他也可以裝一下。他至少該為我努力模仿一下人類的舉止。

如果不是因為快遲到，她會在西埠繞繞，或簡單逛一下屋頂——那是她所愛的克特丹，空曠又安靜，高於人群之上，由尖尖的三角牆和歪斜怪異的煙囪組成任月光照耀的山脈。但今晚她時間不夠。凱茲最後一刻才叫她找遍店舖弄兩塊石蠟，甚至不告訴她那是要做什麼，或者為什麼有這麼必要。還有防雪護目鏡？她得跑三家不同的旅行用品店才弄到手，整個人累到不行，完全不相信自己還能爬上那些山形牆。至少，在整整兩晚沒睡，還花一整天為了跋涉前往冰之廷的所需裝備吵架後，她做不到。

她想，這應該也是對她自己的挑戰吧。

她從沒有單獨走過西埠。若有渣滓幫在身邊，她可以完全不瞥窗戶的金柵欄一眼，悠閒漫步經過艷之園。可是今晚，當那金碧輝煌的建物正面映入眼簾，她的心臟狂跳，聽見血液在耳中怒吼。艷之園刻意建成如階梯式遞升籠子的外貌，第一、二層樓爲開放式，但設有間隔很寬的金柵欄。此處廣爲人知的另一個名字是異國之家。如果你偏好蜀邯女子或斐優達巨人，來自迷回島的紅髮人兒，或深膚色的贊米血統，艷之園就是首選。以動物名字稱呼每個女孩——豹、牝馬、狐狸、烏鴉、貂、小鹿、蛇。當蘇利占卜師進行占卜、觀看他人命運時，戴的是豺狼面具。但有誰會想與豺狼同床共枕？所以蘇利女孩——艷之園裡永遠會有個蘇利女孩——名爲山貓。客人來找的不是女孩本身，而是棕色的蘇利皮膚，如火狂熱的開利紅髮，屬於蜀邯的金色鳳眼。那些動物維持不變，而女孩來去汰換。

伊奈許瞥到接待室中的孔雀羽毛，心跳立時失序。那只是一點裝飾，是奢華插花擺飾的一部分。但她心中的慌張不管這些，逕自生起，緊揪住呼吸。人們從四面八方擁入。戴著面具的男人、覆著面紗的女人——又或是覆著面紗的男人與戴著面具的女人——完全辨識不出長相。惡魔的犄角、狂人的凸眼、聖甲蟲女王悲傷臉龐上精細加工的黑與金。藝術家熱愛描繪西埠的各種景色——在妓院工作的男孩女孩、扮成狂劇團角色來尋花問柳之人。但這兒毫無美麗，或眞正的歡笑與愉悅，只有買賣和交易，尋求逃脫俗世，在炫目繽紛的色彩中尋求遺忘，尋求一個無論何時，只要許個願就能醒來的墮落之夢。

伊奈許逼自己經過時注視著艷之園。

那只是一個地方，她對自己說。只是另一棟房子。凱茲會怎麼看它？出入口在哪裡？鎖如何運作？哪扇窗戶沒上鐵條？站了多少守衛？哪一個看起來警覺性高？只是另一棟房子，裡頭淨是等人去撬的鎖、等著弄開的保險箱、等著受騙上當的肥羊。而今，掠食者是她，不是穿著那身孔雀羽毛的希琳，不是走在這些街道上的任何男人。

她一來到看不到艷之園的範圍，胸口和喉嚨那種緊繃的感受就開始放鬆。她做到了！她獨自走過西埠，直接走過異國之家前面。不管在斐優達有什麼等待著她，她都能面對了。

某隻手鉤住她的上臂，把她提起離地。

伊奈許迅速找回平衡，踩著腳跟一個旋轉，試圖抽身。但抓著她的力道太強了。

「嗨，小山貓。」

伊奈許嘶嘶發出個氣音，扯回手重獲自由。希琳姨。她手下的女孩都懂得喊希琳·范赫登一聲「希琳姨」，否則就可能遭她反手一巴掌。對巴瑞爾其他人來說，她是孔雀，雖然伊奈許總認為她不像鳥，更像細心給自己梳理打扮的貓。她一頭濃密且性感的金髮，榛果色雙眼有點像貓科動物，高䠷且婀娜多姿的身子上披掛著鮮亮的藍色絲綢，開得極低的領口以燦爛生輝的羽毛作為重點，搔弄著她頸間閃爍發光、人人知曉的鑽石頸鍊。

伊奈許轉身要跑，路卻被一名身材壯碩的巨漢擋住。他的藍色天鵝絨外套在巨大雙肩上繃得緊緊的。希琳最愛的打手寇貝。

「噢，想都別想，小山貓。」

伊奈許視線模糊。被抓到了，被抓到了，又被抓到了。

「我不叫那個名字。」伊奈許勉力喘著氣說。

「固執的小東西。」

希琳抓住伊奈許的短袖外衣。

動啊，她的腦子在尖叫，但她動不了。肌肉猶如鎖緊了，腦中填滿驚恐的高聲哀鳴。

希琳用修剪整齊的手爪沿她臉頰撫摸。「山貓是妳唯一的名字。」希琳柔聲哄道，「妳還是漂亮得足以賣個好價碼。雖然眼睛周圍是有點滄桑，妳和那個小惡棍布瑞克耗在一起太久了。」

伊奈許喉中冒出一個丟臉的聲音，一聲噎住的喘息。

「我知道妳是什麼貨色，山貓。我知道妳值得的每一分錢。寇貝，也許我們該帶她回家。」

那片黑暗凝聚著湧入伊奈許視線。「妳不敢。渣滓幫會——」

「小山貓，我可以等待時機。我向妳保證，妳會再次穿上我的絲綢。」她放開伊奈許。「享受妳的夜晚吧。」她微笑著說，啪地打開藍色扇子，轉了個身走進人群，寇貝跟在她身後。

伊奈許僵站那兒，渾身顫抖。接著她鑽入人群，恨不得消失。她想邁開步伐狂奔，卻仍以穩定的速度持續朝港口推進。行走時，她將兩條前臂上的刀鞘開關打開，在匕首滑入掌中時感受著握住刀的感覺。右側是聖佩塔，以勇敢聞名；左側是骨握柄的細長刀刃，以聖阿利娜命名。她也唸誦出其他刀刃的名字。聖瑪里雅和聖安娜塔西亞綁在大腿上；聖維拉德米爾藏在靴中；聖利札貝塔緊貼皮帶，刀刃上蝕刻玫瑰紋樣。*保護我、保護我*。她得相信她的諸聖看見，並瞭解她為求生存所做的事。

她到底是怎麼搞的？她是幻影。她再也沒有得害怕希琳姨的理由。沛．哈斯可早已買下她的契約，釋放了她。她不是奴隸，是渣滓幫的重要成員，是盜取祕密的小偷，在巴瑞爾無人能及。

她急忙跑過利德區的燈光和音樂。終於，克特丹的港口映入眼簾。越是靠近水邊，巴瑞爾的景色與聲響也逐漸消退。這裡沒有會與她撞來撞去的人群，沒有甜膩的香水或狂野的面具。她做了個深且長的呼吸。從這個優越位置，她能看到諸多浪術士塔的頂部之一，那裡永遠燃燒著燈火，粗大的黑曜石方尖碑日夜駐紮著經過挑選的一群格里沙，持續讓潮汐保持在淹過陸橋的狀態，否則克爾斥與蜀邯之間就會連起來。但即便是凱茲也從來無法得知浪汐工會的真身，他們到底住在什麼地方，或是如何確定他們對克爾斥永保忠誠。格里沙也看顧港口，如果港口管貨的碼頭工人升起信號，他們會改變潮汐，不讓任何人出海。但今晚將不會有任何信號。正確的官員已收到正確的賄賂，而他們的船應已準備好出航。

伊奈許開始小跑步，朝第五港口的卸貨碼頭奔去。她嚴重遲到，不是很期待在趕至堤邊時見到凱茲不讚許的皺眉。

碼頭一片平和，她還挺高興的。然而，經過了巴瑞爾的嘈雜與混亂，這兒似乎太風平浪靜。此處有一排排板條箱和貨物集裝箱，在兩側高高疊起，有的三個、有的四個，一個疊在一個上。它們使得碼頭這部分有如迷宮。她打背脊底部冒出一片冷汗。撞見希琳姨依舊使她驚魂未定，雙手中七首的重量並不足以平撫受驚嚇的神經。她知道自己應該習慣攜帶槍械的感覺，但那分重量破壞了她原有的平衡，倘若運氣不好，槍可能會卡彈或卡齒輪。小山貓。她的刀刃才可靠，而且令她覺得自己彷彿生來就有一對好使的利爪。

一陣薄霧從水面升起。透過霧，伊奈許看見凱茲和其餘人位於靠近船堤處，穿著單調的水手衣裝——亂紡一通的布做成的褲子、靴子、厚羊毛外套和帽子。就連凱茲都拋下剪裁得完美無瑕的裝束，愉快地換上厚重的羊毛外套。他厚厚一束的深色頭髮往後梳，一如往常將邊緣修剪得短短。他看起來就像碼頭工人，或初次踏上出海冒險之路的男孩。她就像是透過一層濾鏡，窺見另一種更賞心悅目的現實。

她在他們身後看見凱茲徵用的一小艘雙桅帆船，船側以粗體寫上「芙羅琳」。它將揚起紫色的克爾斥魚與漢拉灣公司多姿色彩的旗幟。對斐優達或在眞理之海上的人來說，這只是一艘克爾斥捕獸人爲了尋找獸皮與毛皮等貨物朝北方航去的船。伊奈許加快腳步。如果她沒遲到，他們很可能已經上了船，甚至已啓程出了港口。

團隊會維持最少單位，成員爲在渣滓幫中一層層往上、經歷一次又一次災難的所有前任水手。她越過迷霧，快速清點在那裡等待的團體——人數不對。因爲他們沒有一個眞的熟悉船索等等裝置，所以多帶上了四個渣滓幫成員協助駕駛雙桅帆船，但她沒看到任何一人。也許他們已經上了船？但即便她這麼想，卻一靴踏到某個軟軟的東西上，摔倒了。

她低下頭。就著港口煤氣燈的昏暗光芒看見狄瑞克斯，原該和他們一同踏上旅程的渣滓幫眾。他的腹部插了把刀，雙眼已失去神采。

「凱茲！」她大喊。

但太遲了。雙桅帆船爆炸，將伊奈許衝擊得飛出去，碼頭沐浴在火焰中。

11 賈斯柏

賈斯柏覺得，當所有人朝他開槍，他的感覺向來更好。也不是說他喜歡掛掉這件事（事實上，會有這種結果的可能性絕對是一大缺點）。不過，假使他擔憂著該如何努力活下來，就不可能去想別的。那聲響——開火時迅速且衝擊的槍聲——將他心中潰散、暴躁、無法停止追逐的部分集中起來，進入前所未有的專注狀態。比在牌桌邊等翻牌好，比站在瑪卡賭輪旁看他的數字出來好。這是他第一次在贊米前線作戰時發現的。他的父親全身冒汗、渾身顫抖，幾乎無法給步槍上膛，但賈斯柏找到了自己的天職。

而今，他在拿來當掩護的板條箱上撐著雙臂，雙槍放開來射擊。他的武器是贊米製的左輪，能夠快速輪發六枚子彈，在克特丹所向披靡。他感到槍管在手中變燙。

凱茲已警告過他們可能有競爭者，一些決心不計任何代價也要得到獎賞的隊伍。但他們才開工不久就出師不利——遭到包圍、至少一人倒下、背後還有一艘燃燒的船。他們失去了前往斐優達的運輸工具。假使這雨一般落在他們身上的子彈暗示了什麼，答案大概是：他們寡不敵眾。是有可能更糟，他想，例如船炸了的時候他們已在船上。

賈斯柏屈身，重新給槍上膛，有些難以相信雙眼看到的景象。韋蘭・范艾克真的蜷縮在碼頭，軟軟的商人小手抱著腦袋。賈斯柏吐出一聲嘆息，噴了幾槍做掩護，從這舒適又安全的板條箱後方衝出去。他一把抓住韋蘭的衣服領子，把他拖回掩蔽處。

賈斯柏搖撼他一下。「小鬼你給我振作點。」

「不是小鬼。」韋蘭囁嚅著說，拍掉賈斯柏的手。

「那好，你是老油條政治家。知道怎麼開槍嗎？」

韋蘭慢慢點頭。「飛靶。」

賈斯柏翻翻白眼。他迅速從背後抓出步槍，塞到韋蘭胸前。「非常好。這就像射擊土做的鴿子，但打中時聲音會不一樣。」

「朝東前往下一個碼頭，上二十二號錨位。」凱茲說。

賈斯柏旋身，舉起左輪。與此同時，一道身影飛快躍進他的視野餘光，不過那是凱茲。

「二十二號錨位有什麼？」

「真正的芙羅琳。」

「但——」

「炸掉的那艘是誘餌。」

「你早知道了？」

「沒有，我採取預防措施。我向來如此，賈斯柏。」

「你可以先講啊，我們——」

「那就有違誘餌的目的了。快走。」凱茲瞥了韋蘭一眼，他正站在那兒，像抱娃娃似地抱著那把步槍。「盡量讓他上船時沒缺胳膊缺腿的。」

賈斯柏看著凱茲再次遁入陰影中，一手枴杖一手槍。即便只有一條好腿，他仍敏捷得詭異。

賈斯柏又推了韋蘭一下。「走吧。」

「走？」

「你是沒聽到凱茲剛說的嗎？我們得趕往二十二號錨位。」

韋蘭一語不發地點點頭，兩眼茫然，睜大得都成兩只酒碗了。

「只要待在我後頭，盡量別掛掉就好。準備好了嗎？」

韋蘭搖搖頭。

「那就把我剛才的問題都忘記。」他將韋蘭的一手放上步槍槍柄。「來吧。」

賈斯柏再次進行另一連串的開火，粗略打造出一個陣形，希望能藉此偽裝出他們的位置。一把左輪已空，他衝離板條箱，進入陰影。半分期待著韋蘭不會跟上，但他能聽見那個小商人在他身後粗重的呼吸。當他們大步朝著下一堆大桶衝去，他的肺裡響起低聲颼颼響。

一顆子彈掠過臉頰時，賈斯柏斷了一聲。那子彈近得能夠留下燒傷。

他們飛身躲到桶後。從這個有利位置，他看見妮娜卡進兩疊板條箱之間的空隙。她舉起兩臂，當攻擊他們的人其中之一走進視線範圍，她便捏緊一拳。那男孩頹然倒地，緊揪著胸口。她在這種迷宮地形處於不利地位，破心者得看見目標才能放倒他們。

赫佛背對著板條箱待在她旁邊，雙手被綁住。這是合理的預防措施，但這名斐優達人很有用。在看到妮娜從袖中變出刀子並切斷赫佛的束縛前，賈斯柏曾有一瞬不解凱茲爲什麼放他處在如此困境。妮娜啪地將一把槍塞進他手中。「保護自己。」她怒吼，再次將注意力轉回戰鬥。

不明智，賈斯柏想。絕不可背對憤怒的斐優達人。赫佛看起來很認眞在思考要射她。賈斯柏舉起他的左輪，準備射倒那個巨人。但接下來，赫佛站到妮娜旁邊，瞄準了更過去的板條箱迷宮。感覺就像他們正並肩作戰。凱茲是刻意讓馬泰亞斯和妮娜綁在一起的嗎？賈斯柏永遠分不清凱茲究竟是藉著機智與謀略脫身，還是狗屎運。

他吹出一聲尖銳的口哨。妮娜轉身一看，眼神對上賈斯柏的雙目。他亮出兩根手指，並且這麼做了兩次，她迅速一個點頭。她早就知道二十二號錨位是他們眞正的目的地嗎？伊奈許也知道嗎？凱茲又來了，在那邊玩弄情資，把一個人——或所有人——蒙在鼓裡，任他們瞎猜。賈斯柏恨死這個了。然而，對於此時仍能前往斐優達的事實，他無語反駁……如果他們活著登上第二艘雙桅帆船的話。

他對韋蘭打信號，持續推進，行經沿碼頭停泊的一艘艘小艇小船，能蹲多低就蹲多低。

「那裡！」他聽見背後某處有個聲音喊道。他們被看到了。

「該死！」賈斯柏說：「快跑！」

他們在碼頭舉步狂奔。那兒——在二十二號錨位有一艘船身寫著「芙羅琳」、做工精良的雙桅帆船。它與另一艘船之相似，令人毛骨悚然。船上沒點任何一盞燈，但在他和韋蘭飛奔上船板時，冒出了兩名水手。

「你們是第一個到的。」羅提說。

「希望不會是唯一到的。有武器嗎？」

他點點頭。「布瑞克叫我們躲著，等到時機——」

「時機就是現在。」賈斯柏邊說邊指向碼頭上朝他們猛衝而來的人，並把自己的步槍從韋蘭那裡搶回來。「我得上高處。想辦法把人擋下，讓他們分心，越久越好。」

「賈斯柏——」韋蘭想說些什麼。

「不准讓人從你面前通過。如果他們奪下這艘船，我們就完了。」那些拿槍對著他們的人可不是想阻止渣滓幫離開港口，而是要置他們於死地。

賈斯柏射向碼頭兩名領隊衝鋒的人。其中一人倒地，另一人往左一滾，在一艘漁船首的斜桅後方找到掩護。賈斯柏又拉動扳機，射出三發子彈，接著全速上桅杆。

他能聽見下方爆開更多槍聲。上去十呎、二十呎，他的靴子被船索纏住……真該停下來把它們脫掉的。當他感到灼熱如刀的痛烙過大腿肌肉，離桅頂瞭望台只剩兩呎。賈斯柏一腳滑開，有一瞬間，他高懸在遙遠的甲板上方，只有一雙滑溜的手掌緊抓著繩索。他逼雙腿動起來，用靴尖尋找可搆之處。右腿因槍傷幾乎無用武之地，而他得用顫抖的雙臂把自己拉上最後幾呎距離，心跳一面在耳中狂敲。他的每一個感官都像著了火。這絕對比在牌桌上連連大捷痛快許多。

他沒有停下來休息，而是將傷腿勾進船索，忽視那分痛楚，以步槍確認視野，並開始一一打掉範圍內的任何人。

四百萬克魯格。在他重新上膛並在視野中找到另一名敵人時，他對自己說。大霧讓能見度小得可憐，但就是這般神技，讓他即便債臺高築，即便對打牌的愛遠遠高出幸運女神對他的愛，依然能留在渣滓幫。四百萬克魯格將抹銷他欠的債，並讓他過上好長一段時間的奢侈生活。

他瞥到妮娜和馬泰亞斯嘗試殺出重圍、奔上船堤，但至少有十人阻擋他們的路。凱茲似乎從反方向跑來，而且到處看不見伊奈許的身影。雖然，對幻影而言這可說毫無意義。搞不好她從距他兩呎的船帆掛下來他都不會知道。

「賈斯柏！」

那聲吶喊來自遙遠下方，而賈斯柏花了好一會兒才領悟是韋蘭在喊他。他試圖忽略，再次瞄準。

「賈斯柏！」

我真的要殺了那個小白痴。「你想幹麼？」他對著下方大吼。

「閉上眼睛！」

「韋蘭，我在這麼高的地方你親不到我的。」

「閉就對了！」

「最好是好事！」他閉上眼。

「閉了沒有？」

「該死的，韋蘭，閉了啦！我閉了——」

刺耳的尖聲怒嗥響起，接著一陣耀眼光芒隔著賈斯柏的眼皮綻放。當光消散，他睜開眼。

他看到下方眾人到處跌撞踉蹌，因韋蘭放出的閃光彈被照得眼盲。但賈斯柏看得一清二楚。

就商人的小孩而言，還不算差。他自顧自地想，再次開槍。

12 伊奈許

伊奈許還未踩上鋼索，甚至練習索之前，她便父親教過她怎麼摔倒才能保護住頭，並順著態勢將衝擊減到最小。即便港口的爆炸將她拋了起來，她仍蜷身縮爲一球。雖摔得重，但她在數秒內就起身，緊貼在某板條箱一側。她耳鳴了，鼻子因爲火藥刺鼻的氣味微微灼燒。

伊奈許瞥出一眼瞥了凱茲和其他人，接著進行最擅長的事——消失。她一翻身，躍上裝貨的板條箱，如靈活的昆蟲般往上攀。她穿了橡膠鞋的雙腳到處尋找抓地處和立足點。

從上方所見的景象令人不安。渣滓幫寡不敵眾，又有人馬準備左右夾攻包圍他們。凱茲決定向其他人保密眞正的出發地點十分正確。有人說出去了。伊奈許很努力在密切注意團隊，但幫派裡很可能有其他人在刺探。凱茲自己也說過：克特丹的一切都會走漏，即使在巢屋和烏鴉會。

有人在新芙羅琳的桅杆上朝下開火。她衷心期望那代表賈斯柏已成功登上雙桅帆船，而她只要爲其他人爭取足夠時間，讓他們也抵達那裡就行了。

伊奈許輕盈地越過板條箱上方，在一排排箱上行走，尋找下方目標。這再簡單不過。沒有人預期到威脅會來自上方。她下到地面，溜到兩名正朝妮娜開火的人後方，一面吐出無聲的禱詞，先劃開一人喉嚨，再劃開下一個。當第二個人倒地，她在他旁邊俯身，捲起他右手的袖子——手的刺青，第一和第二根食指從指節處截斷。黑尖幫。這是凱茲和吉珥斯攤牌得到的回敬嗎？還是什麼別的？他們應該沒辦法招到這種數量的人手。

她按照畫在心中的那張攻擊者地圖，向前移往板條箱下一條走道。首先，她放倒一個舉著龐大笨重步槍的女孩，接著刺穿一名應該幫那女孩守側面的男人。他的刺青是五隻鳥排成楔形隊伍：剃刀海鷗。他們到底是對上了幾個幫派？

下一個轉角是盲點。她應該爬上集貨箱確認自己的位置，還是捨身犯險，不管等在轉角的會有什麼？她深呼吸一口氣，身子一沉，一個加速滑過轉角。今晚她的諸聖是仁慈的，兩個人正背對著她朝碼頭開火。她以迅雷不及掩耳的速度分別刺了他們兩刀。六具屍體，奪走六條生命。這下她得做很多贖罪苦修了。不過，她爲渣滓幫稍微平衡了一下勝率。現在她得上那艘船。

她將刀子在皮馬褲上一抹，收回刀鞘，然後在最近的集貨箱稍微退後，邁步奔出。當手指抓住邊緣，手臂下方感到一陣撕裂的疼痛。她及時轉身，見到巫門那醜不拉嘰的臉咧開一個毅然決然的怪表情。她收集到的所有黑尖幫情資頓時隨著一陣反胃感回流到腦中——巫門，吉珥斯身邊蹣跚行走的殺手，能夠赤手空拳將人的頭顱捏碎。

他把她扯下來，抓住她背心前方猛地將她身側的刀一扭。伊奈許拚了命不要昏過去。

當她的帽兜掀開，他高呼著說：「格森神！我抓到了布瑞克的幻影！」

「你眞應該……瞄高一點，」伊奈許上氣不接下氣，「沒刺到心臟。」

「幻影，我可不希望妳死，」他說：「妳是大獎。我已等不及要聽妳爲髒手收集到的每個流言，還有他所有的祕密。我最喜歡好故事了。」

「我可以告訴你這個故事會有什麼結局。」她呼吸不穩地說：「但你一定不會喜歡。」

「是這樣嗎？」他狠狠將她抵上板條箱，痛楚肆虐過她的全身。當血從她身側傷口噴出，她的腳尖只微微掠過地面。巫門的上臂緊箍住她的肩膀，讓她雙臂動彈不得。

「你知道和蠍子打鬥的祕訣嗎？」

他笑出聲音。「在胡說八道什麼，幻影？不要死得太早，我還得把妳拿去縫一縫呢！」

她將一隻腳踝勾到另一隻後方，聽到令人安心的喀一聲。她在雙膝上穿戴了攀爬與匍匐用的襯墊，但除了這些用途還有其他原因——亦即兩邊裡頭都藏了小小的鋼刀。

「祕密就是——」她喘著氣，「永遠別把眼神從蠍尾移開。」她提起一膝，將刀刃擠進巫門兩腿之間。

他放聲尖叫，也放開了她，雙手抱著血流如注的鼠蹊。

伊奈許踉踉蹌蹌退下那排板條箱。她聽得到相互吼叫的男人，砰砰槍聲模糊傳來，現在又有爆炸。誰贏了?其他人成功上船了嗎?一波暈眩席捲了她。

她用手指去碰身側的傷口,一整個濕漉漉。太多血了。有腳步聲,有人來了。受了這種傷,流了這麼多血,她無法攀爬。她記得父親第一次把她放上繩梯時,他說,*爬吧,伊奈許*。

這裡的集貨箱堆疊得有如金字塔。只要能至少爬上一個,就能藏進第一層中。*一層就好*。她可以爬上去,或是站在這裡等死。

她逼迫自己的神智清醒些,拚命跳上去,指尖緊扣在板條箱最上方。*爬吧,伊奈許*。她拖著自己越過邊緣,上到集貨箱的錫鐵箱頂。

躺在那裡的感覺很好,但她知道自己在身後留下了一條血跡。*再一層*,她對自己說。*再一層妳就安全了*。她逼自己跪起身,伸手去搆下一個板條箱。

她身下的集貨箱表面開始搖晃。她聽見下方的笑。

「出來,快出來!幻影!我們有祕密要告訴妳!」

她絕望地再次伸手去搆下一個板條箱邊緣,緊緊抓牢。當身體下方的集貨箱垮落,她拚命對抗猛襲而上的疼痛。接著她就這麼掛在那兒,雙腿無助地垂晃。他們沒有開火;他們要她活著。

「快下來呀!幻影!」

伊奈許不知道這力量是打哪兒來的,但她勉力將自己拖上頂部。她躺在板條箱的頂面,大口喘氣。

只要再一層。但她沒辦法了。她推不動膝蓋，也搆不到，甚至連滾一下都沒辦法。實在太痛了。爬吧，伊奈許。

「爸爸，我沒辦法。」她低聲說道。即使此時此刻，她都痛恨自己令他失望。

動啊。她對自己說。實在不該死在這種蠢地方。然而，腦中有個聲音在說，是有可能更糟。她將死在這裡，在即將降臨的日出之下自由地死去。她會在經歷一場可敬的戰鬥後死去，不是因爲某個男人已厭倦她，或要求太多她給不起的東西。與其臉上塗抹一堆東西、裹著假絲綢結束生命，不如帶著自己的刀死在這裡。

某隻手抓住她的腳踝，他們爬上板條箱了。她爲什麼沒聽見？她傷得這麼重嗎？他們抓到她了。有人把她翻成仰躺。

她將匕首從手腕的刀鞘滑出。在巴瑞爾，這般銳利的刀刃被稱爲「善鐵」，表示你能得到痛快的一死。她寧可這樣，也不想任憑黑尖幫或剃刀海鷗折磨。

願諸聖納我入懷。她將刀尖壓在乳房下方、肋骨之間，直指心臟，卻有一隻手惱人地抓住她手腕，逼她丟下刀。

「還早得很，伊奈許。」

石頭相磨般的沙啞嗓音。她瞬間睜眼。凱茲。

他將她包在自己的臂彎中，從板條箱往下跳，不穩地落地，跛的那條腿一軟。

他們落到地面時，她出聲呻吟。

「我們贏了嗎？」

「我不是在這兒嗎？」

他一定是在奔跑。隨著東搖西晃的每一步，她的身體抵著他胸口痛苦地震動。他沒辦法一邊抱著她一邊撐手杖。

「我不想死。」

「那我盡力為妳做其他安排。」

她閉上眼睛。

「繼續講話，幻影。別偷偷溜走。」

「但我最會這個了。」

他又將她抱緊了點。「只要撐到船上就好。張開妳該死的眼睛，伊奈許。」

她努力了。她的視線模糊，但能辨識出凱茲頸子上那道淡淡、發亮的疤痕，就在他下巴正下方。她記得第一次在豔之園看到他，他向希琳姨買情報——股票小道消息、政客的枕邊悄悄話，艷之園的客人喝醉或享樂到關不牢嘴巴、瞎說洩密。雖然有很多人會高高興興帶他進房，但他從沒去找希琳的那些女孩。她們表示他讓她們渾身顫抖，談論他包在那黑色手套底下的雙手永遠沾染著血，但她能聽出她們聲音中的渴望，看見她們是如何以雙眼追隨著他。

一個晚上，他在接待室經過她面前時，她做了件蠢事，一件魯莽的事。「我可以幫你。」她低聲說道。他瞥了她一眼，繼續走，好像她完全沒說過話。第二天早晨，她被叫到希琳姨的閨房。她很確定自己又要被痛打一頓，或是一些更慘的。反之，卻是凱茲．布瑞克站在那裡，拄著他那根烏鴉頭手杖，等著改變她的人生。

「我可以幫你。」現在，她說。

「幫我什麼？」

她想不起來。好像有件什麼應該告訴他的事，但已經無所謂了。

「幻影，對我說話。」

「你爲了我回來。」

「我會保護我的投資。」

投資。「把血流滿你衣服眞是太好了。」

「我會算在妳的帳上。」

現在她想起來了，他欠她一個道歉。「說對不起。」

「為什麼？」

「說就對了。」

她沒聽到他的回應。整個世界變得非常、非常地黑。

13 凱茲

「帶我們離開。」凱茲跛著腿、懷裡抱著伊奈許，一上了雙桅帆船，立刻大吼。船帆早已調好方向，雖與期望中的速度還有一段差距，但他們沒過多久就要離港。他知道該設法爲這趟旅程弄到幾個風術士，但那實在太難了。

甲板上一團混亂，人們又吼又叫，想盡快將帆船弄出外海。

「史貝特！」他對著自己選出來指揮船的人大喊著。史貝特是水手，擅長耍刀弄劍，但曾有一段潦倒的日子，最終卡在渣滓幫的低階上不去。「在我打爛一些人的腦袋之前，叫你的手下給我振作點。」

史貝特敬了個禮，又突然暫停動作。他已不在海軍，而凱茲也不是指揮官。

凱茲腿上痛得不得了。打從在錢之街附近的銀行屋頂摔下來跌斷腿，這是有史以來最痛的一次。他很可能再度弄斷了骨頭，伊奈許的重量幫了倒忙。但當賈斯柏跑到他面前想出手相助時，凱茲卻推擠過他身邊。

「妮娜在哪裡？」凱茲咆哮。

「在下面照料傷者，她已經幫我處理過了。」凱茲看見賈斯柏大腿上已乾的血跡。「韋蘭在打鬥中弄了個小傷。讓我幫你──」

「給我讓開。」凱茲說，擠過他身邊，朝著通往下層甲板的船板衝去。

他找到在狹窄艙房中照顧韋蘭的妮娜，她的雙手懸在他一隻手臂上方，將受到子彈槍傷的血肉縫織在一起。那不過是條小擦傷。

「閃開。」凱茲強硬地說。韋蘭基本上是直接從桌邊跳了開來。

「我還沒完──」妮娜開口，接著看見了伊奈許。「諸聖啊，」她不禁咒罵出聲。「出什麼事了？」

「刀傷。」

擁擠的艙房被數盞明亮的提燈照亮，架上一瓶樟腦旁邊是擺開的乾淨繃帶存貨。凱茲輕手輕腳地將伊奈許放在被固定於甲板的桌上

「流了很多血。」妮娜低吐一口氣。

「幫她。」

「凱茲，我是破心者，不是真的療癒者。」

「等我們找到療癒者她早就死了。快點動手。」

「你擋到我的光了。」

凱茲退到通道上。躺在桌上的伊奈許毫無動靜，被照亮的棕色皮膚在搖曳的提燈光下晦暗無光澤。

他之所以能活著全是因爲伊奈許。他們都一樣，拚了命亟欲從角落掙扎逃出，但全是因爲她讓他們能免於遭到包圍的命運。凱茲認得死神，而今他感覺得到它就在船上，陰森地籠罩著他們，準備將他的幻影帶走。她的血蓋滿他全身。

「除非你能派上用場，不然走開。」妮娜看也不看他。「你弄得我很緊張。」他有些猶豫，大步順著來時路回去，在另一個艙房稍停，偷拿了件乾淨的衣服。就算是碼頭鬥毆，甚至槍戰，也不該把他弄得這樣驚慌。但是他很驚慌。他體內有些什麼脆弱而原始的感受，正如他還是個孩子時感受過的情緒，也就是在約迪死後最初的那些絕望日子裡。

說對不起。那是伊奈許最後對他說的話。她要他爲了什麼道歉？有太多太多可能性了。他犯下上千條罪，說過上千句愚蠢的嘲弄。

甲板上，他深深吸入一口海上空氣，看著港口和克特丹從地平線上消逝。

「剛剛他媽的到底發生什麼事？」賈斯柏問。他正靠在欄杆上，步槍擱在身旁。他的頭髮亂七八糟，瞳孔微微放大，簡直像是喝醉了，又或是剛爬下某人的床。打鬥後他總是那副表情。赫佛趴過欄杆，正在嘔吐。這人顯然不是當水手的料。之後他們得找時間再次把他的腳鍊起來。

「我們中埋伏了。」韋蘭窩在前甲板的水手艙，袖子捲了起來，正用手指撫摸著妮娜剛剛幫他治療傷口留下的紅點。

賈斯柏對韋蘭射去一個毀天滅地的怒視。「還有大學來的私人家教上課咧，結果這小鬼做出這種結論？『我們中埋伏了』？」

韋蘭的臉漲紅。「不准再叫我小鬼，嚴格說我們年紀一樣。」

「你一定不會喜歡我幫你想的其他名字——我看得出我們中埋伏了好嗎？就算這樣也無法解釋他們怎麼會知道我們在這裡。說不定大巴力格不是渣滓幫裡唯一的間諜。」

「吉珥斯沒這種腦或資源能反咬得這麼快又狠。」凱茲說。

「你確定嗎？因爲這感覺咬得滿大口的。」

「不如直接問吧。」凱茲跛著腿走向羅提關巫門的地方。

我刺傷了你的幻影，當凱茲瞥見他蜷在地板上，巫門正咯咯笑著。我狠狠刺了她。凱茲看了巫門大腿上的血一眼說，看來她也刺到了你。但她瞄歪了，否則巫門不可能還有辦法對任何人講話。他打昏了這名殺手，叫羅提在他去找伊奈許的時候來處理他。

現在，赫佛和賈斯柏將巫門拖到欄杆旁，他的雙手被綁住。

「讓他站起來。」

赫佛只用巨大的一手就將巫門提著站起來。

巫門咧嘴一笑，茅草屋頂般的粗糙白髮平貼在寬廣前額上。

「不如告訴我一下，今晚到底是爲了什麼才出動這麼多黑尖幫的人呢？」凱茲說道。

「因爲我們欠你呀。」

「帶著槍又帶著整整三十人，在大庭廣眾下械鬥？我可不認爲。」

巫門竊笑。「吉珥斯不喜歡輸給別人。」

「吉珥斯的腦子大小差不多能讓我塞鞋尖，大巴力格是他在渣滓幫唯一的資源。」

「也許他——」

凱茲打斷他的話。「現在，我要你好好考慮清楚，巫門。吉珥斯很可能認爲你已經死了，所以以人換人的規則並不適用。我想怎麼料理你都行。」

巫門朝他的臉啐了一口。

凱茲從外套口袋拿出一條手帕，小心地把臉擦乾淨。他想到伊奈許毫無動靜躺在桌上的模樣，還有在他懷裡很輕的重量。

「抓著他。」他對賈斯柏和那名斐優達人說。凱茲外套袖子一甩，一把撬牡蠣刀出現在手中。無論何時，他身上至少會有兩把刀藏在衣服的某處。他甚至還沒算上這把——這完美又淘氣的小尖刀。

他朝巫門的一眼俐落劃出一刀——眉毛到顴骨——而巫門還來不及吸進一口氣喊出聲音，他已朝著反方向又劃了一刀，接近完美的X。巫門此時放聲尖叫。

凱茲將刀擦乾淨，收回袖中，把戴著手套的手指插進巫門眼窩。在凱茲扯出他的眼球時，他瘋狂尖叫、抽搐。眼球底部拖著一串血淋淋的根狀物，血噴湧了他滿臉。

凱茲聽見韋蘭反胃欲吐。他把眼球扔出船外，將沾了唾液的手帕塞進原本裝著眼睛的巫門眼窩，然後抓住巫門下巴。那副手套在殺手下巴留下紅色污漬。他的動作流暢而精確，就好像在烏鴉會發牌，或撬一只簡單的鎖。但他的怒意火熱、瘋狂且陌生。他心中有某些東西遭到撕裂。

「給我聽著，」他斷聲說道，臉距離巫門的臉只有幾吋。「你有兩個選擇——把我想知道的告訴我，我們在下一個港口放你下去，口袋裝滿足夠錢幣，能讓你把傷縫好，並買船票回到克爾斥；或者我挖掉你另一顆眼睛，然後對著變成瞎子的你重複這次對話。」

「這只是一份工作，」巫門口齒不清地說：「吉珥斯拿到五千克魯格讓黑尖幫出動，我們也招了一些剃刀海鷗。」

「那爲什麼不多找些？爲什麼不讓成功率加倍？」

「船爆炸的時候你們應該要在上頭！我們本來只要對付掉隊的人。」

「誰雇用你的？」

巫門猶豫了，他吸著嘴唇，鼻涕從鼻子流出。

「別讓我問兩次，巫門，」凱茲靜靜地說：「不管那人是誰，現在都保不了你。」

「他會殺死我。」

「而我會讓你求死不能，你可以衡量一下兩個選項。」

「佩卡·羅林斯！」巫門啜泣道。「是佩卡·羅林斯！」

即便凱茲自己也十分驚訝，但仍注意到這名字給賈斯柏與韋蘭帶來的影響。赫佛知道的還不多，不至於被嚇倒。

「諸聖啊，」賈斯柏哀號一聲。「我們死定了。」

「是羅林斯親自帶人嗎？」凱茲問巫門。

「什麼人？」

「去斐優達的人馬。」

「什麼人馬？我不曉得，我們的任務只有阻止你們出港。」

「我懂了。」

欄杆。

「我要醫士。可以帶我去看醫士嗎？」

「當然，」凱茲說：「走這裡。」他抓著巫門衣服的翻領，一把將他提起，讓他的身體靠著

「你想要知道的我都告訴你了！」巫門尖喊又掙扎。「我完全照你說的做！」

儘管巫門身上東一塊、西一塊的骨頭，看上去依舊強壯，而且是賈斯柏那種工人的健壯。很可能是在牧場長大的。

凱茲靠近他，這麼一來，他說這句話時才沒有別人聽見——「我的幻影會勸我慈悲，但多謝你，她沒在這裡幫你求情。」

他沒再說一個字，直接一個輕推，把巫門推進海中。

「不！」韋蘭大喊出聲，趴過欄杆，臉色蒼白，震驚的視線追著浪潮中的巫門。當這名殺手傷殘的臉逐漸消失在視線範圍，他的懇求聲依然清晰可聞。

「你……你說如果他幫你——」

「你也想下去嗎？」凱茲問。

韋蘭深呼吸，彷彿吸進一口勇氣。他結結巴巴地說：「你不會把我丟下去的，你需要我。」

爲什麼大家老這麼說？「也許吧，」凱茲說：「但我個人目前不是很理智。」

賈斯柏一手放在韋蘭肩上。「算了吧。」

「這樣不對——」

「韋蘭，」賈斯柏輕搖他一下。「也許你的家教沒教到這一課，但是呢，絕對不要和一個渾身是血、袖裡有刀的人爭論。」

韋蘭把嘴唇抿成一條細線。凱茲看不出這孩子是嚇壞了，還是太憤怒，但他其實不怎麼在乎。赫佛像個沉默的哨兵鎮守在那兒，觀察一切，金色鬍子底下是暈船的慘綠。

凱茲轉向賈斯柏。「給赫佛找些鐐銬，讓他老實點。」他邊說邊朝下方走。「還有，給我找些乾淨的衣服和水來。」

「我哪時變成你僕人了？」

「有刀的人——你忘記了嗎？」他轉過頭說。

「老子是有槍的人！」賈斯柏在他身後喊著。

凱茲回以一個省時省力的手勢——重點在中指——接著便消失在下層甲板。他想洗個熱水澡、想喝瓶白蘭地，但暫且妥協於自己獨處，並短暫脫離血的腥臭。

佩卡·羅林斯。這名字猶如槍聲，隆隆響遍他的腦中。又回到了佩卡·羅林斯身上，那個奪去他一切的男人，阻擋在凱茲和各路人馬能幹出最大票的買賣中間的男人。羅林斯會派某人替代自己，還是會親自領他的人馬盜走孛·育·拜爾？

在凱茲艙房昏暗的空間中，他低聲說道：「一步一步來。」殺死佩卡·羅林斯永遠是那麼誘人，但這麼做並不夠。凱茲要羅林斯失勢，要他受到和自己一樣的折磨——和約迪一樣的折磨。直接從佩卡·羅林斯骯髒的雙手奪走三千萬克魯格是個相當不錯的開始。也許伊奈許沒說錯，也許，命運的確會在他這種人身上花點心思。

14 妮娜

在這又小又擁擠的醫療艙房中，妮娜拚了命要將伊奈許的身體修補好。然而，她並非受訓從事這類工作。

他們在拉夫卡首都受教育的前兩年，所有軀使系格里沙會一起學習，上一樣的課，進行一樣的解剖演練。但是接下來訓練就分開了。療癒者學習治療傷口那精密複雜的技術，同時，破心者成爲士兵——成爲製造傷害，而非修補傷害的專家。基本上這是同一種力量，卻是大相逕庭的兩種思路。然而，生者所求的比死者更多。奪命一擊要求果斷，要求清楚明白的意圖；治療則追求緩慢而深思熟慮，訓練出對一切微小抉擇思考再三的韻律。過去這些年，她幫凱茲做的工作是有點幫助，以及在白玫瑰小心翼翼改變他人情緒與塑形臉孔，也同樣有助於此。

但是，當她低頭望著伊奈許，妮娜眞心希望自己在學校受的訓練沒有這麼草率。拉夫卡內戰爆發時，她還只是小行宮的一個學生，和同學被逼得不得不躲藏起來。當戰爭結束、塵埃落定，尼可萊國王焦慮著要讓殘存的少數格里沙士兵接受訓練、實際上場。因此，妮娜在被派出去執行第一個任務前，只在進階班上了六個月的課。當時她受到很大震撼。而今，就算只是多在學校上個一週課程，她都會非常感激。

伊奈許相當輕盈，渾身肌肉、骨架精巧，身形有如雜技演員。刀子刺進她左臂下方，千驚萬險。因爲只要再深一些，刀刃就會刺穿心臟尖端。

妮娜很清楚，如果她只是按照處理韋蘭的方式將伊奈許的皮膚收口，那女孩體內只會持續流血。因此，她試著由外阻止內部失血。她認爲自己處理得算不錯，但伊奈許失去大量鮮血，對此妮娜完全束手無策。她聽說過有些療癒者能將一個人的血與另一人配對，但如果沒有做正確，效果就和毒死病人沒兩樣。這遠遠超出她的能力範圍。

她結束縫補傷口，拿了條薄羊毛毯蓋在伊奈許身上。目前爲止，妮娜就只能觀測她的脈搏與呼吸。妮娜將伊奈許的雙臂塞進毯下，看見她上臂內側留疤的皮膚，輕輕用拇指拂過那些腫大隆起的地方。一定是孔雀羽毛，也就是艷之園，又稱異國之家成員身上會有的刺青。不管移除那玩意兒的人是誰，實在做得非常醜。

妮娜有些好奇地掀起伊奈許另一隻袖子。那兒的皮膚平滑而無疤。伊奈許沒刺上烏鴉和酒杯，亦即渣滓幫所有正式成員都有的刺青。在巴瑞爾，人與人結盟的變動從不間斷，但幫派就是你的家人，是唯一有力的保護。妮娜自己有兩個刺青。左前臂上的是白玫瑰之屋，但是眞正算數的在她右手上——一隻烏鴉，試圖啜飲幾乎見底的酒杯。這等同告訴全世界她屬於渣滓幫，誰敢弄她，就要冒著遭他們報復的風險。

伊奈許在渣滓幫的時間比妮娜久，卻沒有刺青。真怪。她是幫派中最有價值的成員之一，凱茲很明顯也信任她——就他這種人能給的最大信任。妮娜想到他把伊奈許放上桌面時臉上的表情。他仍是同樣那個凱茲——冷淡、粗魯、令人難以忍受。但在那分憤怒底下，她認爲自己也看到了一些別的。又或者，只是她生性浪漫。

她不得不自我嘲解。她不該期望任何人有愛。那是迎進門後再無法下逐客令的不速之客。

妮娜將伊奈許的直黑髮從臉上往後撥。「拜託妳要沒事。」她低聲說道，聲音在艙房裡薄弱且帶著猶豫，她好恨這樣。她聽起來不像格里沙士兵或冷酷堅忍的渣滓幫成員，反而像個不知道自己在做什麼的小女孩——而嚴格說來她感覺就是那樣。她受的訓練眞的太短了，太早被派出去執行第一個任務。柔雅那時這麼說了很多次，但妮娜一直哀求著想去，他們也的確需要她。於是，那名年長的格里沙心軟了。

柔雅·納夏蘭斯基——一名強大的風術士，厲害到讓人難以置信，而且只消眉毛一揚就能將妮娜的自信心打得灰飛煙滅。妮娜曾經好崇拜她。魯莽、愚蠢、易分心。柔雅曾這樣描述她，還有更糟的說法。

「妳說的沒錯，柔雅。妳開心了嗎？」

「好暈啊。」賈斯柏在門口說。

妮娜嚇了一跳，一抬頭就看見他踩著腳前掌前後搖晃。「柔雅是誰？」他問。

妮娜往後咚地靠上椅子。「誰也不是。格里沙三巨頭之一。」

「棒耶。負責第二軍團的那些人？」

「『剩下的』第二軍團。」拉夫卡的格里沙士兵在戰爭期間銳減。有些逃亡，大多被殺。妮娜揉了揉疲累的雙眼。「你知道找出那些不想被找到的格里沙最厲害的方法是什麼嗎？」

賈斯柏抹抹頭後，又拿手去摸他的槍，再回去摸脖子。他似乎一刻也靜不下來。「從沒想過這種事。」他說。

「去找奇蹟，去聽床邊故事。」只要跟隨女巫與妖精的傳說，以及那些無法解釋的事蹟。有時只是迷信，但大多時候，當地傳說的核心包藏了眞相。那些人擁有自己國家無法理解、與生俱來的天賦。妮娜已經變成嗅出這些故事的個中能手。

「在我看來，如果他們不想被找到，就該放他們安寧。」

妮娜陰沉地瞥他一眼。「獵巫人不會放他們安寧。他們到處獵捕格里沙。」

「他們都和馬泰亞斯一樣討人喜歡嗎？」

「更糟喔。」

「我得找到他的腳鐐。凱茲把好玩的任務都給了我呢。」

「想換嗎?」妮娜疲倦地問。

從賈斯柏那副瘦長骨架中散發的神經兮兮似乎溜走了。他靜了下來,可說是有史以來妮娜見過最靜的時候。打從進入這間小艙房,他的眼神第一次落在伊奈許身上。他在逃避,妮娜霎時頓悟,他不想看她。毯子因伊奈許淺淺的呼吸微微動著。當賈斯柏開口,嗓音聽來很緊繃,猶如樂器音階調得過度尖銳的弦。

「她不能死,」他說:「不能這樣死。」

妮娜望了賈斯柏一眼,有些困惑。「這樣是怎樣?」

「她不能死。」他重複道。

妮娜感到一股挫折。她被兩股力道拉扯著——一股力道想緊緊抱住賈斯柏,一股力道則想對他尖叫說她在努力了。「諸聖啊,賈斯柏,」她說:「我盡全力了。」

他動了動,身體似乎又甦醒過來。「抱歉。」他有些難爲情地說,尷尬地拍了她的肩膀。

「妳做得很好。」

妮娜嘆了口氣。「很沒說服力欸。你不如快點去把金髮巨人鍊起來。」

賈斯柏敬了個禮,低頭出了艙房。

妮娜心中煩躁不亞於他，幾乎忍不住想喊他回來。賈斯柏一走，她腦袋裡就只剩下柔雅的聲音，不斷提醒著自己即使盡了全力，依舊十分不足。

伊奈許的皮膚摸起來太冷。妮娜兩手分別放在那女孩的肩膀上，試圖促進些血液循環，勉強提高一丁點體溫。

她並沒有對賈斯柏完全誠實。格里沙三巨頭想要的不只是從斐優達獵巫人手中救出格里沙。他們派外交使團到迷回島和諾維贊，是因爲拉夫卡要士兵。他們找出那些可能隱藏身分生活的格里沙，並試圖說服他們定居拉夫卡，加入服侍君王的行列。

妮娜在拉夫卡內戰時年紀太小，還不能上戰場，而她不顧一切想成爲重建第二軍團的成員。因爲她的語言天賦——蜀邯語、開利語、蘇利語、斐優達語，甚至一點贊米語——才終於壓過了柔雅的異議。她同意讓妮娜陪她與一組格里沙檢驗官前往迷回島。儘管柔雅懷抱著那些疑慮，妮娜依舊做得相當成功。她偽裝成旅人，溜進小旅店或停馬車的棚房偷聽對話，與當地人閒聊，再把那些鄉下人的話語帶回營帳。

如果你要去莫洛克幽谷，最好在白天行走。那地方有不安的靈魂遊蕩——暴風雨會不知打哪兒就冒出來。

好啦，其實墮落女巫是眞的。我二表哥帶著發了一身希浮病去找她，後來他發誓說他這輩子沒那麼健康過。啥？你說他腦袋不對勁是什麼意思？他這輩子沒那麼對勁過。

他們找到兩家格里沙，躲在伊斯塔米爾的洞穴中——傳說是精靈住在那裡；從芬佛一場暴動中救了母親、父親與兩個男孩——他們是火術士，能力是控制火；甚至突襲了拉芙林港附近的一艘奴隸船——難民一分類完畢，沒有能力的會得到安全回家的管道，而能力受到格里沙檢驗官確認過的人，會獲得拉夫卡的庇護資格。只有那名老破心者——人稱墮落女巫——選擇留下。「如果他們想要我的血，就讓他們來。」她笑著說：「我也會拿他們的血當回敬。」

妮娜的開利語說得有如當地人，而且熱愛挑戰每到不同城鎮都換用新身分。然而，儘管他們連戰皆捷，柔雅依舊沒被取悅。「語言能力很好是不夠的，」她如此斥責：「妳要學著別那麼……招搖。妳太高調了。情緒太高昂，太讓人難忘。妳冒的風險太高。」

「柔雅，」和他們一起旅行的檢驗官說：「不要那麼嚴厲。」他是個活生生的增幅者。要是死去，他的骨頭會被用來增加格里沙的力量，與其他格里沙佩戴的鯊魚牙齒或熊爪並無二致。但假使活著，他對使團有著無法估測的價值。他受訓使用增幅天賦，以碰觸來感受格里沙的力量。

大多時候柔雅都很護著他，而今，她那雙深藍眸子卻瞇成了細線。「我的老師對我可是很嚴厲的。如果最後她在森林遭到一群粗野暴民追趕，你會叫他們不要那麼嚴厲嗎？」

那時妮娜忿忿地大步走出去，感到自尊受挫，因爲眼中盈滿淚水而感到丟臉。柔雅對她大吼，警告她不能越過山脊，但她不理，恨不得能離那名風術士多遠就多遠。結果直接走入一個獵巫人營地。六名金髮男孩都說著斐優達語，群聚在海岸之上的懸崖。他們沒生營火，打扮也像開利的農民，但她剎那間就領悟了他們的身分。

他們注視了她很久，任憑銀色月光照亮。

「噢，謝天謝地，」她輕鬆愉快地用開利語說：「我和家人一起旅行，在森林裡迷路了。你們有誰可以幫我找到路呢？」

「我想她迷路了。」其中一人把她的話翻譯成斐優達語給其他人聽。

另一人站起，手中有盞提燈。他比其他人都高，而她全身上下的本能都在尖叫，高喊著只要這人靠近就快點跑。*他們不知道妳是誰*，她提醒自己。*妳只是個善良的開利女孩，在森林迷了路。不要做任何蠢事，帶他遠離其他人——然後將他打倒。*

他舉起提燈，光線灼灼照在兩人臉上。他的長頭髮像是擦得閃亮的金子，淺藍雙眼閃爍得猶如冬日陽光下的冰塊。*他看起來像一幅畫*，她想著，像教堂牆上以金箔精細雕琢成的聖人，生下來就是要揮舞著火之劍。

「妳跑到這裡做什麼？」他以斐優達語問。

她裝出一臉困惑。「對不起，」並用開利語說：「我聽不懂，我迷路了。」

他撲向她，她沒停下來思考，直接做出反應，舉起雙手攻擊——可是他動作太快了。他毫無猶豫，直接扔下提燈，抓住她的兩隻手腕，將她的雙手啪地扣在一起，讓她無法使用能力。

「*Drüsje*。」他語氣中帶著滿足。女巫。這人有著狼的微笑。

這次攻擊是個測試。在森林裡迷路的女孩若是害怕，會想伸手拿刀或槍，並不會試圖用雙手停下任何人的心臟。魯莽，衝動。

就是因爲這樣，柔雅才不願帶上她。受過適當訓練的格里沙不會犯這些錯。妮娜是笨蛋，但可以不必當個叛徒。她用開利語，而非拉夫卡語懇求他們，她也沒有大聲呼救。他們綁起她的雙手時沒有，威脅她時沒有，像是丟一袋小米那樣把她丟上小船時也沒有。天知道她多想尖叫出心中恐懼，讓柔雅奔來，拜託誰來拯救她。可是她不會讓其他人的生命陷入險境。獵巫人划著小船帶她到一艘下錨在近岸的大船，將她丟進下層甲板的牢籠中，那裡裝滿了其他被抓的格里沙。從那時起，眞正的恐懼才要開始。

在陰濕的船腹中，夜與日混淆成一團。格里沙囚犯的雙手都被緊緊束縛，以防他們使用能力。他們以分量只夠他們勉強苟活、爬滿象鼻蟲的麵包果腹。而因爲無法得知何時會有下一次清水，得小心配量。他們沒有任何空間可休憩，體臭及其餘更糟的事物幾乎令人無法忍受。

船時不時下錨，獵巫人會帶回其他抓來的人。斐優達人會站在他們的牢籠外大吃大喝，嘲笑他們骯髒的衣服及散發的味道。儘管已經很糟，可能會有何種事物等在前方的恐懼卻更爲嚇人——冰之廷的異端審判官、折磨和無可逃脫的死刑。妮娜夢過在柴堆上被活活燒死，並尖叫著醒來。夢魘、恐懼和飢餓造成的精神錯亂糾纏捲繞，她不再那麼確定什麼是眞、什麼是假。

然後，有一天，獵巫人穿上新熨平的黑銀制服聚集在貨艙，袖子上都有白色狼首。那些人按階級列隊，並在指揮官入場時立正站好。他就和他們所有人一樣，個子高大，但臉上留著乾淨的鬍子，長長金髮在靠近太陽穴處顯出灰白色澤。他走過一整個貨艙，在囚犯前方煞住腳步。

「幾人？」他問。

「十五。」抓到她的那個閃亮金髮男孩回答。這是她第一次在貨艙看到他。

指揮官清清喉嚨，雙手往身後一背。「我是亞爾・布魯姆。」

一陣恐懼顫意傳遍妮娜體內。她感到那股情緒與細胞中的格里沙力量產生反應，那是他們所有人都無法予以忽視的警訊。

在學校，妮娜曾執迷於獵巫人。在她的夢魘中，他們帶著那些白狼和殘酷的刀刃，及專門飼育並和格里沙作戰的馬匹。就是因爲這樣她才拚命學習，好讓她的斐優達語及對他們文化的相關知識無懈可擊。她用這種方法讓自己對他們與將來的戰爭做好心理準備。而亞爾・布魯姆是他們之中最可怕的一個。

他是傳奇，是等在黑暗中的怪物。獵巫人存在了上百年，但在布魯姆的領導下，他們的軍力加倍，無比致命。他改變了他們的訓練方式，發展出將身在斐優達的格里沙拔除的新技術，滲透拉夫卡的邊境，開始追捕其他土地上的流亡格里沙，甚至追捕奴隸船，「解放」被抓的格里沙——但這麼做的唯一目的是再拿鍊子喀一聲把他們銬回來，送到斐優達受審處死。她曾想像，某天將以復仇戰士或狡詐間諜的身分面對布魯姆，卻從未想像自己會被關在籠中、飢餓不堪、雙手遭綁，並穿了一身破布與他對峙。

布魯姆一定知道自己的名字會帶來什麼影響。在以完美無瑕的開利語說話前，他停頓許久。「站在你們面前的是新一世代的獵巫人，這神聖的兵團肩負著殲滅你們族類、保衛斐優達國家主權的責任。他們會將你們帶回斐優達接受審判，並因此獲得官階。他們是我們之中最強壯、最優秀的族人。」

恃強凌弱。妮娜想著。

「等我們抵達斐優達，你們將接受審訊，並爲你們的罪上法庭。」

「求求你，」其中一個囚犯說：「我沒有做錯任何事，我是個農夫，我沒有傷害過你們。」

「你對喬爾神等同侮辱，」布魯姆回答：「是這世上的禍害。你嘴上說和平，但可能會承繼你傳下的惡魔力量的孩子又如何？他們的孩子又如何？爲了那些遭格里沙惡人殘殺的無助男女，我就在此省去我的仁慈了。」

他面對獵巫人。「孩子們，做得好，」他以斐優達語說：「我們立即出航，前往第爾霍姆。」

獵巫人似乎早就準備要引以自豪。布魯姆一出貨艙，他們就激亢地用肩膀互撞，彷彿鬆了一口氣，又滿足地笑。

「真的是做得太好了，」一人用斐優達語說：「送十五個格里沙到冰之廷！」

「如果連這都沒辦法給我們賺到獎賞——」

「這一定有辦法。」

「很好，每天早上刮鬍子我都要煩死了。」

「我要把鬍子留到肚臍那麼長。」

接著，其中一人把手伸過欄杆，揪住妮娜的頭髮。「我喜歡這個，還很健康有肉，也許我們該打開牢門把她沖乾淨。」

有著閃亮金髮的男孩啪地拍開他伙伴的手。「你是怎麼回事？」他說。這是布魯姆離開後他第一次開口。然而，聽見他接下來說的話後，她短暫感到的感激瞬間枯萎。「你會想和狗交媾嗎？」

「那狗長怎樣？」

其他人一面往上走一面哄然大笑，把她比作動物的金髮男孩最後離開。就在他要走進通道時，她用清晰而完美的斐優達語問：「犯了什麼罪？」

他瞬間靜止。當他回頭看她，那雙藍眼中熊熊燃燒恨意。可是她拒絕退縮。

「妳怎麼會說我的語言？妳在拉夫卡北方邊界工作嗎？」

「我是開利人。」她撒謊，「我什麼語言都會說。」

「果然有巫術。」

「——如果你的巫術指的是閱讀這種晦澀難解的行爲。你的指揮官說我們要因自身罪行受審。我只要你告訴我，我到底犯了什麼罪。」

「妳要因身爲間諜與有悖於人的罪受審。」

「我們不是犯罪者。」一個造物法師坐在地上，用破爛的斐優達語說道。他在這裡待得最久，已虛弱得無力起身。「我們只是普通人——農夫，還有老師。」

我不是，妮娜陰鬱地想，我是個士兵。

「你們能得到審判，」獵巫人說：「你們會受到比那類人應得更好的對待。」

「有多少格里沙被判無罪？」妮娜問。

造物法師呻吟著。「不要挑釁他，妳沒辦法動搖他的。」

但是她用被綁住的手抓著欄杆。「幾個？你送了幾個上火柱？」

他轉身背對她。

「等一下！」

他不理她。

「等一下！拜託你！只要……只要一點新鮮的水。你會這樣對你的狗嗎？」

他暫停腳步，一手放在門上。「我不該那麼說。狗至少還知道忠誠，對自己的族群忠貞不二。說你們是狗太侮辱牠們了。」

我要把你拿去餵一堆飢餓的獵犬，妮娜想著，但只是說：「拜託，一點水就好。」

他走上通道消失，她聽見他爬上梯子，艙口發出巨大的碰一聲，關了起來。

「別把力氣浪費在他身上，」那個造物法師勸告。「他不會給妳任何好意。」

但是，稍微過了一會兒，那名獵巫人帶著一只錫杯和一桶清水回來。他把東西在牢房裡放下，一個字都沒說，啪地關上門閂。妮娜協助那名造物法師喝水，接著自己囫圇灌下一杯。她的雙手顫抖得非常厲害，半數都潑濺到自己的上衣。那名斐優達人別過頭，而妮娜滿心竊喜地看見自己弄得他很不好意思。

「如果能洗澡，我死都願意，」她奚落道：「你可以幫我洗。」

「不准和我說話。」他怒喝道，已昂首闊步朝門走去。

他沒有再回來，而接下來三天，他們都沒有清水。但當暴風雨襲來，那只錫杯救了她的命。

□

妮娜的下巴一沉，猛地驚醒。她剛剛是打盹睡著了嗎？

馬泰亞斯站在艙房外面的通道，整個人塞滿了門口，個子高到在下層甲板鐵定不會太舒適。他看了她多久？妮娜快速確認了一下伊奈許的脈搏與呼吸，並因她似乎穩定下來而鬆一口氣。

「我剛剛睡著了嗎？」她問。

「打瞌睡。」

她伸展身體，試圖用眨眼掃除疲憊。「但沒打呼？」可是他什麼也沒說，只是用冰塊般的雙眼看著她。「他們竟然讓你拿剃刀？」

他上了鐐銬的雙手伸到剛剛剃過鬍子的下巴。「賈斯柏剃的。」賈斯柏一定也打理了馬泰亞斯的頭髮。他頭皮上參差不齊的簇簇金髮都被修剪整齊。雖然還是太短，金色細髮只能勉強覆蓋頭皮，而之前在地獄門打鬥留下的傷痕與瘀青隱約可見。

不過，他一定很開心能夠剃鬍子，妮娜想。在獵巫人獨力完成任務並獲授予官階之前，鬍子得保持剃得乾乾淨淨。如果馬泰亞斯將妮娜帶回冰之廷接受審判，他就能獲得允許。他會戴上代表該名軍官爲獵巫人的銀狼頭。光是想到這個她就反胃。祝賀你在殺人犯中等級更高一階。那想法提醒了她，自己到底在和什麼人交手。她坐得更挺了些，揚起下巴。

「*Hje marden*，馬泰亞斯？」她問。

「別。」他說。

「你寧願我說克爾斥語？」

「我不想從妳口中聽到我的語言。」他的目光跳到她的雙唇，她感到一陣不請自來的臉紅。她帶著報復性的惡趣味以斐優達語說：「但你一直都喜歡我說你母語的方式。你說聽起來很純潔。」那是眞話。他喜歡她的口音，母音發音有如公主。這都要感謝她在小行宮的老師。

「不要逼我，妮娜，」他說。馬泰亞斯的克爾斥語醜陋而粗野，就像他在監獄認識的那些偷兒與殺人犯會有的喉音。「那特赦不過是個難以抓牢的美夢。我還比較能回想妳的脈搏在我手下慢慢消逝的記憶。」

「有種你試試看，」她的怒意燃起。她對他的威脅已經很膩了。「我的雙手現在沒被固定，赫佛。」她蜷起指尖，馬泰亞斯的心跳瞬間加快，因此倒抽了一口氣。

「女巫。」他啐了一口，緊揪胸膛。

「你可以罵得更好吧，你一定幫我想了上百種稱呼。」

「上千。」汗水從他眉頭爆發時，他悶哼著說。

她鬆開指頭，突然感到一陣尷尬。她是在做什麼？懲罰他？還是玩弄他？他絕對有痛恨她的權利。

「馬泰亞斯，走開，我有病人要顧。」她專注地確認著伊奈許的體溫。

「她會活下來嗎？」

「你很在乎嗎？」

「我當然在乎。她是人。」

而她聽見這句子沒說完的後半部。她是人——和妳不同。斐優達人不認爲格里沙是人類，甚至不能等同於動物，更低等、更邪惡，是世上的禍害、令人憎惡的存在。

她聳起一肩。「老實說——我不知道。我盡了全力，但我的天賦是在其他方面。」

「凱茲問妳白玫瑰是否會派代表團參加哈聆卡節。」

「你知道白玫瑰？」

「西埠在地獄門是最受歡迎的聊天主題。」

妮娜暫停。接著，她一個字也沒說，直接捲起衣服袖子。她的上臂內側有兩朵相互纏繞的玫瑰。她是可以解釋自己在那裡做的是什麼，也從沒躺著幹活維生，但她有做什麼、沒做什麼都不關他的事。隨他想相信什麼就相信什麼。

「妳自願選擇在那裡工作？」

「選擇兩個字有點言過其實，但沒錯。」

「爲什麼？妳爲什麼要留在克爾斥？」

她揉揉眼睛。「我不能把你留在地獄門。」

「是妳害我進了地獄門。」

「那是失誤，馬泰亞斯。」

他眼中點燃一陣狂怒，虛飾其外的冷靜漸漸消失。「失誤？我救了妳的命，妳卻指控我是奴隸販子。」

「對，」妮娜說：「而我這一年來大多時候都在努力想方設法修正這失誤。」

「妳的口中到底有沒有說出過眞心話？」

她無力地倒回椅中。「我以前沒對你說過謊，未來也不會。」

「妳最開始對我說的就是謊話。就我印象，是用開利語說的。」

「——在你抓住我，把我塞進籠裡之前。那種時機難道可以說眞話嗎？」

「我不該責怪妳，妳控制不了。妳的天性就是掩蓋眞實。」他注視著她的頸子。「妳的瘀青不見了。」

「我弄掉了。你看不順眼嗎？」

馬泰亞斯什麼也沒說，但她見到他臉上閃過些許羞愧。馬泰亞斯一直在與他心中的正直對抗。要成爲獵巫人，他得殺盡體內的良善。但他本該長成的那個男孩一直都在。當他們在船難後相處了幾天，她開始看見眞正的他。她想相信那個男孩還在，只是被關了起來，儘管她背叛了他，儘管不知道他在地獄門承受了什麼。

此時此刻，她看著他，卻無法確定。也許這就是眞正的他，而最近這一年她抓著不放的形影只是假象。

「我得照顧伊奈許。」她說，亟欲擺脫他。

他沒離開，反而說：「妮娜，妳有沒有想過我？我會讓妳睡不安好嗎？」

她聳聳肩。「驅使系格里沙無論何時想睡都不成問題。」雖然她控制不了自己的夢。

「睡覺在地獄門很奢侈，那是一種危險。但是當我睡著，我會夢到妳。」

她瞬間抬頭。

「沒有錯，」他說：「每一次閉上眼都會。」

「夢裡發生了什麼？」她問，恨不得快點聽到答案——但也害怕聽到答案。

「可怕的事；最恐怖的折磨。妳慢慢將我溺死，妳直接從我胸膛將心臟燒盡，妳把我弄瞎。」

「我就是個怪物。」

「怪物、少女、冰之精靈。妳親吻我，在我耳邊低語各種故事；妳對我歌唱，在我睡著時擁抱著我；妳的笑聲追著我，直到醒來。」

「你向來痛恨我的笑聲。」

「妮娜，我愛妳的笑聲，和妳凶猛的戰士之心。我有可能會愛上妳。」

有可能。曾經。在她背叛他以前。這些字眼在她胸口刻出不歇止的疼痛。

她知道自己不該說，但就是忍不住。「那你做了什麼？馬泰亞斯？你在你的夢裡對我做了什麼？」

船微微傾斜，提燈搖晃，他的雙眼是藍色火焰。「什麼都做了。」他說，接著轉身離開。

「什麼都做。」

15 馬泰亞斯

當馬泰亞斯上了甲板，不得不直接朝欄杆走去。那些運河老鼠和貧民窟的人輕輕鬆鬆、如履平地，老早習慣了在克特丹水路從一艘船跳到下一艘船。只有比較軟弱的那個傢伙——韋蘭——似乎還在掙扎。他看起來就和馬泰亞斯一樣慘。

在新鮮空氣中好多了，他能仔細注意地平線。他曾以獵巫人的身分在海上旅行，可是在陸地或冰上向來更為自在。讓這些異邦人看到他在幾小時內三度趴過欄杆嘔吐實在丟臉到家。

至少妮娜不在這裡目睹這極度羞辱的一刻。他不斷想著艙房裡的她，照料著那名銅膚女孩，一臉關懷、一臉善良——筋疲力盡。她看起來好疲倦。*那是失誤*，她這麼說道。她可是把他烙上奴隸販子的名聲、丟上克爾斥的船，再丟進監獄。她說自己在努力糾正失誤，但即便她所言不假又怎麼樣？她的族類毫無節操，她自己已證明這點。

有人煮了咖啡，他看見一名船員用有陶蓋的銅杯在喝，生出想帶一杯給妮娜的想法，但立刻將之砸得粉碎。他不必去照料她，也不必告訴布瑞克她得休息一下。他緊捏著拳，看著坑坑疤疤的指節。她竟在他心中種下如此軟弱的種籽。

布瑞克比手勢，叫馬泰亞斯過去，他和賈斯柏、韋蘭聚集在前甲板，遠離船員耳目，檢查著冰之廷的平面圖。見到那些繪圖，恍若一刀插進心臟。那些城牆、閘門、警衛。這些東西應能勸阻這些蠢蛋才是，不過很顯然，他的愚蠢並不亞於其餘人。

「爲什麼這上頭的東西都沒名字？」布瑞克問，手朝平面圖比畫。

「我不懂斐優達語，但是得把細節搞清楚。」韋蘭說：「應該讓赫佛來做。」當他看見馬泰亞斯的表情，立刻退縮了。「我只是在盡我的責任，不要再瞪我了。」

「我拒絕。」馬泰亞斯怒吼道。

「接著。」凱茲說，丟給他一枚在太陽下閃耀著的迷你透明圓片。那名惡魔靠坐在一個桶子上，傾身倚靠桅杆，跛的那條腿擱在盤捲成圈的繩索上，該遭天譴的枴杖架在大腿。馬泰亞斯在心中想像著把它砸得爛碎，一片一片逼布瑞克吞下去。

「這是什麼？」

「拉斯克的新發明之一。」

韋蘭突然抬起頭。「我以爲他是做爆破的。」

「他什麼都做。」賈斯柏說。

「塞在你後面的牙齒中間，」凱茲一面將那枚圓片遞給其他人一面說：「但不要咬——」

韋蘭立刻又呸又咳，拿手挖口腔。他唇上展開一層透明薄膜，在他試圖呼吸時膨脹得像青蛙食道口的薄膜。他眼神驚慌地左右飛快轉動。

賈斯柏開始大笑，凱茲只是搖搖頭。「我有叫你不要咬了，韋蘭。用鼻子呼吸。」

男孩深吸進一口氣，鼻孔大張。

「慢慢來，」賈斯柏說：「這樣你會把自己搞得昏過去。」

「這什麼東西？」馬泰亞斯問，仍將那小小圓片捧在掌中。

凱茲將他的那枚深推進口中，扭動著塞進齒間。「鯨鬚。我本打算留著這些，但在埋伏後，我不知道在公海上可能會碰上怎樣的麻煩。假如掉進海裡，又不能浮上水面呼吸，就把它弄出來、咬下去，這能為你爭取十分鐘呼吸時間。如果你慌了，那就更少一點。」他邊說邊意味深長地看了韋蘭一眼。他又給了那男孩一片鯨鬚。「這個你小心點用。」接著點了點冰之廷平面圖。「名字，赫佛，全給我說出來。」

馬泰亞斯心不甘情不願地拿起韋蘭擺在那兒的筆和墨水，潦草寫上建築和周邊道路的名字。不知為何，親手執行此事使他感到更重的叛國感。有一部分的他思考著有沒有可能等他們一到那裡，就找個法子和這群人分開，揭露他們的位置，並藉此成功回到自己國家的懷抱。但是冰之廷會有任何人認得他嗎？他們很有可能認為他死了，在那場害死他摯友與布魯姆指揮官的船難中溺斃。他沒有任何東西可證明自己的眞正身分。他會成爲一個陌生人，沒有任何前來冰之廷的理由。而等到他找到願意聆聽的人——

「你有所保留。」布瑞克說，深色雙眼緊盯著馬泰亞斯。

馬泰亞斯忽視那陣爬遍全身的顫抖。有時候，那名惡魔彷彿能讀出人的心思。「我把我知道的都告訴你了。」

「良心干擾了你的記憶。想想我們的交易條款吧，赫佛。」

「好，」馬泰亞斯不禁怒意上升。「你想要我的專業意見嗎？你這計畫不會有用的。」

「你根本還不知道我的計畫。」

「從監獄進、大使館出？」

「開頭是這樣。」

「不可能成功的。監獄區完全獨立於冰之廷其他地方，和大使館不相通。從那裡沒有路可以通過去。」

「它有屋頂不是嗎？」

「你不可能上得了屋頂。」馬泰亞斯一臉滿足地說：「獵巫人會和格里沙囚犯與警衛一同工作三個月，作爲訓練的一部分。我曾進過監獄，而就是因爲這樣，那裡才沒有任何通往屋頂的路——如果有人想出辦法離開他的牢房，我們可不希望他在冰之廷到處亂竄。監獄全面封鎖，通不到外層圈另兩個區域。你一進去，就會永遠困在裡頭。」

「永遠都會有出去的路。」凱茲從那疊紙中抽出監獄平面圖。「五層樓對嗎？處理區，外加四層牢房。這裡有什麼？這個地下室？」

「什麼都沒有。洗衣服的地方和焚化爐。」

「焚化爐。」

「對，囚犯抵達的時候會在那裡燒掉衣服，預防疫病，但是——」話一出口，馬泰亞斯就領悟布瑞克在打什麼主意。「我的喬爾神啊，你要我們從焚化爐的豎井爬上六層樓嗎？」

「焚化爐什麼時候運作？」

「如果我記得沒錯，是一大清早，但即使沒火，我們——」

「他不是要叫我們爬上去。」妮娜從下層甲板冒出來。

凱茲坐挺了一點。「誰在照顧伊奈許？」

「羅提。」她說：「我馬上就會回去，只是要點新鮮空氣。如果你打算叫伊奈許拿一根繩索外加一句禱詞就爬上六層樓，就別假惺惺地關心她。」

「幻影做得到。」

「幻影是個正失去意識躺在一張桌子上的十六歲女孩，很可能撐不過今晚。」

「她會撐過的。」凱茲說，眼中閃過某些赤裸的情緒。馬泰亞斯不禁懷疑，如果能夠，布瑞克甚至會親自去地獄把那女孩拽回來。

賈斯柏拿起他的步槍，用一條軟布來回擦拭。「我們現在有更大的問題，為什麼還要聊什麼爬煙囪？」

「更大的問題是什麼？」凱茲問，雖然馬泰亞斯感覺他根本很清楚。

「如果佩卡．羅林斯有一份，孛．育．拜爾這件事我們就沒戲唱了。」

「誰是佩卡．羅林斯？」馬泰亞斯問，在口中翻轉著那些荒謬可笑的音節。克爾斥的名字之於他毫無高尚之處。他知道那人是幫派首領，並且靠著地獄秀賺得口袋滿滿。光這樣就夠邪惡了，但馬泰亞斯知道還不只如此。

韋蘭顫抖著拉扯嘴唇上黏膠似的物質。「就是全克特丹最大、最邪惡的經營者。他有我們沒有的錢、我們沒有的關係，而且很可能已經領先我們一步。」

賈斯柏點點頭。「就這麼一次——我要說韋蘭講得有理。如果真有奇蹟，我們有辦法搶在羅林斯之前劫出孛．育．拜爾，只要他一發現搶先他的人是我們，我們就死定了。」

「佩卡．羅林斯是巴瑞爾的某個老闆，」凱茲說：「就這樣。別再把他說得像個神好嗎？」

好像還有一些什麼，馬泰亞斯想著。布瑞克彷彿沒了稍早殺死巫門時驅策他的暴戾之氣，然而他的話語間仍有揮之不去的強烈情感。馬泰亞斯很確定凱茲．布瑞克痛恨佩卡．羅林斯，而且不只是因爲他炸了他們的船，還雇用打手對他們開槍。這其中瀰漫著過往傷痕與腐壞的血氣。

賈斯柏往後一靠。「你認爲要是沛．哈斯可發現你擋了佩卡．羅林斯的財路，他會挺你嗎？你覺得那老頭想要引戰嗎？」

凱茲搖搖頭，馬泰亞斯從中看見眞心挫敗。「佩卡．羅林斯不是打一出生就身穿天鵝絨、擁有大把克魯格。你格局還是太小了，就和沛．哈斯可處理的方式，或羅林斯希望你處理的方式一樣。幹成這一檔、分了這筆錢，我們會成爲巴瑞爾的傳說，會成爲打敗佩卡．羅林斯的人。」

「也許我們應該放棄從北方推進，」韋蘭說：「如果佩卡的人馬搶先，我們就該直接開進第爾霍姆。」

「港口會到處擠滿守衛，」凱茲說：「更不要提那些原本就有的海關和執法官員。」

「南方？從拉夫卡？」

「那裡的邊界封鎖嚴密。」妮娜說。

「那是很大一片邊界。」馬泰亞斯說。

「但是沒有辦法知道哪裡最脆弱。」她回答。「除非你有某種神奇的情報管道，曉得哪座瞭望塔、哪個前哨基地在運作。除此之外，如果我們從拉夫卡進去，就得同時對付拉夫卡人和斐優達人。」

她的話合情合理，卻令他抬不起頭。在斐優達，女人不會這麼說話，她們不談什麼軍事啊策略什麼的。但妮娜總是如此。

「我們按照計畫從北方進去。」凱茲說。

賈斯柏拿頭去敲船身，遠目看著天空。「好，但要是佩卡．羅林斯把我們殺光，我要叫韋蘭的靈魂教我的靈魂吹長笛，這樣我就可以吵得你的靈魂無法安寧。」

布瑞克撇撇嘴。「我只要雇用馬泰亞斯的靈魂去打爆你的就好。」

「我的靈魂才不會和你們這些靈魂有什麼瓜葛。」馬泰亞斯一本正經地說，接著又想，難不成這海風腐蝕了他的腦子？

第三部
苦痛

16 伊奈許

全都好痛。還有，爲什麼房間在動？

伊奈許慢慢轉醒，思緒混亂不堪。她記得巫門拿刀一刺，記得爬上板條箱、她僅用指尖掛在那兒的時候，人們亂喊亂叫。*下來啊幻影*。但凱茲爲了她回頭，他來拯救他的投資。他們一定成功登上了芙羅琳。

她試著翻身，但實在太痛了。所以她妥協，轉頭就好。妮娜在桌旁一張塞在角落的凳上打著盹兒。伊奈許的一手鬆鬆地握在自己的另一手。

「妮娜。」她啞著嗓子說，喉嚨感覺彷彿卡了一層羊毛。

妮娜猛地驚醒。「我醒了！」她衝口說出，接著雙眼朦朧地凝視著伊奈許。「妳醒了。」她坐得更挺一些。「噢，諸聖啊，妳醒了！」

接著妮娜突然哭了出來。

伊奈許努力想坐起身，卻只能勉強抬頭。

「不，不行，」妮娜說：「不要動，休息就好。」

「妳還好嗎？」

妮娜在淚水之中露出微笑。「我很好，被刺的人是妳，我真不知道自己是怎麼搞的。比起照顧人，殺人實在簡單好多。」伊奈許眨眨眼，然後兩人都笑了起來。「噢噢噢，」伊奈許呻吟。「別讓我笑，實在痛死了。」

妮娜縮了一下。「妳到底感覺怎麼樣？」

「疼，但沒有很嚴重。很渴。」

妮娜給了她滿滿一錫杯的冷水。「乾淨的。昨天有下雨。」

伊奈許小心啜飲，讓妮娜幫她抬起頭。「我昏過去多久了？」

「三天，快四天。賈斯柏簡直要把我們搞瘋了。我覺得看到他好好坐著的時間加起來恐怕不超過兩分鐘。」她突然坐起身。「我得告訴凱茲妳醒了，我們想——」

「等一下，」伊奈許說，欲抓住妮娜的手。「那個……是不是可以不要馬上告訴他？」

妮娜又坐回去，一臉困惑。「當然可以。但是——」

「就今晚，」她暫停一下。「現在是晚上嗎？」

「是。其實剛過午夜。」

「知道是誰在港口追殺我們嗎？」

「佩卡．羅林斯。他雇了黑尖幫和剃刀海鷗阻止我們離開第五港口。」

「他怎麼知道我們要從哪裡離開？」

「還不確定。」

「我看到了巫門——」

「巫門掛了。凱茲殺了他。」

「他殺了巫門？」

「凱茲殺了很多人。羅提看到他去追那些把妳逼上板條箱的黑尖幫。我想他確切用的字句是：『血多到能把整座穀倉抹成紅色。』」

伊奈許閉上眼睛。「那麼多死亡。」在巴瑞爾，他們四面都被死亡包圍，但這是死亡最迫近她的一次。

「他很怕妳出事。」

「凱茲什麼也不怕。」

「妳眞該看看他把妳帶來給我時臉上是什麼表情。」

「我是很有價值的投資。」

妮娜下巴都要掉了。「拜託告訴我，他沒有這麼說。」

「他當然有說。不過沒加『很有價值』四個字。」

「白痴。」

「馬泰亞斯怎麼樣了?」

「也是白痴。妳覺得妳可以吃東西嗎?」

伊奈許搖搖頭。她一點也不餓。

「試著吃點,」妮娜鼓勵道。「目前除了這件事妳沒別的能做了。」

「現在我只想休息。」

「當然了,」妮娜說:「我來關燈。」

伊奈許又將手伸向她。「別關,我還不想馬上睡覺。」

「如果我有東西可以唸給妳聽,我一定會唸。小行宮有個破心者能連續背誦好幾小時的史詩,唸到妳會眞心希望自己死死算了。」

伊奈許笑出來,接著又瑟縮一下。「別走。」

「好,」妮娜說:「既然妳想聊聊,那告訴我,妳手臂上爲什麼沒有酒杯和烏鴉?」

「能從簡單點的問題開始嗎?」

妮娜交叉雙腿,下巴砰咚擱到雙手中。「我等妳說喔。」

伊奈許安靜了好一會兒。「妳看到我的疤了。」妮娜點點頭。「凱茲讓沛・哈斯可付清我和艷之園的契約時，我做的第一件事就是清除孔雀羽毛的刺青。」

「不管是誰弄的，實在弄得很隨便。」

「他不是驅使系，甚至也不是醫士。」那人只是個在巴瑞爾諸多走投無路之人間幹著自己的專業、對這門技巧一知半解的屠夫。他給了她一大口威士忌，接著就如此這般對著皮膚亂切一通，在她上臂留下皺巴巴一層層傷口。可是她不在乎。疼痛就是解放。在異國之家，他們熱愛談論她的皮膚。像加了甜牛奶的咖啡，像發著光澤的焦糖，像綢緞。刀刃砍出的每一道傷口，及隨之留下的疤痕，她都張開雙臂歡迎。「凱茲告訴我，除了讓自己變得有用，其餘我都不必做。」

凱茲教她如何撬保險箱、扒口袋、揮刀舞劍。他送給她她的第一把刀，她將之命名為聖佩塔——不如野天竺葵美，但更實用。她如此想。

*也許我會用在你身上。*她曾這麼說。

他嘆了口氣。*假如妳有那麼嗜血的話。*她分不出他是否在開玩笑。

而今，她稍微在桌上動了一下——疼，但沒有太糟。有鑑於刀子捅得那麼深，她的諸聖必定引導了妮娜的雙手。

「凱茲說，我準備好時，就證明自己真能加入渣滓幫，而我也證明了。但我沒要刺青。」

妮娜揚起眉毛。「我覺得那好像不是可以選的。」

「嚴格來說不是。我知道有些人不懂，但凱茲告訴我……他說那是我的選擇，他說，他不會成爲再次在我身上烙印的人。」

但他還是做了，用他的方式——儘管她盡量往好的那面想。對凱茲．布瑞克產生任何感情是最蠢的那種蠢。她非常清楚這點。然而，他是拯救她的人，更是看見她潛力的人。他在她身上押了注，而那代表著一些什麼——就算他只是爲了一己之私。他甚至給了她「幻影」的稱號。

我不喜歡，她曾說，讓我聽起來像死人。

像一縷幽魂。他糾正道。

你不是說我是要當你的小蜘蛛嗎？爲什麼不用那個就好？

因爲巴瑞爾蜘蛛夠多了。除此之外，妳會希望妳的敵人聽了就怕，而不是只要拿靴尖就能碾死妳。

我的敵人？

我們的敵人。

他幫助她建起一個傳說，像盔甲那樣穿上身，比內在的那個女孩更雄偉、更嚇人。伊奈許嘆了口氣。她不願再去想凱茲了。

「說說話。」她對妮娜說。

「妳的眼皮都要掉下來了。妳該睡一下。」

「不喜歡船。不好的回憶。」

「我也是。」

「那唱點什麼吧。」

妮娜笑出來。「妳記得我剛剛說眞心希望死死算了嗎?妳不會想要我唱歌的。」

「拜託妳?」

「我只知道拉夫卡的民謠和克爾斥的飲酒歌。」

「飲酒歌。唱些吵吵鬧鬧的，拜託。」

妮娜嗤了一聲。「幻影，我只唱給妳聽喔。」她清清喉嚨，唱了起來：「偉大的年輕船長，在海上勇敢無敵，士兵水手，健康無病——」

伊奈許開始咯咯發笑，一面抓住身側。「妳說得沒錯，妳沒有一丁點兒音樂天賦。」

「不是早對妳說了?」

「繼續吧。」

妮娜的歌聲眞的糟透了。但這讓伊奈許在此時此刻能繼續待在這艘船上。她不想去回憶上一回在海上的情景，但回憶是難以抵抗的。

奴隸販子抓走她的那天早晨，她甚至不該在馬車上。她那時十四歲，家人在西拉夫卡海岸避暑，享受海邊風光，並在歐斯科佛郊區一場嘉年華中表演。她應該幫父親縫補網子，但有些犯懶，任憑自己又多睡了幾分鐘，在薄薄的棉布被底下打了盹，聽著浪潮沖激的嘆息聲。

當一個人的影子輪廓出現在篷車門上，她甚至不知道要跑，只是說：「爸爸，再五分鐘。」下一刻他們就抓著她的腿將她拖出馬車。她的頭狠狠撞到地上。他們一共四人，人高馬大，都是船員。當她試圖尖叫，他們塞住了她的嘴。那些人綁住她的雙手手腕，在他們衝進停泊於小海灣的大艇上時，其中一人一把將她扛上肩。

之後，伊奈許得知，那個海岸是奴隸販子很愛的地點。他們會從船上探看蘇利的篷車，並在拂曉後、營地無人看管時划船進來。

旅程剩下的過程是一片模糊。她和其他孩子一起被扔進貨艙。孩子有的較大，有的較小，大多是女孩，但也有幾個男孩。她是唯一的蘇利人，不過少數人會說拉夫卡語。他們告訴她自己被抓走的故事。有一個是從父親的船塢被抓走；一個本來在海邊的潮池玩耍，但亂跑而離朋友太遠；一個是哥哥爲了償還賭債而賣了自己。水手說的語言她不懂，但孩子中有一人表示他們要被帶到克爾斥外島最大的那一個，在那裡被拍賣給私人買家，或克特丹和諾維贊的風月場所。會有來自世界各地的人參與拍賣。伊奈許曾以爲奴隸在克爾斥是違法的，但很顯然，這件事還在持續發生。

她從沒見過拍賣台。當他們終於下錨，伊奈許被帶上甲板，交給她這輩子見過最美麗的女人；一名有著榛果色眼睛和豐盈金髮的高個女人。

那個女人舉起她的提燈，檢查伊奈許身上每一處——牙齒、乳房，甚至雙腳。她扯了扯伊奈許頭上打結糾纏的頭髮。「這得剃了。」接著退後。「漂亮，」她說：「又乾又扁活像平底鍋，但皮膚完美無瑕。」

她就這麼轉過身和水手進行交易，而伊奈許站在那兒，被綁住的手緊揪著胸口，上衣還敞開，裙子仍高高提到腰上。伊奈許能見到海灣中的海浪閃閃映射著月光。*跳吧*，她想，*不管海底有什麼在等，都好過這個女人要帶妳去的地方*。但她沒那勇氣。

如今她所蛻變而成的這個女孩一定會不做他想、直接跳下去——也許帶上一個奴隸販子陪葬——又或者她只是自欺欺人。希琳姨在西埠上前和她搭話時，她根本動彈不得。她沒有變得更強壯、更勇敢，依舊是那個在那艘船的甲板上虛軟無力又受盡羞辱、怕得要死的蘇利女孩。

妮娜還在唱，好像唱著什麼拋棄愛人的水手。

「教我副歌的部分。」伊奈許說。

「妳應該休息。」

「教我。」

於是妮娜教了她歌詞，然後她們一起唱。顛三倒四唱著詞，走音走到無藥可救，直到提燈火光燃燒殆盡。

17 賈斯柏

爲了改變這千篇一律的情況，賈斯柏甚至願意一鼓作氣跳下船。再六天。只要在這船上再待六天——如果他們走運、風向也對——那麼應該能靠岸。斐優達西岸淨是危岩峭壁，只有從第爾霍姆和爾令才能安全進入。而既然這兩個港口的警備都滴水不漏，他們不得不繞一大圈，前往北方那些捕鯨港。他偷偷希望會遭海盜攻擊，但這船實在小到載不了任何有價值的貨物。他們是不值一顧的目標，並在無人干擾之下穿越眞理之海最繁忙的交易航線，飄揚著中立的克爾斥色。沒多久，他們就身處於北方的冷水之中，進入埃森維。

賈斯柏在甲板上鬼鬼祟祟地尋覓，又爬上船索，試圖找船員和他玩牌，清清他的槍。他想念陸地、想念好的食物和更好的淡啤酒。他想念城市。如果他喜歡開闊空間和寧靜，就會留在前線，按父親期望當個農夫。在船上沒什麼事可做，只能研究冰之廷的配置，聽馬泰亞斯發牢騷，以及惹怒韋蘭。你會發現韋蘭老趴在那兒，傾盡全力重現環牆閘門機制的樣貌。

凱茲對那些手繪圖十分激賞。

「你的思路就和撬鎖人一樣。」他對韋蘭說。

「我才沒有。」

「我的意思是你能用三維方式觀察空間。」

「我不是罪犯。」韋蘭抗議道。

凱茲用近乎憐憫的眼神看了他一眼。「你的確不是，你是個和壞朋友混在一起的長笛演奏家。」

賈斯柏在韋蘭旁邊坐下。「學著接受讚美吧。凱茲可是不常說出口的。」

「那不是讚美。我和他一點也不像。我不屬於這裡。」

「我舉雙手贊同。」

「你也不屬於這裡。」

「不好意思喔小商人，你說啥？」

「在凱茲的計畫裡，我們用不上狙擊手，所以你的任務——除了昂首闊步走來走去、弄得大家很焦慮，還有什麼咧？」

他聳聳肩。「凱茲信任我。」

韋蘭嗤了一下，拿起筆。「你確定嗎？」

賈斯柏不自在地動了動。他當然確定。他花了太多時間猜測凱茲·布瑞克的想法。而如果他眞能贏得凱茲一小部分的信任，他值得嗎？

他用兩根拇指各自點了點左輪，說：「等到子彈開始亂飛，你可能會發現有我在旁邊還滿不錯的。那些漂亮的圖可沒辦法保你小命。」

「我們用得上這些平面圖。以防你忘記，我用一顆閃光彈幫助我們離開克特丹港呢。」

賈斯柏噴出一口氣。「還眞是一大妙招。」

「有用啊！不是嗎？」

「你把我們的人和黑尖幫的一起閃瞎了。」

「這個風險是有計算進去的。」

「你計算的應該是『雙手合十，求老天保佑』。相信我，我分得出差別。」

「有聽說。」

「這是什麼意思？」

「意思是大家都知道你離不開打架，也離不開賭博，無論勝率如何。」

賈斯柏瞇眼看著船帆。「如果不是含著金湯匙出生，就要學會碰運氣。」

「我沒有——」韋蘭停住，放下筆。「你憑什麼覺得自己很懂我？」

「我知道的夠多了，小商人。」

「你人真好呢，我自己常覺得懂的好像永遠也不夠。」

「關於什麼？」

「關於一切。」韋蘭咕噥著。

儘管本能叫他不要問，賈斯柏仍忍不住好奇。「例如說？」他追問。

「像這些槍，」他對著賈斯柏的左輪比畫。「發射裝置和一般的不同對吧？如果能讓我把它拆開——」

「你想都不要想。」

韋蘭聳聳肩。「不然像是冰之護城河呢？」他點了點冰之廷的平面圖。馬泰亞斯曾說護城河不是固體的，只是覆在嚴寒水上一片滑溜溜、薄得像威化餅的冰層，完完全全毫無遮蔽，而且不可能越過。

「那個怎麼樣了？」

「水是從哪裡來的？冰之廷在一座山丘上，所以蓄水層或導水管要從哪裡把水送上來？」

「這重要嗎？有橋啊，我們不必越過冰之護城河。」

「但你不會好奇嗎？」

「諸聖啊——才不會。不如給我可以贏下三人黑莓果或瑪卡賭輪的妙招。那才讓我好奇。」

但韋蘭已再次回到手上的工作，臉上失望之明顯。

莫名地，賈斯柏也有些失望。

□

賈斯柏每天早晚都去檢查伊奈許。單是想到她很可能就這麼於碼頭埋伏中喪命，實在把他嚇得要死。儘管妮娜那麼努力，他還是很確定幻影就快死了。

但在某天早上，賈斯柏來到艙房，發現伊奈許坐了起來，穿著馬褲、背心，外加軟襯的背心與有帽兜的短袖外衣。

妮娜正彎著身，手忙腳亂地要把蘇利女孩的腳塞進那雙怪模怪樣的橡膠底便鞋。

「伊奈許！」賈斯柏嘎叫了一聲。「妳沒翹辮子！」

她虛弱地露出個微笑。「我的辮子和大家一樣乖乖的。」

「如果妳又在那邊大講令人沮喪的蘇利智慧小語，那妳一定好多了。」

「別光站在那裡，」妮娜發著牢騷。「幫我把這些玩意兒穿到她腳上。」

「如果妳可以直接讓我——」伊奈許欲開口。

「不準彎身，」妮娜厲聲說道：「不準跳，不準魯莽亂動。如果妳不答應我慢慢來，我就慢下妳的心跳，讓妳保持昏迷狀態直到確定妳完全康復。」

「妮娜・贊尼克，等我一搞清楚妳把我的刀藏在哪裡，我們就要好好來談一談。」

「那妳的起手式最好是：『噢！了不起的妮娜，謝謝妳，謝謝妳在這趟悲慘的旅程中清醒的每一刻都在拯救我可憐的小命。』」

賈斯柏以為伊奈許會笑，所以，當她用雙手捧住妮娜的臉，說「在命運打算把我拖往來生的時候，謝謝妳讓我還能留在這一世。我欠妳的這輩子都還不完」時，他簡直嚇瘋了。

妮娜臉整個紅了。「我是在開妳玩笑，伊奈許，」她暫停了一下。「我想我們兩人欠的債都夠多了。」

「這個債我很樂意揹。」

「好了好了，等我們回克特丹，帶我去吃鬆餅。」

現在伊奈許眞的笑了出來。她垂下雙手，似乎在思索。「一份甜點換一條命？我不知道這樣划不划算啊。」

「我想要眞的超好吃的鬆餅。」

「我正好知道個好地方，」賈斯柏說：「他們有一種蘋果糖漿——」

「沒有邀你，」妮娜說，「現在快來幫我扶她站起來。」

「我自己可以站起來。」伊奈許悶哼著一面從桌上滑下，一面站起。

「聽我的話。」

伊奈許嘆了口氣，抓住賈斯柏伸過來的手臂，他們成功走出艙房、上去甲板，妮娜跟在他們身後。

「這真的很蠢，」伊奈許說：「我很好。」

「妳是很好，」賈斯柏回覆，「不過我任何時刻都可能昏倒，所以可不要太鬆懈。」

他們一到甲板上，伊奈許就用力捏了他手臂，讓他停下。她頭往後仰、深深呼吸。今日天氣灰得像石頭，海水是一片陰冷暗藍，偶爾點綴白色碎浪，天空密布著雲層，強風盈滿船帆，推送著這艘小船破浪前進。

「在這種冷天裡感覺真好。」她呢喃著說。

「這種冷天？」

「風吹在頭髮裡、海水噴在皮膚上，是活著才感覺得到的冷。」

「在甲板上轉兩圈，」妮娜警告道：「然後就回床上。」她去船尾加入韋蘭。賈斯柏一點也沒有錯過，注意到她去的是船上距馬泰亞斯最遠的地方。

「他們從頭到尾一直這樣嗎？」伊奈許問，眼神在妮娜和那個斐優達人之間來回。

賈斯柏點點頭。「看起來活像兩頭山貓在繞圈對峙。」

伊奈許發出一小聲哼哼。「那麼，等他們撲向對方，他們打算怎麼辦？」

「用爪子互抓到死？」

伊奈許翻翻白眼。「難怪你在牌桌上表現得那麼爛。」

賈斯柏領她朝船欄杆走去，這是能在不礙到任何人的狀態下，最接近散步的行爲。「我本來應該會威脅說要把妳丟進水裡，但凱茲在看。」

伊奈許點點頭。她沒有抬頭看向凱茲所在的位置，他站在船舵那裡，在史貝特旁邊。但賈斯柏看了，還興高采烈地對他揮揮手。凱茲的表情沒有改變。

「三不五時笑一笑是會要他的命嗎？」賈斯柏問。

「很可能喔。」

所有船員都出聲招呼、高喊好運，賈斯柏能感覺到伊奈許每聽到一聲「幻影回來了！」的歡呼就更開心一些。就連馬泰亞斯都尷尬地對她點了個頭致意，說，「我知道我們之所以能活著離開港口，是因爲有妳。」

「我想是因爲很多人。」伊奈許說。

「例如因爲我。」賈斯柏熱心表示。

「都一樣。」馬泰亞斯不理他。「謝謝妳。」

他們繼續走，賈斯柏看見伊奈許咧開嘴，唇瓣形成一個心滿意足的笑。

「驚訝嗎？」他問。

「有一點。」她承認。「我和凱茲混在一起那麼久。我想我是——」

「受人重視是一種全新的經驗。」

她稍微逸出個竊笑，又用手壓著身側。「笑起來還是會痛。」

「大家很高興妳還活著。我也很高興。」

「我也希望。我想我只是一直都不覺得自己融入了渣滓幫。」

「妳沒融入啊。」

「謝了喔。」

「我們這幫人感興趣的事情不多，妳又不賭博、不罵髒話，也不飲酒過量。但獲得高人氣是有祕訣的；而在埋伏中冒著生命危險，拯救同志戰友不被炸成碎片——交友妙方。」

「只要我不必參加派對就好。」

當他們抵達前甲板，伊奈許靠著欄杆望向地平線。「他有來探望過我嗎？」

賈斯柏知道她指的是凱茲。「每天。」

伊奈許那雙深色雙眸轉向他，搖搖頭。「你讀不了別人的心，也唬不了人。」

賈斯柏嘆了口氣。他眞是討厭讓任何人失望。「他沒有。」他承認道。

她點點頭，又回去看海。

「我覺得他不喜歡傷兵。」賈斯柏說。

「誰喜歡呢？」

「我的意思是，我認爲在妳那種狀況下，他很難待在妳旁邊。妳受傷的第一天……他稍微有點失控。」承認這件事讓賈斯柏悵然所失。如果換成賈斯柏身上插了把刀，凱茲也會變成那副瘋狗含淚的抓狂樣嗎？

「這是當然的。這可是六人任務，他很顯然需要我爬上焚化爐的一條通風井。要是我死掉，計畫就整個垮了。」

賈斯柏沒有反駁。他無法假裝自己理解凱茲，或明白驅策著他的到底是什麼。「那我問妳一下：韋蘭和他父親之間爲什麼大失和？」

伊奈許迅速往上瞥了凱茲一眼，再回頭打量，確認沒有船員在附近偷偷摸摸。凱茲說得很清楚，即使是和任務幾乎八竿子打不著的情報，都只能在他們六人之間流通。「我不是很確定，」

她說：「三個月前，韋蘭出現在巢屋附近的一間廉價旅社。他用了另一個姓氏，但凱茲會監視巴瑞爾每一個新出現的人物，所以他讓我去探探消息。」

「然後呢？」

伊奈許聳聳肩。「范艾克家的僕人封口費收得妥妥當當，非常難收買。我拿到的訊息也不怎麼一致。有謠言說，韋蘭被抓到和他的家教在廝混。」

「眞的假的？」賈斯柏不敢置信。*還眞是深藏不露。*

「只是謠言。而且韋蘭感覺也不像要離家找地方和愛人一起住。」

「我不認爲是這樣。范艾克每週寫信給韋蘭，韋蘭甚至連信封都沒打開。」

「那范艾克老爸爲什麼把他踢出家門？」

「信上都說什麼？」

伊奈許小心地往後靠著欄杆。「你覺得我都讀過了。」

「妳沒讀嗎？」

「我當然讀了。」接著她皺起眉，回想。「就只是同樣的內容，重複了一遍又一遍：『如果你讀懂這封信，就會知道我多希望你回家。』不然就是：『我祈禱你能讀懂這些內容，想想你都拋下了些什麼。』」

賈斯柏朝正和妮娜聊天的韋蘭看一眼。「神祕的小商人。不曉得范艾克到底是做了什麼，竟然糟到讓韋蘭甘願跑到貧民窟和我們瞎混。」

「現在換我問你了，賈斯柏。你爲了什麼加入這趟任務？你明知道這一趟有多危險，我們回得來的機率有多少。我知道你愛挑戰，但即便是你，這趟還是太誇張了。」

賈斯柏看著洶湧往上沖的陰鬱浪濤，以無止境的陣勢不斷奔向地平線。他從不喜歡海洋，不愛腳下是未知的那種感受，很可能有某種飢餓且滿口尖牙的玩意兒等著將他往水底下拖。而今，他每一天都有這種感覺，即便是在陸地上。

「我欠債啊，伊奈許。」

「你一直都欠債。」

「沒有，這次眞的很慘。我向不對的人借了錢。妳知道我父親有座農場吧。」

「在諾維贊。」

「對，在西方。今年剛開始盈利。」

「噢，賈斯柏，不會吧。」

「我需要貸款……我告訴他說，這樣我才能完成在大學的學位。」

她瞪著他。「他以爲你是學生？」

「我就是爲了這個才來克特丹。我在城市裡的第一週，和一些學生一起去了東埠。我在桌上放了幾張克魯格，那只是一時興起，我甚至不懂瑪卡賭輪的規矩。但當發牌員把輪盤一轉，我從沒聽過這麼美妙的聲音。我贏了，然後一直贏下去。那是我這輩子最棒的一晚。」

「之後你就一直追逐著那種感覺。」

他點點頭。「我實在該留在圖書館。我贏了、我輸了、我又多輸了些。我要用錢，所以開始接那些幫派工作。有天晚上，兩個人在小巷中突襲我，凱茲打倒他們，我們就開始一起幹活。」

「那幾個男孩很可能是他雇的，這樣你就會覺得欠了他。」

「他不會──」賈斯柏講到一半笑出來。「噢，他當然會。」他活動活動指節，專注地看著手掌的紋路。「凱茲他……我不知道。他和我認識的任何一個人都不一樣，總是讓我驚訝。」

「的確。就像你衣櫃抽屜裡冒出一顆蜂窩。」

賈斯柏爆出大笑。「就是那樣啦。」

「所以我們在這裡做什麼呢？」

賈斯柏又調轉視線去看海，覺得臉頰熱了起來。「祈禱著能得到點蜂蜜吧我想，並求神拜佛不要被蜜蜂螫。」

伊奈許用自己的肩膀撞撞他肩膀。「那麼至少我們的蠢都是一樣的。」

「幻影，我是不知道妳有怎樣的藉口啦。畢竟我是個連一手爛牌都放不下的人。」她勾著他的手。「賈斯柏，所以你是個爛賭徒，卻是個好朋友。」

「妳人太好，他不配啦，妳懂的。」

「我知道。你也是啊。」

「我們走一走？」

「好。」伊奈許說，在他旁邊和他一起走。「然後呢，我要你幫我引開妮娜，這樣我才能去找我的刀。」

「沒問題。我去帶赫佛來就行了。」他們朝著甲板另一側出發時，賈斯柏回頭瞥了船舵一眼。凱茲動也不動，仍注視著他們，眼神既冷又硬，臉上表情一如往常無法解讀。

18 凱茲

打從伊奈許從醫療艙房冒出來，凱茲花了兩天才去靠近她。她一人坐在那兒，交叉著雙腿，背抵船殼，正在啜飲一杯茶。

凱茲跛著腳朝她走去。「我想給妳看個東西。」

「我很好，謝謝你的問候。」她說，並抬頭看他。「你也好嗎？」

他感到嘴唇一抿。「好到不能再好了。」凱茲笨拙地俯身在她旁邊坐下，柺杖擱到一邊。

「腿不舒服嗎？」

「沒有不舒服。看。」他將韋蘭畫的監獄區域圖在兩人之間展開。韋蘭的平面圖多半由上往下表現出冰之廷的樣貌，但監獄立面圖則是由側面。有個交疊的區域，描繪出這棟建築一層疊一層的樓層。

「我看過了，」伊奈許說，一指由地下室一路往上，畫出一道直線來到屋頂。「從煙囪直上六層樓。」

「做得到嗎？」

她揚起深色的眉毛。「難道有別的選項嗎？」

「沒有。」

「所以，如果我說我爬不上去，你會叫史貝特把船調頭，帶我們回克特丹嗎？」

「我會想出另一個選項，」凱茲說：「還不知道是什麼，但是我絕不會放棄這筆錢。」

「你知道我做得到，凱茲，你也知道我不會拒絕。所以有什麼好問的？」

因爲我花了兩天想找個藉口和妳說話。

「我想確定妳清楚我們要和什麼東西交手——還有妳有研究過平面圖。」

「難道有考試嗎？」

「有喔，」凱茲說：「如果妳考砸，我們最後會困在斐優達監獄裡頭。」

「嗯哼，」她說，又啜了口茶。「而我最後會翹辮子。」她閉上雙眼，頭往後靠著船殼。

「我在擔心去港口的逃跑路線。我不喜歡只有一條退路。」

凱茲也往後倚靠著船殼。「我也是，」他承認道，伸展著跛的那條腿。「但斐優達人就是故意建成那樣的。」

「你信任史貝特嗎？」

凱茲側看她一眼。「有什麼不該信任他的理由嗎？」

「完全沒有，可要是芙羅琳沒在港口等我們……」

「我夠信任他了。」

「他欠你？」

凱茲點點頭，打量周圍後才說：「海軍因為他不服管教把他踢出來，而且拒絕給他撫卹金。他得養一個住在貝蘭德的妹妹；我幫他弄到了錢。」

「你人還真好。」

凱茲瞇起雙眼。「我可不是什麼童話裡的角色，專做一些無傷大雅的惡作劇，或偷有錢人的錢給窮人。這世上有該賺的錢，也有該拿的情報。史貝特對海軍的航線瞭若指掌。」

「永遠不讓人白吃午餐，凱茲，」她的目光堅定。「這我知道。但還是一樣——假如芙羅琳遭到攔截，我們就沒路離開第爾霍姆了。」

「我會把大家弄出去，妳知道的。」

說妳知道。他需要聽她這麼說。這項任務與過去嘗試的那些完全不同。她提出的所有質疑都合情合理，也與他腦中的恐懼有所共鳴。他們離開克特丹前，他斥責過她，說如果她不認為他辦得到，他就去找新的蜘蛛。他要知道伊奈許相信他能辦到，能把他們帶進冰之廷，並一如在其他任務中那樣，讓其他成員感到他能把大家完好無缺、堂堂正正地弄出去。他要知道她信任他。

可是，她卻只說：「我聽說在港口拿槍射我們的就是佩卡・羅林斯。」

凱茲感到一股失望。「所以呢？」

「凱茲，別以爲我沒注意到你對他窮追不捨的模樣。」

「他只是某一個頭頭，巴瑞爾的另一個惡棍。」

「不，他不是。你在追殺其他幫派時公事公辦，換成佩卡・羅林斯就帶有私怨。」

後來他也不太確定自己爲什麼說出口。他從沒告訴任何人，從沒大聲講出這些話。然而此時，凱茲的視線盯著他們上方的船帆，說：「佩卡・羅林斯殺了我哥哥。」

他不必去看伊奈許的表情就能感到她的震驚。「你有哥哥？」

「我有過很多別的。」他低喃著說。

「我很遺憾。」

他想要的難道是她的同情？是因爲這樣才告訴她的嗎？

「凱茲——」她遲疑著。她會怎麼做？試圖把手放到他臂上，以示安慰？說她能理解？

「我會爲他祈禱。」伊奈許說：「我無法祈禱他今生的平靜，但能祈禱他死後的安寧。」

他轉過頭。兩人坐得很近，肩膀幾乎相碰。她的雙眼是深棕色，幾近爲黑，而就這麼一回，她放下了頭髮。伊奈許向來把頭髮一絲不苟地全往後梳，盤成死緊的一圈。即使與他人如此靠近早該讓他渾身爬滿雞皮疙瘩，凱茲卻想，如果我再靠近一點會怎麼樣呢？

「我不要妳的祈禱。」他說。

「那你要什麼？」

過往答案輕易浮現腦中。錢，復仇，讓約迪在我腦中的聲音永遠安靜下來。但是，有個前所未有的回覆在他體內嘶吼著甦醒，嘈雜又堅持不懈，不請自來。妳，伊奈許，我想要妳。

他聳聳肩，轉過去。「被我的金子埋在底下壓死。」

伊奈許嘆了口氣。「我還是會爲你祈禱心願成眞的。」

「又祈禱？」他問，「那妳又想要什麼呢，幻影？」

「遠離克特丹，再也不要聽到這三個字。」

很好，這麼一來他又得找隻新蜘蛛了。不過這樣就能擺脫這令他分心的事物。

「妳從三千萬克魯格分到的那份可以讓妳美夢成眞。」他手一撐站起，「所以，把祈禱用在好天氣和笨守衛上吧。就不必給我了。」

□

凱茲跛行至船頭，對自己感到心浮氣躁，對伊奈許則有點火大。他爲什麼要去找她？爲什麼要告訴她約迪的事？他已經煩躁分心了好幾天。他向來習慣有幻影在身邊——餵他窗外的烏鴉，他在桌前工作時磨利她自己的刀，拿那些蘇利古諺斥責他。他想要的不是伊奈許，只是想回到那般日常。

凱茲靠在船欄杆上，恨不得自己沒說出關於哥哥的任何字句。即使只是寥寥幾字也召喚來回憶，大聲鼓譟、呼求他的關注。在交易所，他對吉珥斯說了什麼？我是那種巴瑞爾特產的混蛋。又是一個謊言，又是一段他爲自己編織出的神話。

他們父親死後——他被犁田的機器碾壓，內臟猶如一排濕答答的紅色花蕊在土地上到處散落——約迪賣了農場，錢不多，單是債務和抵押權就差不多了。不過依然足夠供他們平安前往克特丹，並以最低生活條件過上好一陣子。

凱茲那時九歲，仍十分想念爹地，也對從他所知的唯一家園踏上旅程感到畏懼。旅程途中，他緊緊握著哥哥的手，一面行經數哩高低起伏的美麗鄉野，直到抵達其中一條主要水路，跳上一艘載運農產品去克特丹的大船。

「我們到那裡以後會怎麼樣呀？」那時他問約迪。

「我會在交易所找個跑腿的工作，接著當辦事員。我會變成股東，再變成體面的商人，然後賺一大筆錢。」

「那我呢？」

「你要去上學。」

「那你為什麼不上學？」

約迪輕蔑一笑。「我年紀太大了不能上學——也太聰明了。」

在城市裡的頭幾天，完全如約迪所承諾。他們沿著人稱利德區的港口漂亮弧線漫步，接著在東埠見識到所有宏偉的賭場。他們並沒冒險走得太南，因為聽過一些警告，說越過去街頭就越危險。他們在距離交易所不遠的乾淨寄宿屋落腳，並嘗試了見到的每一種新食物，大啖榲桲糖到要吐出來。凱茲喜歡那些蛋捲小攤。在那兒，你想往蛋捲裡加什麼料都能任選。

每天早上，約迪會去交易所找工作，並要凱茲待在房中。對於他們這樣無親無故的小孩，克特丹並不安全。這裡有小偷、扒手，甚至有會綁走小男孩賣給最高出價者的男人。因此凱茲留在房裡。他會把椅子推到水盆前，爬得高高，這樣就能看到鏡中的自己，並照著在某間賭場前方表演的魔術師那樣，試著讓錢幣變不見。凱茲可以這麼看個好幾小時，直到最後約迪把他拖走。那些紙牌戲法的確很棒，但是錢幣消失的花招讓他夜不成眠。魔術師到底怎麼做到的？上一刻它還在，下一刻就不見了。

所有災難始於一隻發條小狗。

約迪飢餓且不耐地回到家，因為又浪費了一天而滿心挫折。「他們說沒工作——可是真正的意思是：沒工作給我這種小孩。那裡的每個人都是誰誰的表親，或兄弟，或好友的兒子。」

凱茲也沒心情鼓勵他。在房裡待了這麼久，除了錢幣和紙牌陪伴，什麼也沒有，他也忿忿不平。他想去東埠找那個魔術師。

多年後，凱茲總會想，如果約迪沒有縱容他不曉得會怎樣；如果他們改成去港口看船，或者就只是走往運河的另一側。他很想相信那樣真可能有所不同。然而，當他年紀越長，就越懷疑其實不會有什麼差別。

他們經過翡翠皇宮那艷麗刺目的綠色，就在隔壁的金礦賭場前面，有個賣機械小狗的男孩。那種玩具可用一把黃銅鑰匙轉緊發條，以僵硬的腿搖擺著走路，錫耳還一面拍動。凱茲蹲了下來，轉動所有鑰匙，試圖讓每一隻狗同時搖晃走動，而那個賣玩具的男孩和約迪聊了起來——結果發現他是從里居來的，距離凱茲和約迪長大的地方差不多再過去兩個鎮，而且他知道有跑腿的缺——不是在交易所，是在這條街上的一個辦公室，所以約迪明天早上應該過來看看，他說，他們可以一起去找對方談。男孩自己也想找個跑腿的工作。

回家路上，約迪給他和自己各買了杯熱巧克力，不是一杯兩人分。

「我們要轉運了。」他說。他們用雙手握住熱氣蒸騰的杯子，雙腳跨過一條小小的橋，懸在空中，船埠的燈光在水上晃動。凱茲低頭望著他們映在運河閃亮水面的影子，這麼想著，我現在就覺得很幸運。

那個賣機器小狗的男孩叫菲力，而他認識的那個人叫雅各．賀琮，是個小商人，擁有交易所附近一間小咖啡屋。他會在那裡安排入門投資者拆分途經克爾斥商旅中得到的金錢。

「你該去看看那裡。」那天，約迪很晚才到家，得意洋洋地對凱茲說：「無時無刻都有人在那裡交談，交換消息、買賣股份和期貨，都是些平凡人——屠夫、麵包師和鐘錶匠。賀琮先生說，任何人都能變得富有，只要一點運氣，並且交對朋友。」

下一個禮拜有如快樂的夢境。約迪和菲力給賀琮先生當跑腿，帶消息去碼頭，也把消息從那裡帶回來，時不時在交易所或其他交易處幫他下單。他們工作時，凱茲被允許待在咖啡屋。吧檯後負責按單做飲料的人會讓他坐在櫃檯前練習魔術手法，不管要多少熱巧克力，對方都給他。

他們受邀去賀琮家吃晚餐，那是銀之街上一棟富麗堂皇的房屋。藍色前門、窗戶有白色蕾絲窗簾。賀琮先生是個臉面紅潤友善、生著濃密灰鬢角的大個子。他的妻子瑪吉捏捏凱茲的雙頰，餵他吃煙熏香腸做的燉菜，而他在廚房和他們的女兒沙絲奇雅一起玩。沙絲奇雅十歲，凱茲覺得她是他這輩子看過最漂亮的女孩。他和約迪在那裡待到很晚，徹夜唱歌，瑪吉一面彈鋼琴，他們家的銀毛大狗隨音樂荒腔走板地碰碰拍動尾巴。那是凱茲在父親死後感到最美好的一刻。賀琮先生甚至讓約迪丟了一小筆錢進公司股份。約迪想投資更多，但賀琮先生總是勸誡他要小心。「孩子，一次一小步，一小步就好。」

當賀琮先生的朋友從諾維贊回來，情況甚至更佳。那人是克爾斥商船的船長，似乎偶然在贊米港口認識一個糖商。那商人喝得爛醉，發牢騷說他和鄰居的甘蔗田被水淹了。現在雖然糖價很低，但是等到人們發現下個月要得到糖有多困難，價格就會一飛沖天。賀琮先生的朋友打算在消息抵達克特丹之前盡可能把糖買光。

「感覺有點像作弊。」凱茲小聲對約迪說。

「這不是作弊，」約迪嗤之以鼻。「只是一筆好生意。要是沒有一點額外幫助，普通百姓是要怎麼在這世上往上爬？」

賀琮先生讓約迪和菲力分別透過三間不同的辦公室下單，以確保這種大量購買不會吸引不必要的注意。作物歉收的消息傳來，而幾個男孩坐在咖啡屋，看著黑板上的價格上升，努力壓抑心中歡喜。

當賀琮先生認爲股價已衝到不能再高，就叫約迪和菲力賣出、收款。他們回到咖啡屋，賀琮先生直接從自己保險箱分別將兩人賺到的利潤拿給他們。

「我不是告訴過你嗎？」他們朝著克特丹的夜色前進時，約迪對凱茲說：「運氣，還有對的朋友！」

只不過，幾天後賀琮先生又告訴他們一個從他的船長朋友聽來的密報。那人聽說下一批約韃也有類似的消息。「今年的雨量嚴重打擊了每一個人。」賀琮先生說：「但這一次不只是田毀了，伊姆斯那兒的碼頭倉庫也一樣。這會是很大一筆錢，而我打算要下重本。」

「那我們也該這麼做。」菲力說。

賀琮先生皺起眉。「可是孩子們啊，這恐怕不是你們能參與的交易。即使是最低的投資金額對你們兩個來說都太高了。不過之後還會有更多買賣的！」

菲力很憤怒，他對著賀琮先生大吼大叫，說這一點也不公平。他說賀琮先生就和交易所其他商人一樣，自己吞了全部錢財，還用一些讓凱茲不禁畏縮的髒話罵賀琮先生。當他氣沖沖離開，咖啡屋裡所有人都注視著賀琮先生尷尬漲紅的臉。

他回到自己的辦公室，無精打采地縮在椅子上。「我……我也沒辦法改變做生意的方式啊。那些談生意的人只想要大投資者，他們想要能承擔風險的人。」

約迪和凱茲就站在那兒手足無措。

「你也很氣我嗎？」賀琮先生問。

當然不氣，他們向他保證。菲力才不公平呢。

「我可以理解他為什麼生氣，」賀琮先生說：「這種機會不常有，但我真的沒有別的辦法。」

「我有錢。」約迪說。

賀琮先生寵溺地露出微笑。「約迪，你是個好孩子，有一天你一定能在交易所稱王，我一點也不懷疑——但你沒有那些投資者要的大量資金。」

約迪抬起了下巴。「我有。我有賣掉父親農場的錢。」

「而我想那應該是你和凱茲賴以維生的一切。那不是可以拿來在交易上冒險的，不管這筆收入有多確定。你這種年紀的孩子不該——」

「我不是孩子。如果這是好機會，那我想要抓住。」

凱茲永遠都會記得這個瞬間。見到貪婪掌控了自己的哥哥，那隻看不見的手引領他向前，操弄就此開始。

賀琮先生最終還是同意了。他們都回到銀之街的房子，深談到入夜。凱茲的腦袋靠在銀毛狗的身側睡著了，而一手緊緊抓著沙絲奇雅的紅色緞帶。

當約迪終於把他叫醒，蠟燭已經燒得很短，時間也到了早上。賀琮先生找來他的生意伙伴，起草與約迪簽訂的貸款合約。因爲約迪的年紀，他會把錢貸給賀琮先生，由賀琮先生來下單。瑪吉給了他們奶茶和溫熱的鬆餅，上頭加了酸奶油和果醬。接著，他們一同前往持有約迪賣農場所得資金的銀行，由約迪簽名轉給他們。

賀琮先生堅持護送兩人回到住宿處，在門口擁抱他們。他將貸款合約交給約迪，並提醒他一定要小心收好。「好了，約迪，」他說：「雖然這交易失敗的可能性非常低，但永遠都在。萬一眞的失敗，我就只能相信你不會拿這份合約要求收回貸款了。我們兩人一定要一起承擔風險，我就這麼相信你了。」

約迪綻出微笑。「一言爲定。」他說。

「一言爲定。」賀琮先生驕傲地說，然後他們就如那些體面商人一樣握握手。賀琮先生遞給約迪厚厚一綑克魯格。「去吃一頓好的慶祝，一週後再來咖啡屋，我們可以一起看著價格往上飆。」

那週，他們在利德區的商店街玩騎士紙牌和賭鐵釘，約迪給自己買一件漂亮的新外套，給凱茲買一雙新的軟皮靴。他們吃鬆餅、吃炸馬鈴薯，約迪還在酒之街一間書店買下先前超級想看的每本小說。那週結束，他們手牽著手走去咖啡屋。

人去樓空。前門鎖起，上了門閂。當他們將臉貼上黑暗的窗戶，所有東西都不見了——桌子、椅子、大銅壺、貼著當天交易數字的黑板。

「我們轉錯彎了嗎？」凱茲問。

但他們知道自己沒有。兩人緊張而無聲地走去銀之街的房子，敲在亮藍色門上的聲音無人回應。

「他們只是稍微出個門。」約迪說。他們在階梯上等了好幾個小時，直到太陽開始下山。沒人來訪，也沒人出門；窗裡也沒點起蠟燭。

終於，約迪鼓起勇氣去敲鄰居的門。「誰？」一個頭戴小小制服白帽的女僕應門。

「妳知道隔壁住的那家人去了哪裡嗎？就是賀琮家？」

女僕皺起眉。「我想他們只是暫時從澤佛特到訪這裡而已。」

「不是的，」約迪說：「他們住在這裡好多年了，他們——」

女僕搖搖頭。「那棟房子在前一家人搬走後空了將近一年，幾個禮拜前才租出去。」

「但是——」

她直接當著他的面把門關上。

凱茲和約迪沒向對方說一句話。回家路上沒有，爬上樓梯、回到住宿處的小房間時也沒有。

他們坐在那裡好久好久，越來越陰沉。人們開始忙傍晚的工作時，聲響從下方運河飄上來。

「他們出了點事，」最後，約迪說：「一定是發生意外或什麼緊急狀況。他很快會寫信來，他會派人來找我們。」

那晚，凱茲從枕頭底下將沙絲奇雅的紅緞帶拿出來，整齊地捲成一個螺旋，緊緊捏在掌中。他躺在床上，試圖祈禱，腦中卻只想到那個魔術師的硬幣：原本還在，卻旋即消失。

19 馬泰亞斯

太難受了。他沒料到經過這麼久，第一次看到家園竟會這麼艱難。他登上芙羅琳後有超過一週的時間可準備，腦袋裡卻塞滿了他所選擇的路、妮娜，以及將他從監獄牢籠帶出來，又放上一艘在無垠天空下全速朝北前進的船的殘酷魔法。他仍受綁縛——不僅是鐐銬，還加上他將要做的事帶來的重荷。

下午時分，他終於窺見一眼北方海岸的景象，但史貝特決定等到薄暮時分才上陸，期望暮色能稍作掩護。沿岸有捕鯨人的村落，沒有誰想被目擊。儘管他們僞裝成捕獸人，渣滓幫仍是太過惹眼的一群。

他們在船上過了一晚，第二天清晨，妮娜蒐集了賈斯柏和伊奈許一同貢獻出來的冬天裝備給他。馬泰亞斯對伊奈許的恢復力刮目相看。雖然她眼下仍有黑影，卻已行動自如。而就算她會痛，也藏得很好。

妮娜拿出一支鑰匙。「凱茲讓我來解開你的鐐銬。」

「晚上會再把我銬起來嗎？」

「那要看凱茲——和你吧，我想。坐。」

「鑰匙給我就好。」

妮娜清清喉嚨。「他也叫我幫你塑形。」

「什麼？爲什麼？」他無法忍受妮娜用巫術改變他外貌的念頭。

「我們現在到了斐優達，他要你看起來別那麼像……像你自己，以防萬一。」

「妳知道這國家有多大嗎？那個機率——」

「在冰之廷你被認出來的機率會相對高，而我沒辦法一次改變你整個外貌。」

「爲什麼？」

「我的塑形技術沒那麼強。雖然現在已是驅使系訓練的一部分，可是它和我就是沒緣。」

馬泰亞斯鼻子噴了一口氣。

「怎樣？」她問。

「從沒聽妳承認自己不擅長什麼。」

「怎說呢，這機率少之又少。」

他發現自己的嘴唇彎出微笑，並因此驚恐萬分。不過，只要想到臉被變個樣，要壓下這笑就再容易不過。「布瑞克要妳對我做什麼？」

「沒什麼太激烈的。我會改變你眼睛和頭髮的顏色——隨便你想改成什麼顏色都行。反正不會是永久的。」

「我不想要。」*我不想要妳靠近我。*

「這不會太久，而且也不會痛，但如果你想和凱茲爭論這個……」

「好吧。」他決定豁出去。和布瑞克爭執毫無意義，尤其他可以輕易地用特赦的承諾奚落馬泰亞斯。馬泰亞斯拿起一個水桶，翻過來、坐上去。「現在，可以給我鑰匙了嗎？」

她把鑰匙遞給他，然後在她帶過來的一個盒中東翻西找。他則解開手腕的鐐銬。那只盒子有個握柄與好幾格小抽屜，裡頭塞滿裝在小瓶中的粉末和顏料。她從抽屜取出裝了某種黑色物體的小盅。

「那是什麼？」

「黑銻。」她上前靠近他，一指指尖將他下巴往後推。「別咬牙，馬泰亞斯。你會把自己的牙磨光的。」

他交叉雙臂。

她搖出一些銻撒在他頭皮上，憐憫地嘆著氣。「爲什麼勇敢的獵巫人馬泰亞斯・赫佛不吃肉呢？」她一面進行，一面用戲劇化的嗓音問道：「這眞是個悲傷的故事啊孩子，因爲他的牙齒被可憎的格里沙一顆顆挑走，現在只能吃布丁。」

「夠了。」他咕噥著說。

「什麼夠了？頭往後。」

「妳在搞什麼？」

「把你的眉毛和睫毛染深啊。你懂的，就是女孩去參加派對前會做的事。」他的臉一定扭曲了，因爲她爆出笑聲。「你這什麼表情！」

妮娜傾身靠近，在將銻的顏色擷取出來、染到他眉毛上時，她的波浪棕髮拂著他兩邊臉頰，她以一手捧住他的臉。

「閉上眼睛。」她低聲說道，兩根拇指移向他睫毛，而他領悟到自己正憋著氣。

「妳聞起來再也不像玫瑰了。」他說，下一刻卻好想踢死自己。他根本不該注意到她的氣味。

「我聞起來可能像艘船吧。」

不對，她聞起來很甜、很美好，就像……「太妃糖？」

她帶點罪惡感地飄開眼神。「凱茲說打包旅途中會要用的東西，女生總得吃零食呀。」她將手伸進口袋，拿出一袋太妃糖。「要一個嗎？」

要。「不要。」

她聳聳肩，塞了一個到自己嘴裡，轉轉眼睛，開心地嘆息。「有夠好吃。」

這領悟令他感到無地自容。然而，他深知自己可以看她吃東西看一整天。這也是他最喜歡妮娜的諸多特色之一——她什麼都吃得津津有味。不管是太妃糖、小溪中的冷水或馴鹿肉乾。

「現在換眼睛，」她一面從箱中拿出一個小瓶，一面含著糖果說：「你要把眼睛睜開。」

「那是什麼？」他緊張地問。

「是一名叫娟雅·沙芬的格里沙發明的染料。這是改變眼睛顏色最安全的方式。」

她再次傾身靠近，臉頰因寒冷而呈現玫瑰色，嘴巴微微張開。她的雙唇距離他的只有幾吋。只要他坐挺一些，就會吻到了。

「你得看著我。」她指示道。

我有。他轉動目光與她對視。妳記得這海岸嗎？妮娜？他想問，雖然心裡清楚她一定記得。

「妳要把我的眼睛變成什麼顏色？」

「噓，這很難。」她輕輕滴了幾滴到手指上，移近他的眼睛。

「妳爲什麼不能就這麼放進去就好？」

「你爲什麼不能就這麼閉嘴？是想要我弄瞎你嗎？」

他安靜了。

終於，她往後退，環視他的五官。「深色的，」她說，接著眨了眨眼。「就像太妃糖。」

「你們打算怎麼處置孛．育．拜爾？」

她挺直身體走開，抹去臉上的表情。「你是什麼意思？」

看到她原先的一派輕鬆消失殆盡，他不禁感到遺憾——但那不重要。他回過頭確認沒人偷聽。「妳很清楚我是什麼意思。我連一秒都不信妳會讓這些人把孛．育．拜爾交給克爾斥商會。」

她把瓶子放回其中一格小抽屜。「我們抵達冰之廷前至少還得這樣重複兩次，我才能加深顏色。收收你的東西。凱茲要我們準備好準時離開。」她啪地一下關上蓋子，拿起鐐銬，消失身影。

□

等他們終於高聲對船員道別，天空已從粉紅轉爲金色。

「第爾霍姆港見。」史貝特喊道，「無人送葬。」

「無須喪禮。」其餘人回應。這些怪傢伙。

詳細來說，關於他們到底要怎麼接觸孛．育．拜爾，再帶上那名科學家逃出冰之廷，布瑞克對此守口如瓶到令人挫折。但他清楚地表示，一旦這個大獎入手，芙羅琳就是他們的逃脫之路。船上備有印著克爾斥璽印的文件，說明所有費用和申請書都是為漢拉灣公司的代表人準備，用以將毛皮和貨物從斐優達運送到南克爾斥的港口城市澤佛特。

他們啟程，從岩石海岸上到懸崖側邊。春天要來了，可是地面的冰層依舊很厚，非常難爬。當他們抵達懸崖最頂，便停下來喘口氣。芙羅琳在地平線上仍清晰可見，船帆被狂掃他們臉頰的風盈得滿滿的。

「諸聖啊，」伊奈許說：「我們真的開始了。」

「在悲慘每一天的每一分鐘我都在祈禱快點離開那艘船，」賈斯柏說：「為什麼我突然有點想它了？」

韋蘭用力跺了跺穿了靴子的腳。「也許是因為我們冷到腳快要凍僵。」

「等我們的錢到手，你可以燒克魯格來取暖。」凱茲說：「走吧。」他把烏鴉頭手杖留在芙羅琳上，拿了根看起來比較不顯眼的楞杖替代。賈斯柏哼哼唧唧地把他當成命根子的珍珠握柄左輪留下，換成一對沒有任何裝飾的槍。而伊奈許對自己那幾把非比尋常的刀和匕首也如法炮製，只留下在進入監獄時能忍痛與之分離的刀子。很實際的選擇。但馬泰亞斯知道，那些護身符有它們的力量。

賈斯柏確認了自己的羅盤，他們轉向往南，尋找能將他們帶往主要商道的路徑。「那我要花錢雇人來幫我燒我的克魯格。」

凱茲上前與他並肩。「那為什麼不花錢找人去花錢雇人來燒你的克魯格呢？有錢到流油的人就會這樣。」

「你知道眞正的大老闆會怎樣嗎？他們會花錢找人去花錢雇人……」

隨著他們大步走向前，音量便逐漸轉小，而馬泰亞斯和其他人跟在後方。但他注意到每個人都回過頭，朝逐漸消失的芙羅琳看了最後一眼。那艘雙桅帆船是克爾斥的一部分，是他們的一片家園。隨著時間分秒過去，那最後的熟悉事物就越漂越遠。

馬泰亞斯感到微乎其微的一絲同情。但是，在經歷整個早上的艱苦跋涉後，他得承認，自己就這麼一次有些享受地看著這些運河老鼠又是顫抖、又是拚命苦撐。他們以為自己懂得什麼是冷，但是雪白的北方總有辦法逼這些異邦人重新評估自己的準則。他們踉蹌搖晃，穿著新靴子笨拙不堪，努力地想在堅硬的雪面找到行走的訣竅。沒有多久，馬泰亞斯就走到了前頭，由他來帶速度。雖說賈斯柏仍不時在確認他的羅盤。

「把你的……」馬泰亞斯暫停一下，不得不對著韋蘭打起手勢。他不曉得克爾斥語的「護目鏡」甚至「雪」要怎麼說。這不是會在監獄出現的詞語。「把你眼睛蓋好，不然可能會有永久損傷。」在這麼北的地方，人是會瞎的。他們會沒了嘴唇，沒了耳朵鼻子、雙手雙腳。這片大地荒蕪而殘忍，而在大多數人眼中也是如此。可是對馬泰亞斯而言那便是美。冰承載著喬爾神的靈魂。有顏色，有形貌，如果你懂得怎麼找，甚至還能聞到氣味。

他持續推進，幾乎覺得心中平和，好像在這裡，喬爾神就能夠聽見他，並撫平他躁動的心。冰雪喚起孩提記憶，與父親一同狩獵。他們住在更南處，靠近荷姆德。但在冬季，即使在斐優達的那個地方，看起來也與這裡並無二致，是個只有白與灰的世界，偶爾點綴一叢叢枝幹漆黑的小樹林，彷彿憑空聳起的一堆堆岩石，或露出海床上的遇難船。

跋涉初日彷彿某種淨化過程——一些閒聊，北方白色的寂靜歡迎著馬泰亞斯歸鄉，不帶任何偏見。他本以為會聽到更多抱怨，然而就連韋蘭都只是埋頭向前。他們都是生存者。馬泰亞斯恍然理解。他們懂得去適應。當太陽開始落下，眾人吃著自己那份乾牛肉和硬麵包，再不發一語地倒進自己的帳篷。

但第二天早上，那分安靜和馬泰亞斯脆弱的心內平和立刻畫下句點。如今下了船，遠離船上的船員，凱茲便準備要深入計畫細節。

「如果我們沒有出錯，會在斐優達人根本不曉得價值連城的科學家不見之前，進去一趟再出來。」當他們將行李揹上肩持續南進時，凱茲說：「我們進入監獄時，會被帶到男性和女性牢房下方的羈押區等待判決。如果馬泰亞斯說的沒錯，而程序也還是一樣，巡邏人員一天只會經過羈押牢房三次，清點人頭。我們一出牢房，應該至少有六小時可橫越到大使館，找到育．拜爾在白島的位置，並在他們發現有人不見前把他弄到港口。」

「在羈押牢房的其他犯人怎麼辦？」馬泰亞斯問。

「那個已經處理好了。」

馬泰亞斯臉一沉，但並不特別驚訝。他們一進入羈押牢房，凱茲和其餘人就會陷入最脆弱的狀態。馬泰亞斯只要對守衛說一個字，就能讓這些陰謀策劃全付諸流水——布魯姆就會這樣。如他那樣可敬的人就會這麼做。馬泰亞斯心中有一部分深信，只要回到斐優達自己就會恢復清醒，就能得到力量，將這瘋狂任務拋諸腦後。然而，這卻只讓他更渴望回家，渴望他曾和獵巫人弟兄一同生活的時光，迫切不已。

「我們一出牢房，」凱茲繼續說：「馬泰亞斯和賈斯柏會從馬廄取得繩索，同時間，韋蘭和我去幫妮娜和伊奈許逃出女性羈押區。我們在地下室會面；焚化爐就在那裡。而晚上監獄不運作的時候，洗衣房理論上不會有任何人。伊奈許往上爬時，韋蘭和我地毯式搜索洗衣房，尋找任何能拿來製作爆破物的東西。以防斐優達人決定將孛．育．拜爾關在監獄，省我們一些工夫——妮娜、馬泰亞斯和賈斯柏會去搜索最上層監獄。」

「妮娜和馬泰亞斯？」賈斯柏問：「我絕對無意質疑任何人的專業，但這樣搭配眞的好嗎？」

馬泰亞斯咬牙忍下憤怒。賈斯柏說得沒錯，可是他痛恨被人這樣討論。

「馬泰亞斯知道監獄作業方式，妮娜可在不引發大聲打鬥的狀況下處理掉所有守衛。你的任務就是阻止他們互相殘殺。」

「因爲我是團隊裡的和事佬？」

「我們團隊裡沒有和事佬。聽好，」凱茲說：「監獄其餘地方和羈押區不一樣。牢房裡的巡邏每兩小時輪替一次，而我們絕不希望冒著有人觸發警報的風險，所以機靈點。一切行動都配合古時計的響鐘。六聲鐘響一完就出牢房，八聲鐘響就上焚化爐、直達屋頂。不容差錯。」

「然後呢？」韋蘭問。

「穿越到大使館那區的屋頂，利用那裡通過玻璃橋。」

「這樣我們就會在檢查哨的另一側。」馬泰亞斯說，聲音中藏不住些許敬佩。「橋上的守衛會認爲我們已經通過大使館閘門，文件也接受過詳細盤查。」

韋蘭皺眉。「穿著監獄制服嗎？」

「第二階段，」賈斯柏說：「偽裝。」

「沒錯，」凱茲說：「伊奈許、妮娜、馬泰亞斯和我會從其中一個代表團那裡借到用以換裝的衣服——順便再偷拿一件，讓我們在找到孛．育．拜爾時給他穿——再大搖大擺走過玻璃橋。我們找出育．拜爾所在，把他帶回大使館。妮娜，如果有時間，就盡可能對他進行塑形。但只要我們不引發任何警報，沒有人會注意到賓客中多混進一個蜀邯人。」

除非馬泰亞斯有辦法先接觸到那個科學家。如果在其他人找到他時，他已經死了，凱茲也不能把帳算到馬泰亞斯頭上。他仍能拿到特赦。但是，假如他一直找不到辦法和這隊人馬分開呢？回程船上，依舊可以來個意外降臨在育．拜爾身上。

「所以，這麼聽起來，」賈斯柏說：「我就是要和韋蘭黏在一起了。」

「除非你突然獲得關於白島的知識——而且是百科全書等級，或撬鎖的能力，或能爬上常人爬不上的牆，或能誘惑高層人士並騙出情報。不然，我要有兩個人手負責做炸彈。」

賈斯柏露出家裡有人掛掉的模樣看著自己的槍。「浪費我一身好武藝。」

妮娜交叉雙臂。「是說，就算這一切都成功，我們要怎麼出去？」

「我們就這樣走出去。」凱茲說：「這就是這計畫的美麗之處。還記得我說要引開靶子的注意嗎？在大使館鬧門，所有目光都會聚集在進入冰之廷的賓客，離開的人並不構成安全風險。」

「那爲什麼還要炸彈？」韋蘭問。

「預防措施。冰之廷與港口之間隔了七哩路程。如果有人發現孛．育．拜爾不見，我們就得加速走完那段路。」他用手杖在雪上畫了一條線。「主要道路穿越一座峽谷，炸了橋就沒人能追上來。」

馬泰亞斯雙手抱頭，想像著這些低等生物計畫在他國家的首都造成何等巨大的破壞。

「赫佛，不過就是一個囚犯。」凱茲說。

「和一座橋。」韋蘭一派樂於助人地插嘴。

「還有擋在中間非被我們炸了不可的一切事物。」賈斯柏補充。

「全都給我閉嘴。」馬泰亞斯怒吼。

賈斯柏聳聳肩。「果然是斐優達人。」

「我一點也不喜歡。」妮娜說。

凱茲揚起一眉。「很不錯，至少妳和赫佛找到了一點共識。」

□

他們一路南行，海岸早已消失，冰雪中點綴越來越多片森林，還可稍微瞥見黑色土壤和動物足跡，是大地有生命的證據，喬爾神的心臟如常跳動。而其他人的問題從未間斷。

「再告訴我一次白島有幾個監視塔？」

「你覺得育・拜爾會在皇宮裡嗎？」

「白島上會有守衛的營房，萬一他在營房裡怎麼辦？」

賈斯柏和韋蘭爭論著監獄洗衣房的用品能組出哪種爆破物，以及有沒有辦法從大使館區域弄到一些火藥。妮娜試著幫伊奈許評估她得用怎樣的節奏爬上焚化爐通風井，才夠時間設好繩索，讓其他人也爬上去。

他們不斷互相演練。針對建築本身、冰之廷的程序、環牆三間沿庭院建造的守衛室配置。

「第一個檢查哨？」

「四個守衛。」

「第二個檢查哨？」

「八個守衛。」

「環牆閘門？」

「鬧門非運作時是四個守衛。」

他們有如烏鴉群，發出令人惱火的和聲，在馬泰亞斯的耳邊嘎嘎叫道叛徒、叛徒、叛徒。

「黃之警戒？」凱茲問。

「區域發生動亂。」伊奈許說。

「紅之警戒？」

「區域遭到滲透。」

「黑之警戒？」

「我們全都完蛋？」賈斯柏說。

「差不多。」馬泰亞斯說，又把帽兜拉緊一點，艱難前行。他們甚至逼他模仿鐘響的不同模式——的確有這必要，但他感到自己像笨蛋似地在叮咚叮叮咚——喔不對，是叮叮咚叮叮。

「等我變有錢，」賈斯柏在他身後說：「我要去個再也不會看到雪的地方。你呢，韋蘭？」

「我不太確定。」

「我認爲你該買架金色鋼琴——」

「長笛啦。」

「——然後在遊船上開演奏會。你可以直接停在你爸房子外面的運河上。」

「妮娜可以唱歌。」伊奈許插嘴。

「我們二重唱，」妮娜糾正。「這樣你爸就得搬家了。」

她歌聲還眞是不怎麼樣。而他痛恨自己雖知道這件事，卻無法抗拒回頭瞥看的衝動。妮娜的帽兜落在後頭，濃密的波浪髮絲從領口溜出來。

*我爲什麼老是這樣？*他一面想，一面生出一股挫折。登上船時也是。他要自己忽視她，下一刻就發現雙眼正尋找著她的身影。

然而，假裝心中沒有她是愚蠢的行爲。他和妮娜曾一同走過同一個地方。如果他推測正確，他們被沖上岸的位置距離芙羅琳下錨處只有幾哩之遙。一切始於一場暴風雨，而就某種角度來說，那場暴風雨從未結束。妮娜被風和雨吹進他的生命，讓他的世界旋轉不停。自那時起，他再也找不回平衡。

□

暴風雨就這麼憑空生出，像玩具一樣將船在浪潮上拋丟。海洋玩到厭膩，才終於將他們的船往下拖，變成難分難捨的一團繩索、船帆與尖叫的人們。

馬泰亞斯還記得水的黑暗、難耐的寒冷、死寂的深海。而他下一個意識到的就是自己呸出鹹水、狂喘吸氣。有人用一臂環著他胸口，他們正在水中移動。那股冰寒令人難以忍受，他卻莫名地忍耐了下來。

「醒醒，你這可悲的肌肉男。」乾淨純潔的斐優達語，談吐有如貴族。他轉過頭，訝異地看見在迷回島南岸抓到的年輕女巫在對他說話，並一面用拉夫卡語咕噥著。他就知道她不是眞的開利人。她不知怎麼掙脫了束縛和籠子，而他全身的每一吋都陷入驚慌。如果他能少一些驚慌，或少一點麻木，一定會拚命掙扎。

「動啊，」她氣喘吁吁地用斐優達語對他說。「諸聖啊，他們餵你吃了什麼？你重得簡直像輛糧草車。」

她使了非常大的勁多帶著一個人游泳，她救了他的命。但爲什麼？

他在她懷抱中踢動著腿幫助兩人前進，聽到她發出一小聲嗚咽，有些驚訝。「感謝諸聖，」她說：「游啊，你這大莽漢。」

「我們在哪裡？」他問。

「我不知道。」她回答，他從她聲音中聽見恐懼。

他踢腿遠離她。

「不要！」她大喊。「不要放手！」

但他推得很用力，脫離了她的懷抱。然而他一離開她的懷抱，冷意就湧上。那股疼痛尖銳而突然，他的四肢變得遲鈍。剛剛她用那病態的魔法爲他保暖。黑暗中，他向她伸出手。

「女巫？」他喊著，因自己聲音中的恐懼感到羞愧。他說的是斐優達語中的「女巫」，而他沒有別的名字可喊她。

「獵巫人！」她喊出聲。接著，他感到自己的手指在黑暗水中掠過她的手指。他抓住後將她拉向自己。她的身體感覺起來並不完全是暖和的，但他們一互相接觸，他四肢的疼痛就減緩了。馬泰亞斯同時被感激與反感的情緒攫住。

「我們得找到陸地，」她喘著氣說：「我沒辦法一邊游泳一邊保持兩個人的心臟跳動。」

「我來游，」他說：「妳……反正我來游。」他一把將她的背貼上自己胸口，一臂從她雙手底下攬過，橫過她的身軀，就和不久前她抱他的姿勢一樣，彷彿她溺水了——而她的確是，他們兩人都是。又或者說，要是他們沒有先被凍死，也很快就會溺死。

他穩定地踢動雙腿，試著不要花光精力，雖然兩人都知道這很可能是徒勞無功。暴風雨來襲時，他們並沒有離陸地太遠，可是現在周遭全然漆黑，他們可能朝著海岸線前進，也可能遠遠往外海游去。

四周沒有聲音，只有他們的呼吸、水聲潑濺與海浪翻滾。他讓兩人持續前進——雖然很可能只是划水打轉，而她讓兩人持續呼吸。他們之中誰會先耗盡力氣？他無法得知。

「妳為什麼救我？」他終於問出口。

「不要浪費力氣。不要講話。」

「妳為什麼這麼做？」

「因為你是個人。」她憤怒地說。

謊話。如果他們真能上岸，她要有個斐優達人幫她活下來，她要一個熟知這地方的人，雖然她顯然會這裡的語言。她當然會了。他們都是騙子和間諜，受訓獵捕像他這樣的人，這些不具備違反自然天賦的人。他們是掠食者。

他繼續踢水，可是腿上的肌肉漸漸疲累。他感到冷意逐漸竄入體內。

「放棄了嗎，女巫？」

他感到她用力擺脫疲倦，血液又衝回他的手指腳趾。

「我會跟上你的步調，獵巫人。如果我們死了，下輩子這個帳就要算在你頭上。」

聽到這話，他不笑也難。無庸置疑，她絕對很有骨氣，即便關在牢中那時他也非常清楚。

他們那晚就是這麼撐下來。只要其中一人沒力，就相互嘲弄。他們只感覺到海、感覺到冰與不時傳來的嘩啦聲。可能是一道浪，或某些飢餓的生物在水中朝他們而來。

「看。」日出降臨時，顯現出令人欣喜的玫瑰色澤，女巫低聲說道。遠方，他能看見凸出的冰岬及深色礫岸上神聖的黑色斜線。是陸地。

他們沒浪費時間鬆口氣或慶祝一下。他往前衝刺，痛苦地一吋吋收近距離，女巫則將頭往後傾，靠在他的肩上。每道浪不斷把他們往回拉，彷彿海水不願交出它的所有物。最後，他們的雙腳踩到了底，半游半爬地到了岸邊。他們分開，在馬泰亞斯拖著身體爬上這荒蕪凍土的黑色岩石時，痛苦在全身流竄。

一開始根本無法行走。他們兩人邊走邊停，拚命想讓四肢聽自己使喚，卻因寒冷而顫抖不止。最後，他總算站了起來。馬泰亞斯想過就這麼走掉，丟下她不管，自己找個避難處。她四肢跪地，頭低垂著，頭髮濕答答，一團亂地蓋在臉上。他直覺認為她就要這麼躺下，然後再也不起來了。

他走了一步，又一步，接著轉過身。不管她有什麼原因，昨晚都救了他的命，不是一次，而是一次又一次。這個債不能不還。

他蹣跚地走回她旁邊，伸出了手。

當她抬頭看著他，面容猶如一張繪滿厭惡與疲倦的地圖。他在裡頭看見隨感激一同生出的羞愧，而在那短暫的一瞬間，他知道她就像他的鏡子；她也不想欠他任何情。他可以幫她下這個決定；他至少欠她這個。他伸出手，拖著她站起，兩人一起東倒西歪地離開海灘。

他們朝西方去——馬泰亞斯如此希望。在這麼北的地方，太陽會欺騙人的感官，而他們沒有羅盤可導向。天色快黑了，當終於見到第一個捕鯨人營地，馬泰亞斯感到眞正的驚慌漸漸萌芽。那裡已被棄置——外圍地區只有春天才運作，那不過是用骨頭、草皮和動物皮做成的圓形小屋。但是有避難所至少表示他們能活過今晚。

門上沒有鎖。基本上他們是撞門摔進去的。

「謝謝。」她癱倒在管狀暖爐旁時呻吟著說。

他什麼也沒講。找到營地不過是走運。如果他們在海岸線再過去幾哩的地方被沖上岸，就死定了。

捕鯨人在暖爐裡留下了泥炭和乾火種。馬泰亞斯俯身向著火堆，試圖讓它除了冒出煙還能冒出點別的。他動作笨拙，又累又餓，搞不好連自己的靴子皮都能開開心心地啃下去。當聽到身後的沙沙聲，他轉過頭，差點把手中用來催生小火苗的那根漂流木弄掉。

「妳在幹什麼?」他吼叫著。

她越過肩膀——光溜溜的肩膀——回過頭說：「有要我做的事嗎？」

「把衣服穿回去！」

她翻翻白眼。「我才不要爲了你的矜持被凍到死。」

他狠狠地戳了火一下，但她予以無視，脫了剩下的衣服——外袍、褲子，就連內著也脫了——接著把自己包進一件堆放在門邊、髒兮兮的馴鹿皮裡頭。

「諸聖啊，好臭。」她悶哼著，移過去用其他毛皮和毯子在火邊築起一個小巢。她每動一下，那件馴鹿披肩就會打開，露出一絲圓潤的小腿、白色肌膚、雙乳間的陰影。這絕對是故意的。他知道一定是。她試圖惹惱他。他得專注在火上。他差點就掛了，而如果不快點生起火，還是可能會掛。眞希望她可以別再發出一大堆該死的噪音……漂浮木在他手中折斷。

妮娜用鼻子哼了一聲，在那個毛皮小巢裡躺下，靠著一肘撐起身體。「我的諸聖啊，獵巫人，你是怎麼回事？我眞的只是想暖和點。好啦，我答應絕不會在你睡覺時強占你。」

「我不怕妳。」他煩躁地說。

她邪惡地咧嘴一笑。「那你就和外表一樣愚蠢。」

他持續待在火邊蜷縮身體，深知自己應該躺在她旁邊。太陽下山了，溫度開始下降。他拚命想讓牙齒別顫得格格響，他們需要彼此的體溫，才能度過夜晚。這件事不該令他這麼困擾，可是他不願靠近她。因為她是凶手，他對自己說。就是因為這樣。她是凶手，她是女巫。

他逼自己起身，大步走向毛毯。但妮娜伸出一手阻止他。

「想都別想。你穿著那些衣服不准靠近我，你濕透了。」

「妳可以讓我們血液循環流動。」

「我累死了，」她憤怒地說：「而只要我一睡著，就只剩下那堆火能讓我們保暖。我光是從這裡就能看到你在發抖。每個斐優達人都這麼拘謹嗎？」

並沒有——也許有——其實他並不知道。獵巫人是個神聖的軍團，本就該貞潔地活著，直到娶妻，而且好的斐優達妻子也不會到處亂吼人，還隨便把衣服脫掉。

「每個格里沙都這麼厚顏無恥嗎？」他自我防衛地問。

「在第一和第二軍團，男孩女孩會一起接受訓練，沒什麼空間讓你少女嬌羞。」

「讓女人戰鬥並不符合自然。」

「讓人的高度和蠢度成正比也不符合自然，但你還不是活著？你都游了那麼遠，真打算死在這小屋裡？」

「這是看守人小屋，另外妳也不曉得實際上我們游了幾哩。」

妮娜噴出一聲惱怒的吐息，側著蜷起身體，能偎火邊多近就多近。「我累到沒法爭辯了。」

她閉上眼睛。「眞不敢相信我死前看到的最後一個東西就是你的臉。」

馬泰亞斯覺得她像在挑釁他。他站在那兒，覺得自己好蠢，又好恨她令自己產生這種感覺。他轉身背對著她，迅速褪下濕透的衣服，在火旁鋪開。他瞥了她一眼，確保她沒有在看，接著大步走到毛毯那裡，扭動著鑽到她旁邊，依舊努力想隔開距離。

「近一點，獵巫人。」她低聲說道，語帶嘲弄。

他伸出一臂抱住她，讓她背貼著他胸口，她逸出嚇了一跳的噢嗚聲，不自在地動著。

「別再動了，」他咕噥著。他和女孩親暱過——沒很多，但的確有——可是沒有一個像她一樣。她豐腴得近乎下流。

「你好冷又好濕黏，」她顫抖了一下，抱怨道：「簡直像是躺在一條結實的烏賊旁邊。」

「是妳叫我靠近一點的！」

「你放鬆一點。」她指示道。當他照做，她轉過身面對著他。

「妳在做什麼？」他驚慌地想要抽身。

「放鬆，獵巫人，我不會在這種地方占你便宜。」

他瞇起那雙藍眼。「我討厭妳說話的方式。」她臉上一閃而過的受傷是他想像出來的嗎？好像他說的話眞能對這女巫造成任何影響似的。

然而，她開口的瞬間證明剛才那些都是他的想像。「你以為我會在乎你喜歡什麼，不喜歡什麼嗎？」

她將雙手放上他胸口，專注在他的心臟上。他不該任她這麼做，不該洩露出他的弱點。但當血液開始流動、身體暖起來，竄過全身的那股釋然與舒服實在感覺太好了，令人難以抗拒。

他不情願地讓自己在她的手掌下稍稍放鬆。她又翻回身，把他的手臂繞回自己身上。「不客氣，你這大白痴。」

他撒謊了。他確實喜歡她說話的方式。

□

而今亦然。他能聽見她在他身後某處對著伊奈許嘰哩呱拉講個不停，試圖教她一些斐優達字。「不對，是哈『聆』——卡。妳中間的音節要稍微輕一點。」

「哈、『利』、卡？」伊奈許努力嘗試。

「好一點，不過呢，克爾斥語像瞪羚，會從一個字跳到下一個字，」她用手勢表演著。「斐優達語呢，像海鷗——高空俯衝、急速下降。」她的雙手變為乘著氣流的鳥。那一刻，她一個抬頭，抓到了正盯著看的他。

馬泰亞斯清清喉嚨。「雪不能吃，」他嚴正勸告。「雪只會讓你脫水，降低體溫。」接著就趕忙往前衝，恨不得快些爬上下一座山丘，能和他們拉開點距離。但在他爬過聳起處後，突然在半路上緊急煞車。

馬泰亞斯轉過身舉起雙臂。「停！你們不會想——」

可是太遲了。妮娜的雙手啪地蓋住了嘴，伊奈許在空中做出某種守護的手勢，賈斯柏搖著頭，而韋蘭不禁作嘔。凱茲像塊石頭一樣站在那兒，表情難以捉摸。

崖上立了焚人用的火柱。不管幹出這種事的是誰，那人都試圖藉由露出地表的礦脈遮蔽，將火生起，卻依舊無法遮擋火焰不被風吹滅。三根火刑柱插進結冰地裡，三具燒成焦炭的身體被綁在上面，燒黑綻破的皮膚仍在悶燒。

「格森神啊，」韋蘭咒了一聲。「這是什麼？」

「這就是斐優達人對格里沙做出的事。」妮娜表情呆滯，綠色眼眸空茫瞪視。

「這是犯罪者才會做的，」馬泰亞斯說，體內不停翻湧。「火柱是違法的，從以前——」

妮娜朝他迅速轉身，用力推了他胸口一把。「有種你說說看。」她怒火中燒，身周散發的怒意有如一圈光環。「你倒是說說上回有人因燒死格里沙被處決是在什麼時候？你們處死狗的時候會把那稱爲謀殺嗎？」

「妮娜——」

「你們穿著制服殺人的時候，這個行爲是不是會有別種稱呼？」

接著他們就聽到了——呻吟。有如發出細微聲響的風。

「諸聖啊，」賈斯柏說：「其中一個還活著。」

那聲音再度傳來，細微且哀慟，來自右方遠處一副成了黑殼的身軀。實在看不出那個形體是男是女，頭髮全燒光了，衣服和四肢燒融在一塊兒，雪花般片片脫落的黑色皮膚飄落在地，露出嫩肉。

妮娜喉中吐出一聲嗚咽。她舉起雙手，但顫抖得太過厲害，無法用自己的能力終結那條生命受到的折磨。她將盈滿淚水的雙眼轉向他人。「我……拜託，有沒有誰……」

賈斯柏動作飛快，兩聲槍響，那副軀體便再無動靜。賈斯柏將槍收回槍套。

「該死，賈斯柏，」凱茲咆哮，「你剛剛根本是大聲告訴遠處的人我們的位置。」

「這樣他們就會以爲我們是一支獵隊。」

「你應該讓伊奈許來做。」

「可是我不想，」伊奈許平靜地說：「謝謝你，賈斯柏。」

凱茲下巴發出喀一聲，不過沒再說什麼。

「謝謝你。」妮娜哽咽。她在冰凍的大地上往前狂奔，順著留在雪中的路徑輪廓走。她在啜泣，在起伏地形上踉蹌前行。馬泰亞斯跟上去。這兒地標不多，很容易迷路。

「妮娜，妳不能脫離隊伍——」

「赫佛，那就是你要回去的地方，」她厲聲說道：「那就是你渴望服務的國家。你有因此感到驕傲嗎？」

「我從沒讓格里沙上過火柱。格里沙會得到公平的審判——」

她背對著他戴起護目鏡，眼淚凍結在臉頰上。

「那在你所謂公平的審判中，爲什麼到最後沒有任何一個格里沙被判無罪？」

「我——」

「因爲我們犯的罪就是存在；我們的罪就是我們本身。」

馬泰亞斯陷入沉默，而當他開口，心中感到進退兩難——他爲自己將要說出口的話感到羞愧，卻又迫切需要把這些話說出口。他是聽著那些字句長大的，而它們依舊在心中迴響著眞理的聲音。「妮娜，妳有沒有想過，也許……也許你們本就不該存在？」

妮娜的雙眼閃動綠色火焰。她朝他上前一步，馬泰亞斯能感到她身上怒火四射。「也許你們才不該存在，赫佛。不堪一擊又軟弱，壽命之短，又有那些可悲的偏見。你們崇拜根本懶得現身的樹木之靈與冰之靈，一旦看見眞正的力量，卻等不及要把它撲滅。」

「不准妳嘲弄妳不瞭解的事物。」

「我的嘲弄冒犯到你了嗎？我們的同胞會樂於聽見你的笑，而非幹出這種殘暴之事。」她臉上橫過一抹高人一等的滿足神情。「拉夫卡正在重建，第二軍團也一樣。等重建完成，我希望他們也給你們應得的公平審判。我希望他們給獵巫人銬上鐐銬，讓他們站在那裡，聽見自己的罪行被一一列舉，這麼一來，全世界就能數算你們犯的惡行。」

「如果妳這麼想看拉夫卡崛起，爲什麼現在不在那裡？」

「我要你得到你的特赦，赫佛。當第二軍團北進，蹂躪這片荒原的每一吋土地，我要你在這個地方；我希望他們燒燬你們的原野，對大地撒鹽【註】；我希望他們把你的朋友家人全送上火柱。」

「他們已經這麼做了，贊尼克。我母親、我父親、我的小妹妹——就是那些火術士士兵，妳珍愛的那些殘殺無辜的格里沙——將我們的村莊燒得一乾二淨。我已經沒有什麼能失去了。」

譯註：中世紀時，入侵者會在征服城市後往該地撒鹽，當作淨化儀式。

妮娜的笑聲苦澀。「也許你待在地獄門的時間還是太短了，馬泰亞斯。能失去的事物永遠不嫌沒有。」

20 妮娜

我能聞到他們。妮娜一面蹣跚地走過雪地，一面拍著自己的頭髮和衣服，努力不吐出來。那些屍體在眼前揮之不去，鮮紅色嫩肉從有如堆高煤塊的燒焦黑殼中探出。她覺得自己彷彿渾身覆蓋了他們的骨灰，被燃燒人肉的臭氣包圍，吸不太到空氣。

在馬泰亞斯身邊很容易讓人忘了他眞正的身分，以及他對她眞正的想法。她今天早上才又爲他塑形了一次，忍受著他的怒視和牢騷。不對，是享受著。因爲有了靠近他的藉口而心懷感激，每一次差點讓他笑出來，她就感到一股荒謬的愉悅。諸聖啊，我爲何要在乎？爲什麼馬泰亞斯・赫佛的一個笑容彷彿能抵上其他人五十個微笑？在她將他的頭往後傾、處理眼睛的時候，她覺得馬泰亞斯心跳加速。她想過要吻他；她想要吻他，而她非常確定他也有一樣的想法。又或者他是打算再次把我勒死。

她沒有忘記他在芙羅琳上說了什麼。就是當他問她打算怎麼處理孛・育・拜爾時，她是否眞會把那個科學家交給克爾斥。如果她破壞凱茲的任務，會賠上馬泰亞斯的特赦嗎？她做不到。不管他是什麼身分，她都欠他自由。

船難之後，她和馬泰亞斯一起走了三個禮拜。他們沒有羅盤，不知道自己是往哪個方向走，甚至不曉得他們是在北海岸的哪一處被沖上來。他們在長日之中艱難地走過雪地，若在冰寒夜裡，則在能拼湊出來的任何陽春遮蔽物，或是運氣夠好偶然遇到的捕鯨人營地棄屋度過。他們吃烤海草，或能夠找到的每根雜草或塊莖。當他們在其中一個營地的旅行背包底部找到馴鹿肉乾的存貨，那簡直像某種奇蹟。他們在無聲的喜樂心情之中啃食，簡直為它的滋味深深迷醉。

第一晚後，他們裹在乾衣服和找到的所有毛毯裡，卻在火的兩邊各自入睡。如果沒有木頭或火種，就在彼此身旁蜷縮而眠，幾乎不碰觸到。可是到了早上，他們往往緊貼彼此，有如一彎新月，呼吸一起一伏，裹在迷迷糊糊的睡意之中。

每天早上他都抱怨她叫不起來。

「簡直像是叫醒屍體。」

「屍體本人要求多睡五分鐘。」她會這麼說，然後頭又埋回毛皮。

他會到處走動，打包他們那一點點東西，能多大聲就多大聲，自言自語地抱怨。「懶惰、不可理喻、自私……」直到她終於爬起身，開始準備這一天的行程。

「你回到家要做的第一件事是什麼？」無數個跋涉過雪地、期望找到一點文明跡象的日子裡，有一天，她這麼問他。

「睡覺。」他說：「洗澡。爲我亡故的朋友祈禱。」

「喔對，另外那些惡棍和殺手。是說，你是怎麼成爲獵巫人的？」

「妳的朋友在一次格里沙突襲中屠殺了我的家人，」他冷漠地說：「布魯姆收留了我，給了我戰鬥的理由。」

妮娜不想相信這件事，可是她知道那很有可能。總會有戰爭，無辜生命在交火之中死去。然而，將禽獸不如的布魯姆想成某種父親形象也同樣令人不自在。

不管爭論或道歉，感覺都不太對，所以她說了腦中跳出的第一句話。

「*Jer molle pe oonet. Enel mörd je nej afva trohem verret*。」吾被造來保護爾等，唯死亡能使吾打破此誓。

馬泰亞斯驚愕地注視著她。「那是獵巫人對斐優達的誓詞。妳怎麼會知道這句話？」

「能學多少斐優達的知識，我就盡量學。」

「爲什麼？」

她有些猶豫，然後才說：「這樣我才不會害怕你們。」

「妳感覺並不害怕。」

「你害怕我嗎？」她問。

「不怕。」他說，而且語氣聽起來似乎相當驚訝。從以前他就表明過自己不怕她。這次她相信他了。她提醒自己這不是什麼好事。

他們又繼續走了一會兒，然後他問：「那妳第一件要做的事是什麼？」

「吃東西。」

「吃什麼？」

「什麼都吃。包心菜卷、馬鈴薯餃、黑醋栗蛋糕、撒檸檬皮的小薄餅。我等不及要看我走進小行宮時柔雅臉上會有什麼表情。」

「柔雅．納夏蘭斯基？」

妮娜不禁瞬間煞住腳步。「你知道她？」

「我們都知道她，她是強大的女巫。」

於是她領悟：對獵巫人來說，柔雅有點像亞爾．布魯姆——殘酷、沒有人性，雙手之中有著死亡，是在黑暗中等待的生物。柔雅是這男孩心中的怪物。這想法令她不適。

「妳怎麼從籠子逃出來的。」

妮娜眨了眨眼。「什麼？」

「在船上，妳被綁著，還關在籠裡。」

「水杯，握柄斷了，邊緣破成鋸齒狀，我們用來切斷繩子，手一自由……」妮娜的聲音不自在地漸漸變小。

馬泰亞斯壓低眉頭。「你們打算攻擊我們。」

「我們打算那天晚上行動。」

「但暴風雨來了。」

「對。」

一名風術士和造物法師在甲板打穿一個洞，他們全游了出來。可是有人在冰水中存活下來嗎？他們有誰成功抵達陸地嗎？她顫抖著。如果他們沒發現那杯子的祕密，她也會在籠裡溺死。

「獵巫人吃什麼？」她問，加快步調。「除了格里沙嬰兒？」

「我們不吃嬰兒！」

「海豚油脂？馴鹿蹄？」

她看他嘴角扭曲，不禁猜想他是覺得想吐呢，還是——也許——說不定——是在努力不要笑出來。

「我們吃很多魚。鯡魚、鱈魚——沒錯，是有馴鹿——但不是蹄。」

「蛋糕呢？」

「蛋糕怎樣？」

「我熱愛蛋糕。我在想我們有沒有可能找到些共通點。」

他聳聳肩。

「唉唷拜託，獵巫人啊。」她說。他們仍沒有交換名字，她也不太確定該不該。說到底，如果他們真能活下來，就會抵達某個小鎮或村莊。她不知道在那之後會發生什麼事。但是，無論如何，他對於她知道得越少越好。「你又不是在洩露斐優達政府的機密。我只是想知道你為什麼不喜歡蛋糕。」

「我喜歡蛋糕，但是我們不被允許吃甜食。」

「每個人嗎？還是只有獵巫人？」

「獵巫人。那被認為是放縱的行為。像是酒和——」

「女孩？」

他臉紅了，艱難地往前走。要讓他不自在實在太容易了。

「如果你們不准碰糖或酒精，你很可能真的會愛上龐達根。」

一開始，他沒有上鉤，只是一個勁兒往前走。但事實證明這種死寂對他來說太難以承受。

「龐達根是什麼？」

「龍之碗的意思，」妮娜熱切地說：「首先呢，把葡萄乾浸到白蘭地裡，然後關掉燈，在上面點火。」

「爲什麼？」

「讓它變硬到可以拿起來。」

「弄完之後要做什麼？」

「吃掉啊。」

「不會燙到舌頭嗎？」

「當然會啊，但是——」

「那你們爲什麼要——」

「因爲很好玩啊笨蛋，你知道什麼是『好玩』嗎？斐優達語裡面有形容這件事的詞，所以你一定熟悉這說法的吧？」

「我常常玩得很開心。」

「那好，你都玩些什麼？」

他們就這樣持續不斷互嗆互懟，如同第一晚在水中那樣，讓雙方都能夠存活，拒絕接受兩人都越來越虛弱的事實，拒絕去想如果不快點找到眞正的城鎭，可能無法再活多久。有好幾天，當他們極度飢餓，北方冰層發出的炫目強光讓他們原地打轉、走回頭路，踉蹌踩回自己的腳印，但他們絕口不提，從不說出「迷路」二字，好像兩人都很清楚，就某種程度那就等同承認被擊潰。

「斐優達人爲什麼不讓女孩戰鬥？」一天晚上，她問他。他們蜷縮著躲在一片斜棚底下，接觸到地面的皮膚清楚感受著冷意。

「她們不想戰鬥。」

「你怎麼知道？你們問過嗎？」

「斐優達女性生來就該受尊重、受保護。」

「那可能是個明智的決定。」

現在他已經太瞭解她，完全不會驚訝了。「因爲？」

「想想，要是你被斐優達的女生痛打一頓該有多丟臉。」

他用鼻子噴了一口氣。

「要是能看到你被女孩子痛打，一定很棒。」她開心地說。

「這輩子都不可能。」

「反正我想我是看不到了。我盡情享受自己揍倒你的那一刻就好。」

這次他眞的笑了，一個眞眞切切、她從背後就能感覺到的笑。

「諸聖啊，斐優達人，我還眞不知道你會笑。小心點啊，不要太急躁。」

「女巫，我很享受妳的傲慢。」

現在換她笑了。「這可能是我聽過最爛的讚美。」

「妳都沒有懷疑過自己嗎？」

「無時無刻。」她一面沉入夢鄉一面說：「我只是不表現出來。」

第二天早上，他們小心翼翼繞過將冰原切分成好多塊、邊緣參差的裂隙，盡可能走在穿插於致命裂口之間的堅硬區域，並爭論著妮娜的睡癖。

「妳怎麼敢說自己是士兵？如果我沒叫妳，妳一定會睡到下午。」

「那和這一切有什麼關係？」

「紀律、常規。這對妳來說都沒有意義嗎？喬爾神啊，我眞等不及要再次擁有自己的床。」

「眞的，」妮娜說：「我完全能感覺到你多討厭睡在我旁邊——每天早上都感覺到。」

馬泰亞斯的臉漲成大紅色。「妳爲什麼老愛把這種事掛在嘴邊？」

「因爲我喜歡看你臉紅。」

「那很噁心。妳沒有必要把每件事都弄得那麼猥褻。」

「如果你稍微放鬆一點——」

「我不想要放鬆。」

「爲什麼?你到底是怕會發生什麼事?怕你可能會開始喜歡我嗎?」

他什麼也沒說。

儘管疲憊不堪,她依舊小跑步到他面前。「就是這樣對不對?你不想喜歡上格里沙,你怕如果你因爲我的笑話笑出來,或者回答我的問題,很可能會開始把我當成人。這有那麼糟糕嗎?」

「我的確喜歡妳。」

「你說什麼?」

「我的確喜歡妳。」他慍慍地說。

她綻出微笑,愉快感猶如噴發的井水竄過全身。「好,說眞的,這有那麼糟嗎?」

「有!」他咆哮著。

「爲什麼?」

「因爲妳很糟。妳很吵、很猥褻,很……狡詐。布魯姆警告過我們格里沙也可以很迷人。」

「喔,我懂了,我就是個勾引男人的邪惡格里沙,我用我的格里沙騙術迷惑了你!」

她去戳他胸口。

「住手。」

「不要，我在迷惑你。」

「給我停下。」

她在雪中繞著他跳舞，戳他胸口、戳他肚子、戳他身側。「老天，你有夠結實，一定經過不少苦練。」他開始笑。「有用了！我的迷惑起作用了。斐優達人淪陷了，你現在毫無抵抗我的能力，你——」

當腳下的冰裂開，她的聲音瞬間被一聲尖叫中斷。她盲目地奮力伸出手，想抓住些什麼，任何能阻止她下墜的事物。她的手指在冰塊與石頭上扒抓。

獵巫人抓住她的手臂，她不禁痛喊出聲，因爲她的手差點從關節處扭開脫臼。

她掛在那兒，懸在空無之中，唯一擋在她與冰霜那張黑暗大口之間的事物就是他的手。有一瞬間，她看著他的眼睛，確定他一定會放開。

「求求你。」她的眼淚滑過雙頰。

他將她拖上邊緣，兩人慢慢朝著更堅硬的土地爬去，仰躺在那裡大口喘息。

「我很怕……我很怕你會讓我掉下去。」她勉強地說。

他停頓了很長一段時間，然後說：「我有想過，就那麼一剎那。」

妮娜噴出小小一陣笑聲。「沒關係，」最後她說：「是我也會那麼想。」

他站起來，手伸向她。「我是馬泰亞斯。」

「妮娜，」她說，握住那隻手。「很高興認識你。」

□

船難已是超過一年前，但時間彷彿一點也沒有流逝。妮娜心中有一部分很想回到一切走錯的那一刻前，回到他們努力要當妮娜和馬泰亞斯，而非格里沙和獵巫人，回到冰上漫長不見盡頭的日子。但她越是去想，就越確定她深深知道這種時刻從未存在。那三週是她和馬泰亞斯編織出來、讓自己存活的謊言。真相其實是火柱。

「妮娜，」而今，馬泰亞斯小跑步到她背後。「妮娜，聽我說，妳得和其他人待在一起。」

「別來煩我。」

當他抓住她的手臂，她一個轉身、捏緊了拳頭，截斷他喉中的空氣。要是一般人早放開她了，但馬泰亞斯是一名訓練精良的獵巫人。他攫住她另一隻手臂，強行箝制在她身側，讓她緊貼著他，這麼一來就無法使用雙手。「停手。」他溫和地說。

她在他的箝制中掙扎，憤怒地瞪著他。「放開我。」

「如果妳還會造成威脅就不行。」

「我永遠都會對你造成威脅，馬泰亞斯。」

他的嘴角上揚，形成一抹悔恨的微笑，眼神幾乎可說是悲傷。「我知道。」

他慢慢放開了她，她往後退。

「到冰之廷之後我會看到什麼？」她堅持問道。

「妳剛剛嚇壞了。」

「我的確是。」她說，像要反抗什麼似地揚著下巴。否認此事毫無意義。

「妮娜——」

「告訴我，我得知道。酷刑室嗎？屋頂上熊熊燃燒的火柱？」

「他們在冰之廷不用火柱了。」

「那會有什麼？開膛破肚五馬分屍？開槍處決？皇宮可以看到絞刑架的最佳景觀嗎？」

「我受夠妳這些指責了，妮娜，妳得停下。」

「他說得對，妳不能一直這樣下去。」賈斯柏和其他人一起站在雪地裡。他們在那裡多久了？他們看到她攻擊馬泰亞斯了嗎？

「你別管。」妮娜反駁。

「如果你們兩個繼續吵架，會害得我們都沒命。我還有很多牌局等著要輸呢。」

「你們一定要找到和平相處的方法。」伊奈許說：「一下下也好。」

「這件事和妳沒關係。」馬泰亞斯咆哮著。

凱茲上前，臉上表情十分危險。「這和我們關係可大了。還有，注意一下你說話的態度。」

馬泰亞斯舉起雙手。「你們全都被她騙了。她就是會這樣，會讓你以爲她是你朋友，然後——」

伊奈許交叉雙臂。「然後怎樣？」

「別問了，伊奈許。」

「不，妮娜，」馬泰亞斯說：「告訴他們啊，妳曾說自己是我的朋友，記得嗎？」他轉向其他人。「我們一起走了三個禮拜，我救了她的命——我們救了彼此的命。抵達爾令時，我們……我隨時可以對在那裡看到的士兵揭露她的身分，但我沒有。」馬泰亞斯開始踱步、音量拔高，彷彿遭受回憶掌控。「我借了錢、安排好住宿，爲了保她安全，我願意背叛自己所信仰的一切。我陪她到碼頭，這樣就能試著買買看船票……那裡有個克爾斥商人準備啓航，」馬泰亞斯彷彿又回到那兒，和她一起站在碼頭。她能從他眼神看出來。「妳問問她做了什麼，這位可敬的盟友，這個自以爲是、批判我和我族人的女孩。」

大家一個字都沒說，然而全都看著、等待著。

「妮娜，告訴他們啊，」他咄咄逼人。「他們應該要知道妳是怎麼對朋友的。」

妮娜呑了一口口水，逼自己與他們眼神相對。「我對那個克爾斥人說他是奴隸販子，把我囚禁起來。我拚命請他行行好，求他們幫幫我。在迷回島附近進行突襲時，我從一艘奴隸船上拿了一張奴隸蓋印，我用那個當作證明。」

她完全不敢看他們。凱茲自然是知道的。當她去求他幫助，一定得將她先前恨不得想撤回的指控全盤托出。但凱茲從沒刺探，從沒問原因，從沒責備她。就某方面，對凱茲坦承猶如一種撫慰。人稱髒手的男孩是不會進行任何批判的。

但是，如今眞相攤在陽光下讓所有人看。私底下，克爾斥人知道有奴隸從克特丹港口輸入輸出，而所謂契約者，大多是換了個名稱的奴隸。但檯面上，他們痛斥這種行爲，並有義務起訴所有奴隸販子。妮娜給馬泰亞斯扣上這起指控時，很清楚會發生什麼事。

「我不瞭解出了什麼狀況，」馬泰亞斯說：「我不會說克爾斥語，可是妮娜當然會。他們抓住我，用鍊子把我綁起來丟進禁閉室，橫越海洋時把我關在黑暗中好幾個禮拜。等我再看到陽光，就是他們在克特丹帶我下船的時候。」

「我別無選擇，」妮娜說，淚水造成疼痛壓迫著喉嚨。「你不知道——」

「我只想知道一件事，」他說，語氣中有著憤怒，但她還聽見了一些別的，是某種懇求。「如果妳能回到過去，如果能收回妳對我做的事，妳會那麼做嗎？」

妮娜逼自己面對他們。她有她的理由，但是他們算什麼？他們又有什麼資格評論她？她打直背脊、揚起下巴。她是渣滓幫的一員，是白玫瑰的員工，有時也是個傻乎乎的女孩。但除去上述一切，她是格里沙，也是士兵。「不會，」她清清楚楚地說，嗓音在無盡的冰上迴響。「我還是會那麼做。」

突然一陣隆隆聲響撼動地面，妮娜差點失去平衡跌倒。她看見凱茲拿手杖支撐自己，兩人交換疑惑的眼神。

「這麼北的地方有斷層線嗎？」韋蘭問。

馬泰亞斯皺眉。「我印象中沒有，但是——」

一塊土地從馬泰亞斯腳下飛起，將他打倒在地。接著又有一塊從妮娜右方爆出，讓她仰天倒地。四面八方，歪曲變形的龐然土塊與冰塊爆凸上衝，恍若土地有了生命。一陣狂風掃抓他們臉龐，雪花在亂風中迴旋。

「這什麼鬼？」賈斯柏喊道。

「地震之類的！」伊奈許叫著。

「不對，」妮娜指著一個飄在空中、絲毫不受呼嘯風勢影響的黑點。「我們被攻擊了。」

妮娜匍匐在地，尋找可掩蔽的地方。她覺得自己很可能是精神失常……但半空中好像有個人，在她上方高空盤旋；她正目睹某個人在飛翔。

格里沙風術士能控制氣流。她甚至在小行宮見過那些人把彼此拋入空中玩耍嬉鬧，但要維持穩定飛行所需的技巧和力度根本難以想像——至少在這一刻之前是如此。約韃煉粉。她本來不太相信凱茲，甚至懷疑他所敘述親眼目睹畫面的每一個字，都只是爲了讓她加入而撒的謊。不過，除非她頭上被打了一記，忘了這件事，不然這絕對是眞的。

風術士在空中轉身，攪動暴風，使之狂暴，讓雪飛舞，直至刺痛她雙頰。她簡直什麼也看不見，當又一塊石頭和冰塊從地面刺出，她往後一倒。他們被驅趕到一塊兒，逐漸聚攏，變成單一個目標。

「掩護我！」賈斯柏在暴風中某處吶喊著。

她聽見小小的叮一聲。

「趴下。」韋蘭喊道，妮娜整個人平躺在雪上，頭頂傳來碰一聲，一陣爆炸不偏不倚照亮了風術士右方的天空。當風術士被掃離原軌，被逼得不得不專心調整回原位，他們四周的風便減弱了。雖然只有短暫一瞬間，已足夠讓賈斯柏舉起步槍、瞄準發射。

一發槍聲響起，風術士猛地朝地面墜下。又一片冰塊滑到定位。他們像畜欄中的動物一樣被團團困住，儼然待宰羔羊。賈斯柏在土塊間隙中瞄準遠方一座林子，妮娜立時明白那裡還有另一名格里沙，是個深色頭髮的男孩。賈斯柏還沒發射子彈前，格里沙猛地向前打出一拳，賈斯柏馬上被一發土箭掃倒。倒下時，他打了個滾，趴在地上開了槍。

遠方的男孩痛喊出聲，單膝跪地，可是雙臂依舊高舉，土壤仍在他們身下轟然翻攪。賈斯柏再次開槍，失手沒中。妮娜舉起雙手，試圖瞄準格里沙的心臟，但他遠在可及範圍外。

她見到伊奈許對凱茲打手勢。無須言語，凱茲直接移往最近的土塊，雙手在一膝捧成一個踩腳點。地面鼓起變形、搖晃傾斜，但她從他手中躍出成一道優雅的拋物線，一點聲音都沒發出，就這麼消失在土塊上方。不久後，地面便趨於平靜。

「幻影超可靠。」賈斯柏說。

他們站在那兒茫然不知所以，不久前降臨的混沌結束後，周遭異常死寂。

「韋蘭，」賈斯柏氣喘吁吁地撐著身體站起來。「把我們弄出去。」

韋蘭點點頭，從包中抽出一塊灰土色的東西，小心翼翼靠著最近的一塊石頭放置。「所有人趴下。」他指示道。

在目前的活動空間允許範圍內，他們挪到最遠處，蜷著身體縮在一塊兒。韋蘭用手拍了那爆破物一下，急忙逃跑，在馬泰亞斯和賈斯柏紛紛蓋住耳朵時貼到他們身邊。

什麼也沒發生。

「你開我玩笑嗎？」賈斯柏說。

碰。土塊爆炸，冰和片片石頭如雨點般落在他們頭上。

韋蘭渾身蓋滿塵土，臉上掛著有些茫然錯亂的開心表情。妮娜不禁大笑。「拜託你也裝成知道它會爆炸好不好。」

他們搖搖晃晃走出那座土塊牢籠。

凱茲對賈斯柏比了比手勢。「巡一下周邊，確保不會再有什麼驚喜。」他們朝相反方向動身。

妮娜和其他人發現伊奈許站在一名顫抖的格里沙上方。格里沙穿著橄欖褐色的衣服，雙眼已失去神采。血從大腿上方的槍傷湧出，胸膛右側則凸出一把刀。伊奈許逃出包圍時一定射出了刀子。

妮娜跪在他旁邊。

「我還要更多那個，」那名格里沙喃喃說道：「只要再一點就好。」他抓住妮娜一手，她直到這時才認出他來。

「納斯特？」

他因聽到自己的名字而抽搐，可是似乎不認得她。

「納斯特，是我，妮娜。」在小行宮時，他們曾一起上學。戰時兩人一起被送到卡倫森。在尼可萊國王的加冕典禮上，他們偷了一瓶香檳，喝到在湖邊吐了。他隸屬造物法師，是專門處理金屬、玻璃和織物的物轉士。這根本不合理。造物法師能做出織物、製造武器，卻不可能做出她剛剛看見的事情。

「拜託，」他懇求著，臉垮了下來。「我要更多那個。」

「煉粉嗎？」

「對，」他啜泣道：「對，拜託。」

「我可以幫忙治好你的傷，納斯特，如果你不要亂動。」他狀況很糟，但是如果她能阻止失血……

「我不要妳幫忙。」他憤怒地說，硬是想離開她身邊。

她試圖讓他冷靜下來，降低脈搏，卻又怕會停止他的心跳。「拜託，納斯特，安靜別動。」

他開始尖叫了，不斷抗拒她。

「把他壓好。」她說。

馬泰亞斯要來幫忙，納斯特卻舉起雙臂。地面掀起一片波紋，將妮娜和其他人拋丟出去。

「納斯特，拜託你！讓我們幫你！」

他站了起來，因爲傷腿而步履蹣跚，還不斷拉扯著深埋胸口的刀子。「他們在哪裡？」他尖叫道：「他們去哪裡了？」

「誰？」

「蜀邯人！」他號啕著說：「他們去哪裡了？回來！」他搖晃不穩地踏出一步，接著又一步。「回來！」接著他面朝下倒在雪中，再也不動了。

妮娜衝到他身邊將他翻過來，他的雙眼和口中都有雪。她將雙手放在他胸膛上，試圖恢復心跳……毫無效用。如果不是因爲他遭到藥物蹂躪，這種傷也許還能活下來。然而他的身體實在太虛弱，皮膚繃在骨頭上，蒼白到幾乎透明。

這樣不對。妮娜痛苦地想。行使微物魔法應會讓格里沙更健康、更強壯。這是她喜愛自身力量的諸多原因之一。可是身體是有極限的。就像藥物使納斯特的力量遠超過身體負荷，讓他油盡燈枯。

凱茲和賈斯柏喘著氣回來了。

「怎麼樣？」馬泰亞斯問。

賈斯柏點點頭。「一隊人馬朝南進。」

「他剛剛大喊了蜀邯。」妮娜說。

「我們都知道蜀邯會派人來奪回孛・育・拜爾。」凱茲說。

賈斯柏低頭看著納斯特已無動靜的身體。「但不知道他們派了格里沙。我們要怎麼確定他們不是傭兵？」

凱茲拿出一枚硬幣，一面上醒目地蝕刻著一匹馬，另一面則有兩把交錯的鑰匙。「風術士口袋裡有這個，」他邊說邊扔給賈斯柏。「這是蜀邯的文葉，也就是通行鑄幣。這是政府派下的任務。」

「他們怎麼找到我們的？」伊奈許問。

「也許是賈斯柏的槍聲引來的。」凱茲說。

賈斯柏怒氣騰騰，指著妮娜和馬泰亞斯。「也可能是聽到這兩個傢伙互吼啊。搞不好人家已跟了我們好幾哩路咧。」

妮娜正在努力思索自己聽到了什麼。蜀邯不用格里沙當士兵，也不像斐優達人，他們不將格里沙的力量看作非自然或令人厭惡的存在……他們其實爲之著迷。然而，蜀邯依舊不將格里沙看作人類。蜀邯政府多年來持續捕捉格里沙進行實驗，以嘗試找出他們力量的來源，所以絕對不會找格里沙當傭兵。又或者，至少以前是這樣。也許約韃改變了遊戲規則。

「我不懂，」妮娜說：「如果他們握有約韃煉粉，爲什麼還要來搶孛・育・拜爾？」

「他們可能是有存貨，但無法複製製藥過程。」凱茲說：「至少商會是這麼認爲。又或許他們只是想確定育・拜爾沒將配方告訴任何人。」

「你認爲他們會利用被下藥的格里沙試圖闖入冰之廷嗎？」伊奈許問道。

「如果他們存貨更多的話，」凱茲說：「要是我就會這麼做。」

馬泰亞斯搖搖頭。「如果他們有破心者，我們就全死定了。」

「但還是千鈞一髮。」伊奈許回答。

賈斯柏把步槍扛到肩上。「韋蘭買到了入會資格啦。」

聽到自己的名字，韋蘭小小驚跳一下。「有嗎？」

「至少你付了頭期款。」

「行動。」凱茲說。

「我們得安葬他們。」妮娜說。

「地面太硬，而且我們沒有時間。蜀邯的人馬還在朝第爾霍姆前進。我們不知道他們還有多少格里沙，佩卡的人很可能早就進去了。」

「我們不能就這樣把他們留在這裡被狼吃。」她喉嚨一緊。

「想幫他們立根火柱嗎？」

「布瑞克，你最好下地獄。」

「贊尼克，做好妳的工作，」他回嘴，「我帶妳來斐優達不是要妳給我們示範葬禮的。」

她舉起雙手。「不如我示範怎麼把你的腦袋像捏知更鳥蛋一樣捏破？」

「親愛的妮娜，妳不會想看我頭殼裡面有什麼的。」

她上前一步，但馬泰亞斯移到她身前。

「住手，」他說：「我來做，我來幫妳挖墳。」妮娜瞪著他。他從自己的工具中挑了把鋤子遞給她，再從賈斯柏的行李拿了一把。「從這裡朝正南走，」他對其他人說：「我很熟悉這區域，我會確保在入夜前趕上你們。我們單獨行動會更快。」

凱茲堅定地看著他。「赫佛，別忘了特赦。」

「放他們兩個獨處真的是好主意嗎？」他們走下斜坡時，韋蘭問道。

「不是。」伊奈許回答。

「但還是放他們獨處？」

「你可以現在相信他們，也可以之後再相信。」凱茲說。

「要來討論一下馬泰亞斯剛才對妮娜忠誠度的小爆料嗎？」賈斯柏問。

妮娜只能勉強聽清凱茲的回覆。「我很確定我們大多人的履歷都沒檢核過『忠貞度』和『眞誠度』。」儘管她因爲各種原因想痛打凱茲一頓，卻也不禁生出一絲感激。

馬泰亞斯走了幾步，與納斯特的屍體拉開距離。他從冰凍地面舉起鋤子，將之扭鬆，又再次插入地面。

「這裡？」妮娜問道。

「妳想埋在別的地方？」

「我……我不曉得。」她舉目望出白色原野，疏疏落落的樺木林子標出土地邊界。「在我看來全都一樣。」

「妳認識我們的神嗎？」

「認識一些。」她說。

「但妳知道喬爾神。」

「祂是生命之泉。」

馬泰亞斯點點頭。「斐優達人相信，整個世界透過水源相互連結——海洋、冰、河水和小溪，雨滴和暴風雨，它們全都餵養著喬爾神，反之亦然。我們把死亡稱之爲*felötobjer*——扎根。我們彷彿成爲梣樹的根，無論長眠何處，都從喬爾神那裡飲得生命。」

「是因爲這樣你們才燒死格里沙，而不是把他們埋起來？」

他停頓一下，然後簡單點個頭。

「但你會幫我把納斯特和風術士埋在這裡安眠？」

他再次點頭。

她接住另一把鋤子，努力搭配他揮鋤的動作。土壤堅硬，而且毫不退讓。鋤子每次敲地，都猛地將那陣咚咚震動順著她手臂往上傳。

「納斯特不應該能做到這種事，」她的思緒依舊翻湧不停。「沒有任何格里沙能那樣使用能力，這完全不對。」

他安靜了一會兒，接著說：「現在妳比較理解了嗎？面對如此陌生的力量會是什麼感覺？面對一個擁有非自然強大力量的敵人？」

妮娜握著鋤子的手變得用力。納斯特遭受煉粉控制，等同她對自身力量的喜愛遭到曲解。馬泰亞斯和其他斐優達人看到的格里沙就是這樣嗎？超越一切解釋的力量？自然世界被全然打亂？

「也許吧。」她最多只能講出這三個字。

「妳說妳在爾令港沒有別的選擇，」他沒看她，手上的鋤子舉起落下的節奏也沒中斷。「是因爲我是獵巫人嗎？妳一直以來都那樣打算嗎？」

妮娜記得他們一起的最後一天──眞正的最後一天。他們登上一座陡峭山丘的頂點，看見底下開展著一座港口小鎮，心中多麼興高采烈。當她聽到馬泰亞斯說，「妮娜，我差點要覺得抱歉了。」她非常驚訝。

「爲什麼？」

「我餓到沒辦法眞的覺得抱歉。」

「終於啊終於，你在我的影響之下屈服了。但是我們什麼錢都沒有，要怎麼吃東西？」他們一路下山，她問。「我可能要把你的漂亮頭髮賣去假髮店換現金了。」

「別打歪主意。」他邊笑邊說。一路行來，他變得更容易笑出聲，彷彿逐漸將新的語言說得流利。「如果這裡是爾令，我應該有辦法找到住宿。」

她因此停下腳步，他們的眞實狀況從她心中浮現，清晰且可怖。她深入敵營，身邊一個朋友都沒有，除了一名幾週前將她扔進籠中的獵巫人。但她還來不及開口，馬泰亞斯便說：「我欠妳一條命，妮娜．贊尼克，我會讓妳平安回家。」

信任他變得極其容易，而他也一樣信任著她。她對此驚訝不已。

而今她揮著鋤子，感到撞擊力道順著手臂反響而上、直入肩頭。她說：「爾令也有格里沙。」

他揮到一半停下來。「什麼？」

「他們是在港口進行偵察的間諜。他們看到我和你一起進入主要廣場，認出我曾在小行宮，其中一個人也認出了你，馬泰亞斯。他是在邊境附近的小規模衝突中知道你的。」

馬泰亞斯一動也不動。

「你去找寄宿屋的管理人談話時，他們來攔截我，」妮娜繼續說：「我說服他們我也是在臥底，他們想把你抓起來，但我告訴他們你不是單獨一人，如果打算立刻抓住你，風險太大。我答應他們第二天會把你帶去。」

「妳為什麼不告訴我就好？」

妮娜丟下手上的鋤子。「告訴你爾令有格里沙間諜嗎？也許你能與我和平共處，但你不可能讓我相信你不會揭露他們的身分。」

他別開眼神，下巴一條肌肉抽動著。她知道自己說得沒錯。

「那天早上，」他說：「在碼頭——」

「我得盡快讓我們兩人遠離爾令，我以為我搞不好能找艘船偷偷爬上去……但格里沙一定也看守著寄宿屋，並見到我們離開。當那些人出現在碼頭，我知道他們是要來抓你的，馬泰亞斯。如果他們抓了你，你會被帶去拉夫卡接受審訊，說不定會被處死。所以我看到一個克爾斥商人……你也知道他們針對販奴有怎樣的法律。」

「我當然知道。」他苦澀地說。

「所以我衝上前，求他們救救我，我知道他們會把你拘禁起來，平安把我們帶到克爾斥。我不知道——馬泰亞斯——我不知道他們會把你丟進地獄門。」

當他看著她，眼神嚴苛冷酷，抓著鋤子的指節慘白。「那妳為什麼不講？我們抵達克特丹的時候妳為什麼不講出眞相？」

「我試過了，我發誓。我試過撤回說法。他們不讓我見法官，不讓我見你。而不洩露拉夫卡情報活動，我就沒辦法解釋奴隸販子的蓋印，又或者為什麼我要衝過去求救。但那樣會連累仍在外的格里沙，等於判他們死刑。」

「所以妳就任我在地獄門自生自滅。」

「我根本可以直接回拉夫卡好嗎——諸聖啊，我眞的很想回去。但我留在了克特丹。我拿出自己的酬勞去賄賂、向法庭請願——」

「妳什麼都做了，就是沒說實話。」

她本應溫和且帶著歉意告訴他自己每天每夜都想著他。但火柱的影像在腦中依舊過於鮮明。

「我想要保護我的同胞，保護你花了一輩子去殲滅的同胞。」

他發出一聲悲痛的笑，將手中的鋤子轉過來。「*Wanden olstrum end kendesorum.*」

那是一句斐優達諺語的前半部：水皆聆聽，水皆理解。聽起來很寬容吧？但馬泰亞斯知道妮娜一定很熟悉其餘部分。

「*Isen ne bejstrum.*」她接完剩下句子。水皆聆聽，水皆理解，冰雪永不原諒。

「那麼現在妳怎麼做？妮娜？妳會爲了格里沙再次背叛被妳稱爲朋友的那些人嗎？」

「你說什麼？」

「妳不會告訴我妳打算讓孛．育．拜爾活下來吧。」

他太清楚她了。她越知道約韃煉粉的新知識，就越肯定保護格里沙的唯一方式就是結束那名科學家的生命。納斯特嚥下最後一口氣時還在懇求他的蜀邯主人回來。「我無法忍受我的同胞被當成奴隸，」她承認。「但我們還有債務要解決，馬泰亞斯。特赦就是我的贖罪，我不會再成爲擋在你和自由之間的阻礙。」

「我不要特赦。」

她瞪著他。「但是——」

「也許妳的同胞會變成奴隸，又說不定他們會變成一股無法阻擋的力量。如果育・拜爾活下來，約韃煉粉的祕密被揭開，什麼都可能發生。」

有好長一段時間，他們緊盯著對方。太陽從天空沉落，光芒一如落下的金色箭矢般照耀雪地。她能看見馬泰亞斯的睫毛上，從她用來染色的黑銻底下探出金色。不久她就得再幫他塑形了。

船難之後的那些日子，她和馬泰亞斯形成某種緊張的休戰狀態。在他們之間滋長的是某種比情愛更爲強烈的感情。因理解兩人都是士兵，若在另一段人生中，他們很可能會是盟友，而非敵人。現在，她感覺到那分情感了。

「這代表要背叛其他人，」她說：「他們會拿不到商會給的報酬。」

「沒錯。」

「凱茲會殺了我們兩個。」

「如果他得知眞相。」

「你有嘗試對凱茲・布瑞克說過謊嗎？」

馬泰亞斯聳聳肩。「轟轟烈烈活，也轟轟烈烈死。」

妮娜看著納斯特憔悴的身體。「不是白死。」

「在這件事上，我們目標一致，」馬泰亞斯說：「孛．育．拜爾不能活著離開冰之廷。」

「一言爲定。」她用克爾斥語說。商賈之語，一個不屬於他們兩人母語的語言。

「一言爲定。」他回答。

馬泰亞斯揮動鋤子，往下揮出一道重重的弧線，像是某種宣言。她也一把舉起鋤子，照樣模仿。他們不發一語，再次回來挖墳，形成一股毅然決然的節奏。

凱茲總算說對了一件事：她和馬泰亞斯總算找到了一點共識。

《烏鴉六人組》上．完

下集預告

烏鴉六人組

下

Six of Crows

凱茲等人才準備離開克特丹，就在港口遇襲；登上北國大地後，又有身分不明的格里沙來襲，更有其他人馬在和他們競爭。
報酬、復仇、自由、贖罪、特赦……六個人有各自的目標與夢想，全都賭在這任務上。小組雖只有六個人，但這起瘋狂計畫卻可能有一千種出錯的方式。他們是否能突破冰之廷裡的層層難關，平安救出目標，並獲得甜美的報酬？

《烏鴉六人組》下，同步出版

國家圖書館出版品預行編目資料

烏鴉六人組 上／莉・巴度格（Leigh Bardugo）著；
林零譯.——初版.——台北市：蓋亞文化，2021.04
冊；公分.——（Light）
譯自：*Six of Crows*
ISBN 978-986-319-552-8（上冊；平裝）.——

874.57　　110003769

Light 016

烏鴉六人組 上

作　　者　莉・巴度格（Leigh Bardugo）
譯　　者　林零
裝幀設計　莊謹銘
編　　輯　章芳群
總 編 輯　沈育如
發 行 人　陳常智
出 版 社　蓋亞文化有限公司
地址：台北市 103 承德路二段 75 巷 35 號 1 樓
電話：02-2558-5438　　傳眞：02-2558-5439
電子信箱：gaea@gaeabooks.com.tw
投稿信箱：editor@gaeabooks.com.tw
郵撥帳號 19769541　戶名：蓋亞文化有限公司
法律顧問　宇達經貿法律事務所
總 經 銷　聯合發行股份有限公司
地址：新北市新店區寶橋路二三五巷六弄六號二樓
電話：02-2917-8022　　傳眞：02-2915-6275
港澳地區　一代匯集
地址：九龍旺角塘尾道 64 號龍駒企業大廈 10 樓 B&D 室
電話：+852-2783-8102　　傳眞：+852-2396-0050
初版一刷　2021年04月
定　　價　新台幣 350 元
Published and Printed in Taiwan

ISBN／978-986-319-552-8